有一天
发生的事 1

[法]皮埃尔·贝勒马尔

著

玛丽-泰蕾兹·库尼 让-皮埃尔·库尼 让-弗朗索瓦·纳米亚斯 让-保罗·鲁兰德

邓祚礼 译

中国·广州

南方出版传媒
花城出版社

图书在版编目（CIP）数据

有一天发生的事. 1 / （法）皮埃尔·贝勒马尔等著；
邓祚礼译. -- 广州：花城出版社，2019.1
ISBN 978-7-5360-8868-9

Ⅰ. ①有… Ⅱ. ①皮… ②邓… Ⅲ. ①故事－作品集
－法国－现代 Ⅳ. ①I565.45

中国版本图书馆CIP数据核字(2019)第012205号

合同版权登记号：图字19－2018－074
C'est arrivé un jour. Tome 1 by Pierre Bellemare
ã Calmann－Lévy
Première publication：Éditions n°1，1979
C'est arrivé un jour. Tome 2 by Pierre Bellemare
ã Calmann－Lévy
Première publication：Éditions n°1，1980

出 版 人：詹秀敏
责任编辑：林　菁
技术编辑：凌春梅
封面设计：庄海萌

书　　名　有一天发生的事．1
　　　　　YOU YI TIAN FA SHENG DE SHI 1
出版发行　花城出版社
　　　　　（广州市环市东路水荫路11号）
经　　销　全国新华书店
印　　刷　佛山市浩文彩色印刷有限公司
　　　　　（广东省佛山市南海区狮山科技工业园A区）
开　　本　880毫米×1230毫米　32开
印　　张　12.25　1插页
字　　数　250,000字
版　　次　2019年1月第1版　2019年1月第1次印刷
定　　价　45.00元

如发现印装质量问题，请直接与印刷厂联系调换。
购书热线：020－37604658　37602954
花城出版社网站：http://www.fcph.com.cn

译者序

大约在20世纪70年代末，我接待一个法中友好协会代表团，一位团员送我一本法文书《有一天发生的事2》（C'est arrivé un jour 2）。我翻阅了几篇，觉得里面的故事很有趣。后来接待另一个法国文化旅游团，我拿这本书给团中的J-C Cousin先生看，他惊讶而高兴地说："哦，皮埃尔！"从此，我知道此书的作者皮埃尔·贝勒马尔（Pierre Bellemare）先生是法国电台、电视台最著名的主持人。J-C. Cousin先生回国后又给我寄来了该书的第一卷。我高兴极了，将它们珍藏在我的书柜里，想等自己退休后再翻译。由于业务工作繁忙，除了编译过其中个别篇章外，并未翻译全书。后来我退休了，想起这未了情，于是在旅法朋友叶桂暖先生和法国卡尔曼·莱维出版社的朱莉亚·巴尔塞斯·罗卡（Julia

Balcells Roca）女士的帮助下好不容易找到了版权人，决定完成我的夙愿。

不料今年5月26日，皮埃尔·贝勒马尔先生以89岁的高龄与世长辞。这促使我加快了译书的步伐，同时努力去了解和认识皮埃尔·贝勒马尔先生其人其事，想把他介绍给我国广大读者。

皮埃尔·贝勒马尔（1929—2018）是法国广播和电视节目最著名的创作人、主持人和畅销书作家，被称为法国视听媒体的先驱，同时也是把讲词提示器引进法国的第一人。

他自18岁起，便受到从事广播事业的表哥皮埃尔·伊热尔（Pierre Hiégel）对无线电的热情的感染，且因之而掌握了无线电技术，并致力于掌握录音技术。1948年，他考取一个私人广播公司，成为管理人员和播音员。1955年，表哥给了他演播《您真棒！》（Vous êtes très formidable）的机会。该节目通过关心无家可归者，呼吁人们关注和支持各种不同的公益事业，一炮而红，使人至今都用"您真棒"来鼓励人们做好事。1964年，他创作的电视节目《电视竞赛》（Télé Match），成为最著名的电视娱乐节目，为后人所继承和模仿。从此，无论在广播还是在电视里，他的频道接二连三。他以纯正的巴黎之音、会心的微笑和诙谐、幽默、睿智的语言，成为法国历时最长、家喻户晓的广播和电视节目主持人。在法国，只要提及他的名字，无论大人还是小孩都会高兴地谈起他。

他创作了二十几个著名的电视节目，除了《您真棒！》《电视竞赛》之外，还有《你们总是可以指望我们》（vous pouvez toujour compter sur nous）、《电视购物》（Télé

Achat）、《以爱情的名义》（Aunom de l'amour）等。他集制作人、导演、编剧、喜剧演员、逗笑人、歌唱演员、说书人于一身，什么都做，无所不能，一生致力于主持事业，终成传奇。

皮埃尔·贝勒马尔也是法国多产和畅销书作家，他尤其擅长创作侦探和悬疑小说。他创作或与别人合著的主要作品有《历史重罪案》（les grands crimes de l'histoire）、《冒险家》（les aventuriers）、《诈骗天才》（les génies de l'arnaque）、《秘密档案》（dossiers secrets）等30余部。

他还擅长创作真实的历史故事。自上世纪70年代起，他与法国作家玛丽-泰雷兹·库尼（Marie-Thérèse Cuny）、让-弗朗索瓦·纳米亚斯（Jean-François Nahmias）、让-保罗·鲁兰德（Jean-Paul Rouland）、让-皮埃尔·库尼（Jean-Pierre Cuny）合作的《有一天发生的事》（C'est arrivé un jour）成为畅销书。而且皮埃尔以演播天才、全身心的投入，持续数月在法国TFI电台的怀旧节目中讲述这些故事，赢得听众的满堂喝彩。

《有一天发生的事》的故事背景遍及全世界各地，既讲述20世纪70年代年轻人对时髦的追求，也诉说无声电影转有声电影时，演员从明星没落到群众角色的辛酸历程；既描述了尼亚加拉大瀑布上的动人爱情故事，也讲述了世界大战的残酷，以及感人肺腑的人和动物之间不可思议的"友情""恋情"等。作者对笔下的小人物寄予满腔同情，充满了人道主义精神。这些奇谲的、悲惨的、诙谐的，甚至是童话般的故事，以电影述事手法和鲜明的"镜头感""画面感"见长，让人拍案称奇，悲喜交集。

　　皮埃尔·贝勒马尔先生逝世后，法国电视台联播网在当晚以"皮埃尔·贝勒马尔——电视节目的先驱"为题播出有关他的未曾报道的资料，称他为最伟大的电视节目主持人。电视台为纪念他而将已排好的节目打乱。法国文化部长弗朗索瓦·尼森（Françoise Nyssen）向"法国电台、电视台的这位先驱，讲述离奇故事的难忘的说书人致敬"，并强调"他的声音，他的节目曾陪伴几代人的日常生活"。法国著名的电视节目主持人让-皮埃尔·福戈（Jean-Pierre·foucault）说："再见，亲爱的皮埃尔，您真棒！"另一位著名主持人西里多·阿努纳（Yril·Hanouna）发文说："皮埃尔是我们每个主持人的父亲。"为了向皮埃尔致敬，法国欧洲电视1台命名其一个广播室为法国蓝色演播室。

　　在责任编辑和版权编辑的帮助下，花城出版社将陆续出版《有一天发生的事》（1、2卷），以飨读者。原著是由口语改为书面语言的，但仍带有明显的口语风格。译者力求在两者之间找到平衡，使之雅俗共存。作品中分节是译者加的。

邓祚礼

2018年12月于广州

目 录

他一生的角色 /001

埃菲尔铁塔要拍卖 /008

爱情的罪过 /015

魔鬼冰排 /022

像冻僵的鸟 /028

一个伟大的荣耀 /034

不法之徒 /041

黑色婚礼的城堡 /048

城市戏剧性的一幕 /055

狄克基——矿工的狗 /062

疯狂的决定 /068

黑人的愤怒 /075

一个呼救信号 /082

口吐白沫的马 /088

明天天会亮 /096

绞不死的人 /103

狼王之死 /109

面包师的日子 /116

另一世纪的信 /124

魔鬼的美貌 /130

末名马拉松运动员 /137

长头发 /144

奇迹只会发生一次 /150

临终关怀 /156

仁慈的关口 /162

天蓝色的背包 /169

跳大海的人 /176

这事常有发生 /182

汪洋中的一条船 /189

危险的暗号 /195

巫婆与工程师 /202

像一条疯狗 /209

走钢丝横跨尼亚加拉大瀑布 /216

艾梅的命运 /224

不要动鱼子酱 /230

绰号叫"羊粪"的人 /236

大象的使命 /242

飞毯 /249

梦魇成真 /256

寻找女儿 /263

齐柏林飞艇 /271

最接近天堂的地方 /277

被显示过圣迹的女人 /283

总之，真是见鬼了 /290

睡觉的小女孩 /298

曾经有个年轻姑娘 /304

谣传 /310

一个超乎寻常的错误 /317

一位绅士难还债 /324

在天地之间 /331

贫穷的绅士 /338

库佐米先生的良心 /345

小伍长 /351

逃兵 /359

裸婴 /367

海中的电话 /373

他一生的角色

一

1948年10月末，虽然时令已晚，但在美国"纪念碑谷"的荒漠里，天气仍然很炎热。而且，此时那里有人活动。

有披着长发的印第安人，有穿着美国骑兵服装的人，也有一大群穿长袖衬衫和轻薄裙子的人。原来人们在拍电影《英雄的使命》。

导演约翰•福特坐在一把折叠椅上，身边围着他的助手，对面是安装在轨道上的巨大的摄影机。他拿起喇叭筒喊：

"137场，各就各位。鲁迪•鲍曼，这是你的戏了！"

一个身着骑兵制服的人从队伍中走出来。他个子高大，有点儿上了年纪，灰色的头发已稀稀拉拉。他步履有些僵硬，笑容窘迫。

他不耽搁时间，走上去就躺到地上，头枕着一块石头，正对着摄影机。三个围着他的人也穿着骑兵服装，那是该电影的头牌演员。其中一个人向鲁迪·鲍曼俯下身子，人们认得那是演员约翰·韦恩。

"鲁迪，这样好吗？别担心……"

鲁迪·鲍曼不作答，只是微笑了一下。他仰天躺着，荒漠的太阳照得他眼花缭乱。天上，一只老鹰在回旋飞翔，大概在寻找猎物。

鲁迪·鲍曼在心里面最后一次背诵他的角色台词。台词只有几行，三十来个字。但他从未这样激动过，这是他生命中最重要的日子。而所有在场的人，演员、群众角色、技术人员都或多或少知道这事，因为他们全都了解鲁迪·鲍曼的一生。

二

他的一生出道得很不错。1910年，20岁时，在靠近费城的一个小城里，他就已出了名：他拥有一副特别漂亮的嗓子，无论是唱歌和说话都好听。于是，在这一年，他决定按照自己的爱好，去当演员。

在七年时间里，鲁迪演遍了费城及该地区的所有剧院。开始时只演一些小角色，但受到好评，而且很快在地方上扬名。他的职业前途在望。

然而1917年，正值世界大战，鲁迪如同其他人一样入伍开赴法国。后来，1918年11月3日，当胜利即将临近时，悲剧发生了。他和十来个战友负责去攻打靠近默兹河的德国炮兵营，当他们向目标匍匐前进时，一颗炮弹朝他们爆炸了。鲁迪苏醒过来时，发现所有的战友都牺牲了。他企图呼喊，可嘴里发不出任何声音。一股鲜血从他口里流出来，他呼吸困难。

鲁迪等待救援等了数小时。当人们最后发现他时，他被立即送往医院，进行紧急手术。他勇敢地承受了手术的痛苦。可第二天，医生来找到他说：

"我应该告诉你真话，老朋友，你的声带被一片弹片切断了。你幸免于难。我希望这对你的职业将来不要影响太严重。"

鲁迪怎么能受得住这般打击？怎么能不让自己走向绝望？他实在办不到。然而，他的反应却完全相反。他马上拒绝接受这可怕的事实，心里说："不，这不是真的，我应该讲话，我要讲话。"

于是，他在病床上，医生刚一走，他就拼命地努力想从嘴里发出一个声音来。起初，令人沮丧，因为什么声音都没发出，无声无息，但他继续努力。尽管护士们想阻止他把自己弄得精疲力竭，但他重新开始，周而复始。

三天以后，鲁迪终于有所收获。他用喉头膜猛烈吹动空气，终于成功地发出了一个声音。这声音远未和谐，那是一种嗥叫声、刮擦声或吱吱嘎嘎的声音。但这是个开端。很快，他利用空气一轻一重用力，继而终于使声音抑扬顿挫，并且让医务人员听懂了他的意思。

鲁迪·鲍曼一回到美国，就被送到最好的聋哑疗养中心，因为他的病情和无声带却想讲话的强烈意志引起了医生的兴趣。于是，鲁迪进步很快。一年后，在付出难以置信的努力后，他成功讲话了。

在喉头膜和喉咙肌肉的帮助下，他成功地发出了依稀可辨的声音。1920年，他甚至灌了一张唱歌和朗诵一首小诗的唱片。那是听起来骇人的声音，是一种喊叫、刺耳的声音，非人的声音。但那毕竟是一种话音。鲁迪·鲍曼的唱片被发送到美国所有的聋哑治疗中心，因为这几乎是美国独一无二的无声带能表达言辞的例子。

同时，与所有的预期相反，他的演艺生涯得以继续进行。因为不能再演戏了，鲁迪就自然而然地转行拍电影去了。20世纪初，电影始终是无声的。而且在美国，无声电影正处于一个非常发达的时期。人们几乎到处拍电影，电影厂日益增多。鲁迪·鲍曼所受的邀请越来越多，角色大量涌来。虽然还不是主角，但为时并不太晚。

鲁迪·鲍曼是个出色的演员。在无声电影里，需要夸大心理上和肢体上的表情，这正是鲁迪日常生活中不得不做的事情。因此，在摄影机面前，鲁迪能够用眼神和姿态表达别人一般只能用声音才能表达的一切。他，这个没有声带的人，在电影里表达得最为逼真，电影赋予了他新的满足。因为，在摄影棚里，他最终能和别人平起平坐了。摄影机一转动，所有那些有着好嗓子的演员，不得不和他一样，用他们的胳膊、手、眼睛以及所有的面部肌肉进行表演。与命运截然相反，残疾帮了他的忙，很快，他成了一个大演员。

三

然而，他一生的第二次悲剧降临。20世纪末，首部有声电影诞生了。起初，如同其他许多人一样，鲁迪不愿相信，认为这永远不可能运转，成功不了。但有声电影很快普及了。现在，做一个演员，需要有一个好嗓子才行了。

对鲁迪来说，这是垮台，是当头一棒，近乎灾难。他不愿放弃电影，电影是他的整个生命。他需要摄影棚里那种气氛和摄影机轰轰隆隆的转动声。于是他成了一个配角。

他穿着各个时代的各式服装扮演过多少个过路人！扮演过多少毕恭毕敬端盘子送菜的餐厅小伙计！扮演过多少从背后挨一刀的哨兵！……所有这一切都是微不足道的靠争取得到的配角，而且没讲过一句话。

每一次，鲁迪都难过地离开摄影棚，甚至不敢和那些过去是他的搭档，现在成了明星的人握手。

然而，他千方百计地想得到一个小小的讲话的角色，哪怕是只讲两个词，"多谢"或"先生，您好"。

但所有的导演都拒绝他，因为他的嗓子太难听了，光是那嗓音就会破坏整整一场戏的。

最终，1948年初，他遇到了导演约翰·福特。鲁迪同样向他提出了请求，那言语发自内心，令人同情。导演想了一会儿，然后令其吃惊地向他表示说：

"我想我有事需要让你做。"

这就是为什么在1948年10月末的这一天，在他可怕地受伤整整30年后，鲁迪·鲍曼将上演他一生的角色，讲30个字——一个受伤要死的美国骑兵的最后遗言。

四

导演从他的折叠椅上下令："开始——"

该鲁迪表演了。于是，在荒漠的寂静中，响起了一个沙哑的、刺耳的声音。这是发自肺腑的声音，一声呻吟、一声喘息：

"别管我……上尉……望原谅我大胆……可我想……我是按骑兵伟大传统……"

他用尽全身力气拉扯出23个字——23个沙哑的声音来。突然，他失声大恸，泪如雨下。这是剧本上一个未设定的出色的表演动作。尤其是其他3个演员——3个明星无法掩盖他们的激动之情。摄影机对着他们颤憟的面容。而鲁迪用尽最后一点力气，一边抽动他喉咙的肌肉，一边抠出他角色的最后7个字：

"完成了……我的……使命……"

鲁迪·鲍曼再不作声，他的角色演完了。约翰·韦恩和其他两个演员像剧本事先规定的那样缓缓脱下帽子。但静静地站在荒漠中的其他人——演员、群众角色、技术人员仿佛感到，他们不是在向死去的骑兵，而是在向鲁迪脱帽致敬。

埃菲尔铁塔要拍卖①

一

1925年7月6日，维克多·卢斯蒂格在他居住的克里龙宾馆的豪华房间里神色忧愁地读着报纸。他是一个无可争辩的美男子，35岁，比任何时候都更迷人。他个子高大，举止风雅，具有贵族某种审慎的气派，那是绅士固有的风度。尽管如此，他也不能不忧愁。

实际上，他所忧心的是他的经济状况。他来法国是为了痛痛快快花费他在大西洋彼岸所赚到的钱，然而这个发疯时代的巴黎的花费比他原来所想象的还要大：看戏、逛夜总会、上豪

———————————

① 埃菲尔铁塔：世界著名建筑、巴黎地标之一，法国文化象征之一。1889年由法国著名建筑师古斯塔夫·埃菲尔（Gustave Eiffel）设计建成。译者注。

华餐馆、玩女人都容易，但太贵了……因此，他还没弄明白是怎么一回事，就又面临口袋不存一个子儿的困境。

维克多•卢斯蒂格叹了一口气。为了结束在巴黎的居留和支付回程的花费，他又不得不重新工作。这就是他那样用心看报的原因。他在报纸上找办法，寻启发，却又不是在就业栏里找。

因为维克多•卢斯蒂格的职业有点特别，这职业已帮他发过财了。他是一个骗子，但又不像其他骗子。他之所以15年来从事行骗都能逍遥法外，是因为他给自己定了一个原则，并始终遵守：那就是把受骗人置于一个如此可笑的或丢人现眼的境地，以至于受骗人连告发都不能告发。

维克多•卢斯蒂格继续细心地读他的报纸。突然，在一份《每日晚报》内页里，一条消息引起了他的注意："巴黎城能够支付埃菲尔铁塔必要的修理费吗？"跟着谈到了各种技术上的理由。文章的作者从这句话里还归结出一句玩笑话："难道我们要卖掉埃菲尔铁塔吗？"

二

维克多•卢斯蒂格离开他的椅子，在房间前后左右踱来踱去。他要人送来一瓶香槟酒，一口气喝了两大杯。在他的脑子里，现在一切都很清楚，记者本来是想开玩笑，而且说了句俏皮话，那好吧，他将拿此话当真。他总算找到了高明的办法，用以支付自己在巴黎的居留费：卖埃菲尔铁塔！

怎样着手出卖埃菲尔铁塔呢？当然，对于一般人来说，这个问题是回答不清楚的，然而对维克多·卢斯蒂格，答案却了然于胸。

他选了一个单刀直入的手法，通过一个搞伪造行当的朋友，制造了印有巴黎市政府官方笺头的公文纸。然后，他直接召见了法国五个最大的废铁商，说为了"一件至关重要的和绝密的事情"。

几天以后，在预约好的时间里，五个废铁商全都聚集在宾馆的一个客厅里。废铁商们有点紧张，当然，他们互相认识，而且懂得他们之所以被召集，是因为确实事关重大。因此，在冷清的静默中，他们等待召集人的到来。他们不时皮笑肉不笑地相互笑笑，搔搔鼻子，拘谨地咳嗽咳嗽，每人都试图给其他人摆出一副虚假的轻松的神情。

最后，维克多·卢斯蒂格进来了。他穿得可考究了：燕尾服，素色领带，翻领扣眼上缀着石竹花。他从来没有这样威风凛凛过。而且，甚至在他开口之前，废铁商们就感到马上要发生什么大事了。

维克多·卢斯蒂格在一把安乐椅上坐下来，一边巡视一遍他的对话者，一边掌握效果。然后，他低声说话了，尽管在这个特别的客厅里只有他们几位。"先生们，你们知道，巴黎市政府现在因它最杰出的、最赫赫有名的古迹而碰到困难。我讲的是埃菲尔铁塔。"

五个废铁商坐在位子上，纹丝不动，等待下文。卢斯蒂格的声调显得如此之机密，只够勉强听到：

"应共和国总统和内阁总理的明文要求，我请你们保守下面的秘密。先生们……埃菲尔铁塔要出卖，市政府委任我为出卖该铁塔的招标者，一笔特别的交易是：7000吨钢铁将卖给出价最高的人。"

三

在这特别的客厅里，静得可以听到一只苍蝇在飞行。维克多·卢斯蒂格微微一笑。他一边说，一边留心察看他的每个对话者。他的心理学是从来都不会让他弄错的。他现在已知道在这些对话者中间，哪一位是最轻信的人。

最轻信的人是个红脸的矮个子，此时，他正坐在椅子里躁动不安。就像对其他人一样，卢斯蒂格仔细地询问了他的情况。他叫普瓦松（鱼的意思，一个命中注定会轻易上钩的名字），是一个暴发户，很快地发了财，而且千方百计只希望还能更加发财。

从此时起，维克多·卢斯蒂格便已确信，普瓦松先生将成为他的牺牲品。现在他可以演下一场戏了。他站起来，掏出他的挂表看了看说：

"先生们，你们愿意上我的小汽车吗？我授权让你们参观一下所要交易的物品。当然，在这次参观中，我将要求你们严守机密。"

几分钟后，维克多·卢斯蒂格便将他租来的豪华敞篷汽车停放在埃菲尔铁塔一个脚墩下面。他知道，他在下大赌注，现在一切都即将尘埃落定。倘若他碰上一个多疑的或心境不快的铁塔职员，他今晚就得住在监狱里。但现在不应该想这些了，而应该像以往那样，在这种情况下，要亮出那唯一的有效武器：胆量。

维克多·卢斯蒂格领着五个废铁商，大摇大摆地无视游客的队伍，径直走到铁塔入口处。他漫不经心地把手一摆，把一个印有法国国旗——三色旗的证件给铁塔职员看了看，用不容分辩的口吻说：

"这五位先生是陪我来的。"

穿着燕尾服的卢斯蒂格很像官方权威人士，慑服于他的职员让他们六个人进去了。如果说废铁商们早先还有些怀疑的话，那么现在他们应该承认事实了：不用说，这个人肯定是政府责成卖埃菲尔铁塔的。

于是，在这巴黎最著名的古迹上，开始了一次史无前例的视察。对风景之美全然不感兴趣的废铁商们在楼梯上跑上跑下，把身子倾斜在栏杆上。他们估摸钢铁的状况，推敲防锈漆的质量，摸摸工字钢，触触螺钉。他们审查埃菲尔铁塔就像一个马贩子在市集上审查一匹马那样。

于是，大家欢天喜地告别。维克多·卢斯蒂格要求每个人给他寄去对价格的建议，他等待着。实际上，他只等待普瓦松先生的信，而其他人的信，他甚至连看都不看。当最终收到普瓦松先生的信后，他在克里龙宾馆里召见了这个人物。

卢斯蒂格再次见到他未来的牺牲品时，完全放下了心。他没有搞错，这位废铁商先生的脸比任何时候都更红了，心更激动了，更振奋了。

维克多·卢斯蒂格摆出大人物的架子，找些话使他免除拘束。

"亲爱的先生，您向我提出的款项，不瞒您说，那是最高的。再说，我对您有好感。"

矮个子在椅子里摇晃得更加厉害了，他松开他的假衣领喘喘气，心想：这不是真的……这太好了……世界上最著名的7000吨钢铁是属于我的了……只属于我一个人了！

这一下，维克多以合伙人的口气继续说话了：

"您知道吗？亲爱的普瓦松先生，在这样一类交易中，按照惯例是要付中间人一笔手续费的。"

不，他这个废铁商不会不知道这个。他一下从他的椅子上弹起来，打开他的钱夹，掏出一扎票子说：

"我早准备这个给您了，我想十万法郎的数目……"

维克多·卢斯蒂格不作答。他把票子塞进口袋里，付之以同意的微笑。他拍着他谈话对象的肩膀，以亲切的口气说：

"祝贺您，普瓦松先生，埃菲尔铁塔属于您了。"

四

第二天，维克多·卢斯蒂格离开了巴黎，当倒霉的废铁商知道自己被骗时，一切都晚了，只有痛哭流涕了。

怎样向一个警察分局局长承认说一个骗子把埃菲尔铁塔卖给了您，而您又是那样愚蠢地相信了骗子？怎样在巴黎的头面人物面前确认："我是世界上最富的人，也是世界上最愚蠢的人，你们夸奖我吧，你们欣赏地看着我吧，我向一个陌生人买下了埃菲尔铁塔！"

维克多·卢斯蒂格又一次巧妙地践行了他的原则：做得使他的受害人无法控告。他还继续行骗了近十年，直到他第一次，也是最后犯错误那一天。因为爱情，他愚蠢地、不高明地靠偷钱取悦他疯狂迷恋着的一位情妇。

在某些情况下，爱情是世界上最危险的骗子。于是，卢斯蒂格在监狱里度过了他的余年。他曾用大头针在他单身牢房的墙壁上钉了一张极普通的明信片——就像我们能找到的那种千千万万的明信片一样：埃菲尔铁塔耸立在美丽的蓝天中。在明信片下面，他用手写道："已售得十万法郎。"那依然是他的一个慰藉。

爱情的罪过

一

　　猛虎在圆形演出场地中央的笼子里就座，笼子被强烈的灯光照着。

　　马戏团的帐篷里，鸦雀无声。驯虎人按习惯穿着传统红色服装或简单的兽皮三角裤，甩响着鞭子，向观众致意。观众屏声静气，他们知道老虎极少攻击它的驯养人，但他们又不能不担心。无疑，驯虎人也待在笼子里，或许……谁知道……猛虎自己。

　　20世纪50年代初，贝尔纳·泰克莱三十来岁，他是法国一个大型马戏团的驯虎人。他做驯虎人是因为他父亲也是驯虎人，还因为他自小就是伴着猛兽长大的。

　　而且从一开始，贝尔纳·泰克莱就表现出识别动物的天赋，他了解动物的一切反应，领会它们的所有意图。因此，他的表演是从马戏业中被认为最难的节目开始的：驯虎……

为了表演得好，贝尔纳•泰克莱希望得到最好的老虎。1948年，他带着六只虎王表演。此时，他得知在阿姆斯特丹，有一只老虎因发生悲剧事件而被出卖。那是一只3岁的体形庞大的老虎，重320公斤。在一次表演中，它咬死了他的驯虎人。贝尔纳•泰克莱去阿姆斯特丹把那畜生买下了，将它重命名为"雷克斯"。

这是一只他从未见过的猛兽。毫无疑问，它很危险。他不仅从它那个子和块头看得出，也从它那眼神中很快看出来。它那双眼睛盯人的方式不会令人弄错，它把人看作敌人，看作一个猎物。

贝尔纳•泰克莱开始训练雷克斯。驯虎通常采用软办法，但对这个老虎，他要采用硬办法，要让老虎觉得它是被征服了的。在这一点上，要表现出驯虎人对猛虎的知觉和直觉。贝尔纳•泰克莱知道老虎总是从背后袭人。在扑跳之前，它总要盯人背后好几秒钟，一动也不动，眼光成迷糊状。此时就必须采取行动，否则就会发生悲剧。

为此，在多次训练中，贝尔纳•泰克莱故意朝老虎背过身去。当他感到老虎在背后趴着不动，呼吸变得急促了，就倏地回过身子，猛地给老虎的脸抽上一鞭子。有时在训练中，当他看见老虎的眼睛变得朦胧了，稍等几秒钟，然后在老虎刚想扑跳过来时揍它。

几个月后，雷克斯被驯服了。现在它学会了坐凳子，跳火圈。然而贝尔纳深深地感到，这只老虎与众不同，它总是虎视眈眈。它听话是因为它觉得自己是弱者，这纯粹是力量的对比。驯虎人知道，和这样的老虎在一起，任何一秒钟都不能掉以轻心。他每分每秒都要用动作、眼光使它就范。

二

贝尔纳·泰克莱带着七只猛虎表演是个巨大的成就，尤其是雷克斯的表演给观众留下深刻印象。观众也看得出，这只老虎好危险。

1950年，贝尔纳·泰克莱又买了一只老虎。他总是认为若想演出完美无缺，笼子里应该要有八只猛虎才行。他这次买的是只母老虎，命名为"苏尔塔娜"。

苏尔塔娜和雷克斯完全相反，矮些，细弱些，但它非常灵敏。它所创造出来的优秀成绩是其他老虎从未达到过的。它跳得更高，其弹跳力、身体的柔软度、那轻飘飘着地的样子使人赏心悦目。

而且更有意思的是，苏尔塔娜对它的训练人很快就产生了非常奇妙的爱慕之情。只要贝尔纳一示意，它就跑过来倒在他脚下打滚；再一示意，它就跑过来，像一只大猫一样，对他做着媚态，而且用头摩挲着他的双腿。贝尔纳·泰克莱从未见过这种情形。训练苏尔塔娜，他无须用鞭子，甚至也无须提高嗓门。他刚想做什么它就立即做什么。毫无疑问，这只母老虎爱上他了。

贝尔纳·泰克莱用八只猛虎表演是个巨大的成功，从来没有一个驯虎者能驯服这么多老虎。苏尔塔娜的举动，它的灵巧和美丽，尤其它对驯虎人表达的情感赢得了所有观众的赞扬。此外，还有雷克斯，每次以惊人的块头和可怕的爪子让观众不寒而栗。

三

1950年9月，贝尔纳带着他的老虎到斯德哥尔摩做特别表演。观众云集，尤其是那时候第一次有了电视。

他一钻进笼子，现场便爆发一片欢呼声。他的节目是整个演出最精彩的一幕。八只老虎一个个钻进了笼子，坐到圆形高脚凳子上。贝尔纳·泰克莱向观众致意，突然一下子转过身。他发现雷克斯在他背后蜷缩起来，眼睛成迷糊状，准备起跳。他朝它的脸狠狠甩了一鞭子。老虎摇摇头，伸伸爪，咆哮着重新坐好。贝尔纳·泰克莱心想：雷克斯今晚烦躁……

但他暂时顾不上雷克斯了，因为是苏尔塔娜首先表演。他一叫苏尔塔娜，它就离开座位，乖乖地过来坐到他身旁，听从他的口令。

于是，表演开始了，让人着迷极了。苏尔塔娜跳跃着，再跳跃着，一次比一次跳得高，一次比一次跳得远。观众从未见过老虎跳得如此优雅，如此柔软，如此准确。它轻飘飘的，像飞一样。

贝尔纳·泰克莱甩响鞭子，喊："趴下，苏尔塔娜！"

母老虎跑过来乖乖地躺到他面前。这是他初次表演的第二场节目：老虎和驯虎人相爱。在贝尔纳·泰克莱的口令下，苏尔塔娜侧躺在他左边和右边，像猫一样缩作一团，用身子摩擦着贝尔纳的身体。摄像机放大镜头对着它，观众都看得入了迷……

现在，贝尔纳·泰克莱跪下来。这是他第一次要尝试的壮举。这节目他和苏尔塔娜已排练过了，他有把握成功。毫不犹豫，母老虎走到他身边，把一只脚慢慢地搭到他肩上，爪子全缩进去了。继而又把另一只脚搭到他另一肩上。于是，老虎用它那又大又粗的舌头舔他的脸……倘若不是因为怕老虎受惊而事前禁止观众鼓掌的话，这个表演可能会赢得热烈的欢呼。

在静默而热烈的气氛中，表演继续进行。最后，贝尔纳·泰克莱挑选雷克斯跳铁圈。它没苏尔塔娜灵活和优美，但这个猛兽，体积庞大无比，始终让观众震惊。

贝尔纳·泰克莱站在雷克斯面前不动，手里甩响着他的鞭子。老虎报以咆哮，抬起爪子向前伸伸。在观众中，静默的气氛骤然变味了，变得紧张和惶惶不安起来。

四

面对猛虎，贝尔纳全力保持镇静。他和雷克斯之间，通常是力和力的较量，而且他是最厉害的，猛虎非常清楚这一点。他拿起火圈，高高地举过头顶，同时摇着鞭子。雷克斯本应该跳，可它没有跳……

贝尔纳•泰克莱看见猛虎的眼光变得朦胧了，肌肉紧绷起来。他感到它呼吸急促了。它快要跳起来了。他立刻给它脸上抽了一鞭子。雷克斯平息了一会儿，但发出一连串咆哮。贝尔纳一边甩响着鞭子，一边在思索。他不明白为什么。老虎从来都不会在驯虎人面对它，看着它时攻击他。谁都知道，它是从背后攻击驯虎人的，而且从脖子后。

突然，贝尔纳•泰克莱感到心跳都要停止了。雷克斯又重新自我蜷缩起来，眼睛盯着，呼吸急促。他举起鞭子再打，猛虎战栗了一下，但仍然保持进攻姿势。

他们相持了大概5到10秒钟。贝尔纳•泰克莱知道，猛虎现在就要扑跳过来了，他再也控制不住它了。此时尤其不要后退，后退毫无用处。如果他还有最后的运气的话，那就是和它面对面站着。他不动，始终摇着圈子，急速地思考着这是为什么，突然他明白了，他刚才和苏尔塔娜的表演是一个不可饶恕的致命错误。雷克斯爱上苏尔塔娜了，它妒忌他！它行将杀死的不是它的训练人，而是它的情敌。在他和猛虎之间，第一次，他不再是最强者。

一声可怕的咆哮声伴随观众巨大的呐喊声响起，雷克斯当胸直扑它的训练人。贝尔纳•泰克莱被320公斤的大虎扑倒、撕咬，他感到那怪物的大嘴在寻找他的喉咙。

　　突然，观众又爆发出第二声呐喊，一支黑黄的箭瞬间穿过笼子：那母老虎也跳起来了，而且死死抓住雷克斯的后脖子！

　　雷克斯一惊，放开贝尔纳·泰克莱。马戏团的人趁机立刻把贝尔纳·泰克莱从笼里拉了出去。他满身是血，直挺挺地躺在马道上，无可奈何地看着它们搏斗。

　　发了疯的雷克斯疯狂地攻击苏尔塔娜，苏尔塔娜竭力抵抗。但是它缺乏对付那庞然大物的个子。马戏团的人企图用棍子和叉子将它们分开，但无济于事。

　　当雷克斯突然平静后，躲到一角去了。苏尔塔娜侧身躺着，血从它的喉咙里汩汩流出来。贝尔纳·泰克莱不顾自己的伤痛走近它，而母老虎长久地安详地看了他一眼，那一眼就像完成任务的忠诚的狗……那奇特的眼神出自人们称之为野兽的牲畜。

　　苏尔塔娜不久就死了。贝尔纳·泰克莱过了一年后才重新表演他的节目。这不仅是因为他受了伤，也是因为经历的悲剧令他心烦意乱。他曾经忘了这样一个事实：兽类也是有恋情的，它可以因为妒忌而杀情敌，也可以为了爱而殉情。

魔鬼冰排

一

一种可怕的如同开门叽嘎叽嘎的尖锐声，一下子盖过了尼亚加拉大瀑布①沉重而有规律的轰隆声。正在此时，一些处在尼亚加拉河下游冰上的人，呆住了，焦虑不安，他们脚下有什么东西动了。

然而，如同每年一样，这座2米宽的、拦住尼亚加拉河和为此将美国与加拿大两岸连接起来的冰桥很坚固，坚固得使河岸一居民每年冬天能来桥上搭建一间小木屋，在此为成千上万来此拍摄举世闻名的瀑布的游客出售热饮料。

---

① 尼亚加拉大瀑布：位于美国和加拿大边境，是世界上最大的瀑布。总宽1160米，高50~56米。源头为尼亚加拉河，水流洪大、湍急，注入深潭声震四野，溅起浪花高100余米。译者注。

差不多同时，第二次叽嘎声如同第一次一样响起来。这下子不可能再怀疑了，河里的冰颤动了。小酒店的老板慌忙离开小木屋，边往加拿大河岸奔逃，边叫：

"你们快逃，河里的冰要破了！"

看到他奔逃，一些处在大浮冰上的游客毫不犹豫地跟着逃。只有一对夫妇回转身向美国岸边跑去，无疑，他们为停放在一百来米远的汽车而担心。

第三次叽嘎声响起来，这一次它被从大浮冰深处发出来的沉重爆裂声打断。当夫妇俩快要抵达美国岸边时，一块巨大的浮冰在可怕的断裂声中分离，摇晃着，跌倒在四溅的泡沫中，被河水推着，开始慢慢漂移。道路被切断了。男人催促着他的妻子折转身，重新走回已跑过的路。而在那边，从一开始就选择这条路的人正准备踏上加拿大的河岸。

需要快跑才行。尽管丈夫劝告着妻子，妻子却感到无法前进。恐惧，或许寒冷，肯定二者皆有，使她的双腿麻痹。一种迟钝感流露在她脸上。她丈夫催着，扶着她的腰，并且央求着她：

"快点，再快点！"

但毫无用处，神奇的、能激发十倍力气的自我保护本能对她好似全然无用。当她需要快跑时，千斤重担压到她肩上。于是，男的吓得大叫：

"救命！"

二

在离他几十米远的前方，两个年轻人反转了身，稍迟疑了一下，又继续往近在咫尺的加拿大河岸逃。突然，妻子绊了一下，脚一滑，倒地时拉了她丈夫。她跌倒时发出的尖叫声，让从四面八方逃往岸边的目击者都吓得胆战心惊。

丈夫试图让妻子重新站稳而发出的呼救声，使跑在最后面的正要跳上岸的年轻人再次回转身。另一年轻人面对同伴的犹豫向他伸出手说：

"你疯了，走吧，来！"

然而，后面的年轻人拒绝了同伴伸出的手和对安全的提示，回转身，向夫妻俩跑去，试图帮助他们。

正当他抵达妇女身边时，一块更大的浮冰撞击了与加拿大河岸齐高的冰桥。从岸上，人们看见三个人影在剧烈的撞击下摇晃着，人群中有人低声说：

"他们完了！……"

冰桥轻轻一摆动，脱离了加拿大河岸，它带走了一位不愿丢下妻子的丈夫和一位勇敢的、不愿舍弃夫妻俩的年轻人。

三

在河两岸，人们行动起来，要为这些不幸的人做点事。3公里以外的前方，尼亚加拉大瀑布在进行前所未有的、耸人听闻的坠落——"急流滚滚"。他们的冰排千万不要抵达那里！

在抵达那里前，要经过三座铁桥，人们也许能救回遇险者。而水流经常起伏不定，大浮冰会随时接近河岸，需要尾随他们并从桥上向他们投掷绳子才行。美国和加拿大两岸，人们立即组织起来，消防员发出了警报。

在那边，在河心浮冰上，妻子蜷缩在丈夫的怀抱里，两个人影合而为一。而人们看见年轻人小心翼翼地从冰山这一边走到那一边，企图引领这块大浮冰的行程，让"死亡之冰排"走向这边或那边陡峭的河岸。但大浮冰漂得太快，不一会儿就过了第一座铁桥，没任何人来得及抛下绳子。不过，在第二、第三座铁桥上，人们已忙碌起来。

突然，冰排既无碰撞，也毫无缘由分裂成数块，将两夫妇和年轻人分开。年轻人所在的冰块比其他的冰块小，领头漂在前头，人们看见勇敢的年轻人向他想救的两人示意再见。他们的命运开始分道扬镳。

现在，一股奇怪的水流推着夫妇俩慢慢地向加拿大河岸漂去。大浮冰很快抵达那里，救援者感到浮冰就要临近陡峭的河岸了，大约只隔两米了，一些手已伸向他们。丈夫目测距离。他妻子和他说话，好像是在说服他跳。他走近冰的边缘，观众呼喊着他跳。

即将纵身跳时，丈夫转过身，看见妻子平静地坐在冰上保持冰的平衡。于是，丈夫折身重新走向妻子，此时一股新的水流将冰排卷向河中心。人们再次看到他们相互拥抱在一起。

四

在年轻人的浮冰那边，浮冰轻快地接近第二座铁桥，消防员在桥上准备向他抛下一些绳子。人们看见年轻小伙子脱下外套将它丢到冰上，准备接应。当大浮冰从桥下通过时，他抓住了一根绳子，将它绕到手腕上。浮冰猛烈快速地将他从浮冰上一拖，他半个身子掉进冰冷的水里，但他挺住了。上面的消防人员轻轻地、慢慢地、平稳地拉，他单薄的身子升出水面时，像陀螺一样旋转着。离桥面只剩3米了，接着只有两米了。人群喊叫着鼓励他，突然叫声停止了，因为落难年轻人的手沿着绳子滑下去了。他还滑，还滑……开始慢慢滑，然后滑得快，人们甚至看见他企图用牙齿拼命咬住绳子。最后，他掉下去了。在消失于一股滚滚的浪花前，他浮出水面两次。

在另一块漂得较慢的冰排上，轮到丈夫抓住了一根绳子。他将绳子套住妻子的腰，打了个结。绳子被拉紧，夫妻俩抓住绳子，于是浮冰放慢了行程。但绳子断了，因为无法承受那么重，夫妻双双重新掉到冰排上，幸好他们的冰排比第一块的宽。于是，他们在掉进大漩涡前，走向最后的拯救机会——200米开外、轮廓清楚在望的第三座铁桥。由于濒临大瀑布，尼亚加拉河水速度更快，浮冰在危险地颠簸。

就在这里，将要上演两个人的命运。而数分钟前，他们还在笑，在独一无二的风景面前拍照留念。

五

　　无数好奇的人屏住呼吸，眼睛远远地盯住浮游在波浪上的两个人影。一些妇女跪下来，双手合十，祈祷上帝保佑这些不幸的人。但一切发生得如此之快，快得令目击者难以全部细看。丈夫抓住了人们从桥上扔给他的一根绳子，将绳子套到妻子腰上，如同上次一样，打了个结。但他无疑认为打的结不够结实，又将绳子解开重套，此时绳子开始拉长……是他的手指冻麻木了吗？还是他认为这根绳子如同上次那根一样太脆弱，不足以拉上两人？人们刹那间感到他将绳绕在手腕上，然后当绳拉长时，他伸长手臂，如同打出一个永别的手势那样张开了手，于是绳子滑走了。冰山继续上路，向深渊漂去。

　　所有在场好奇的人目击了这悲惨而崇高的一幕——死亡的一幕。丈夫久久地拥抱妻子，然后轻轻地将她躺卧在冰上。他靠着她坐着，把她搂在怀里。在抵达深渊前几米时，大浮冰开始旋转，而当它消失时，被骇人听闻的瀑布咬住。夫妻俩始终抱着。最后，瀑布突然一松，掉到万丈深渊去了。

　　妻子叫克拉拉，男的叫埃尔德里热，7年前他们以斯汤唐先生和斯汤唐夫人的名义结了婚。年轻人叫布雷尔·埃阿科克，17岁。他们3人为尼亚加拉大瀑布络绎不绝的观众奉献了勇敢、爱情和死亡的情景。

　　所有这一切都在明信片上找不到。

像冻僵的鸟

一

　　这是1920年瑞典的冬天，一个持续了数月的严寒深冬。这天早晨，山谷一片宁静，白色的雾霭挂在小路上，沿水沟冻成的冰障凝固不动。一切寂静无声，静得令人诧异。父母亲将孩子们都送进了学校。他们本不该送，因为将近下午3时，天气骤然变成灾难。顿时，寒风在山谷中旋转呼啸，从这个村庄刮向那个村庄，卷起漫天雪帐，将偏僻的山径小路冲得坑坑洼洼。

　　老师忧心忡忡。人们驾着雪橇，离开散落在山谷中的房子来学校接他们。时间紧迫，人们已再也看不到树木；风变成了暴风雪，汇集针尖样的冰块无情地摔打在人们的脸上。

　　在住得太远难以独自回家的孩子中间，有三个小孩很幸运：姐姐叫安热，14岁；妹妹爱力克，9岁；小弟弟约阿拉，7岁。他们的爸爸先于别人看到了天气的变化，带着雪橇和一匹勇敢的名叫佳娜的老母马已经在学校。老马熟悉回家的路。父亲在雪橇里为孩子们堆上了毯子。他骑着自己的马。

　　三个孩子在暴风雪中奔向雪橇，高兴地挤坐在毛毯上。母马等待命令折身回家。家离学校3公里。爸爸用暖和和的衣物裹着马头，即将启程。忽然灾祸降临。父亲和小孩都来不及反应，一声巨大的爆炸声将母马惊得立起，闪电在黑暗的天空中划开一道明晃晃的口子。与此同时，风咆哮而来。牲口扬蹄嘶鸣，挣脱缰绳，拉着雪橇在雪中狂奔。这是不可预料的，在大暴风雪中突然爆发的一道闪电，好似魔鬼一样作祟其间。大地银白，天空黑暗，成了另外一个世界。

　　姐姐喝住牲口时试图在雪橇中站起来，但毫无用处，她无法抓住那飞舞的缰绳。在包围他们的雪雾中，安热甚至不知道母马走错了方向。暴风雪在数秒中爆发，人们看见的只是白雾。爸爸慢了一下，他转过背，未看见雪橇跑的方向。他知道不妙，但牲口走向何方？是左还是右？是走向森林还是走向急流？地上再没了清晰的道路，因为漫天皆白，风用几秒钟就把地上的痕迹一扫而光。

　　安热用双臂搂住妹妹和弟弟挤坐在雪橇后面。她真不害怕，以为母马像往常一样走在回家的路上。而爱力克和约阿拉快活极了，自以为在和爸爸赛跑，喊着鼓励母马："跑啊，佳娜！加油啊，佳娜！……"他们没觉察到危险。

二

　　疯跑几分钟以后，佳娜年龄大，跑得太疯，冷静下来，放慢了步子，最终停下，在暴风中口鼻吐着泡沫。于是，安热重新抓住了缰绳，但对走向何方犹豫不决。没有任何一个标志物、一棵树、一户人家。母马自己好像惊慌失措，被他们周围时速超过100公里的滚滚如潮的雪墙吓着了。它的鼻孔很快结了一圈薄冰。现在，受惊的爱力克和约阿拉听从姐姐的指挥。他们用自己的手套揩拭佳娜的鼻子，用一条羊毛披肩包着它的嘴。然后，安热尝试着催马前行。需要找到哪一个方位标志才行，尤其不要惊慌。

　　安热在暴风雪中眨着眼睛，睫毛结了冰，很痛，她鼓励老马，一步步迎着暴风雪前进。她冻得喘不过气来。身后的爱力克和约阿拉被压迫在雪橇后面，因为他们不能坚持多站起来一会儿。姐姐想尽了办法，但她很快晕头转向。而母马却踟蹰不前，跺着脚，忽左忽右，全身抗拒。风的阻力是那样强大，使安热不得不放弃前进。她现在改变策略，试图爬上马背极目远望，但枉然。在离地两米高，暴风雪更加猛烈，卷起成千上万被快速拉动的像刀锋一样的冰霰。

　　安热低着额头抵挡冰霰，并猛烈地摇着缰绳。她想向后转，以便让马脱离迎面的风——一面真正的不可逾越的墙。母马力图使用最后一点力气拉，可一个踉跄，跌倒了，然后它直立奋起，而雪橇又翻倒了，将孩子们抛在雪地上。安热一下子被弹起，掉到齐腰深的一个窟窿里，脚下的一块薄冰在她的重压下咔咔作响。她费力从里面爬出来，她的羊毛裙子和长袜子立即被冻住了。但她管不了这些，她的首要目的就是要把雪橇重新竖立起来。当安热鼓励母马拉雪橇时，爱力克和约阿拉两人尽其所能帮助推、拉，但毫无用处，雪橇对他们来说实在太重，一个滑板被卡进雪堆里了，需要更多的三双小手才能把雪橇扶起来。而且风阻挡他们，孩子们不得不放弃。

现在，从母马脱缰奔走已过了两个多小时，因用力而疲惫的三个小孩已冻得发抖，安热除了躲避和等待外不知道能再做什么，因为暴风雪尚未停息。于是，安热用翻转的雪橇做成临时窝棚。书包被排列好摆在雪地里，在它上面罩上一块羊毛毯子。竖起的雪橇底板当作一面挡风的墙，将一块羊毛毯当顶盖。安热把两个小弟妹安置在这临时窝棚里。而她借助小学生披肩把自己当成窝棚的第二面挡风的墙。安热伸开双臂就像一只大鸟，把她的背奉献给暴风雪。母马独自应付，弓着腰，成了一尊岿然不动的冰雕。

三

风、雪和冰在小孩周围飞舞，撕扯着毛毯顶盖，掀起安热的披肩，迫使可怜的安热寻找临时捆绑的绳子，而且不停地寻找。这场令人疲惫不堪的斗争，在暴风雪中持续了3小时。风尚未平息，这场雪是世界末日之雪。它厚厚的，硬硬的，一大团一大团地下，无孔不入……它覆盖一切，用几分钟就堆成一座毫无用处的小山。

安热不停地摇动着披肩和羊毛毯上的雪，以免在雪的压力下他们被掩埋。现在夜晚来了，安热不知道她从什么时候开始奋斗的。两个小弟妹被瞌睡威胁着快要入睡了，但她知道睡觉可不行，爸爸说过许多次，应在雪里走动、活动、讲话，必要时喊叫，而且要持续不断，永远不能停止。在雪中睡觉就是死亡。安热清楚地知道这个。她的外套冻成一个冰枷，直到她腰部。她已感觉不到自己的双腿。而雪重重地压在她的披肩上，很快，她再也不能保持双臂伸开，因为它们自动垂下来。为了继续保护爱力克和约阿拉，她取下披肩，抖抖它，将它摊在他们身上。她跪着，将自己的背交付寒冷撕咬。

就这样，她尽了最大努力将雪和两个小弟妹隔开。羊毛毯子在书包上形成一个可爱的小土堆……雪橇木头底板成了一个支撑物，他们头上的披肩将他们隔离。除了阻止他们睡觉外，她再也无能为力了。她自己也不能全部被冻坏。母马的马鞍上还剩下一块毛毯，安热用力把它抽出来，盖到自己的头上，她开始对弟妹说：

"爱力克，约阿拉，不要睡觉！我们来数数，数到100再重数。每数100下，我们做一个不同的动作，先动腿，弯一弯，伸一伸……1，2，3……直到100下……再动手臂100下……然后动脚趾100下……要曲起来。然后动手指100下……还要拍脸100下，每边脸拍一下……重新来……不要停，听话，来！"

母马躺倒了，雪慢慢把它盖起来，它死了吗？安热甚至不能去看它。

四

她在和扼紧她胸脯的冰雪做斗争，她感到一阵麻木。现在她让小弟妹唱歌，像与绝望做斗争一样与瞌睡做斗争。夜令人害怕，将永远没人能找到他们。安热偷偷地流着泪，泪水结成了冰，挂在她圆圆的脸上。

"爱力克，约阿拉，听我说，要是我睡着了，你们答应我，一定要醒着。你们向我发誓，即使我睡着了，你们也一定要数数。这很重要，发誓！"

他们继续数数，因为他们已发过誓了。当他们继续数数时，他们14岁的大姐姐扑倒在他们身上睡着了，成了他们挡住寒冷和防止入睡的最后屏障。

第二天早上将近7点，当人们找到他们时，他们躲藏在姐姐的身下，还一边做着梦一边自言自语地数着："1、2、3、4、5……"安热直躺在他们身上，两臂伸开成十字，像一只死了的大鸟，一只冻僵的大鸟，永远醒不来了。

一个伟大的荣耀

一

1901年，20世纪初，俄国和日本之间的紧张关系已非常尖锐，所有的观察家都不怀疑，日俄之间早晚有一天会发生战争。沙皇情报部门的头子戈尔希诺夫将军为此忧心。

他所担心的是日本驻俄武官亚马达。亚马达是一个各方面见解都很特殊的人。首先，从相貌上看，他一点也不像他的日本同胞。他三十来岁，身材魁梧，高1.8米，有一张威严的国字脸。他出生于本国一个最古老的家族，同样具有非常高贵的精神气质，能轻松地讲西方各国语言。

这出色的品质很快使他被俄国的上流社会接受。亚马达外出很多，他会见重要人士，需要听取许多谈话，突然发现许多隐秘。

对于戈尔希诺夫和他的情报处来说，亚马达无疑是个间谍。因为他到俄国任职几周后，俄国驻日本的间谍就向他报告说，日本参谋部掌握了俄国军事机密。

于是，亚马达受到严密监视。但是，一时间，人们无法揭露他。他太狡猾了，不留下一些证据。于是，戈尔希诺夫决定采取断然措施。亚马达是个严重的危险，既然不能从肉体上消灭他，我们就用唯一可能的办法——惧怕丑闻的办法，迫使他离开俄国。

二

戈尔希诺夫和大家一样了解亚马达和玛丽•弗拉蒂诺娃的关系，这个日本人和最漂亮的俄国女演员是首都最奇怪、最引人注目的情侣之一。

尽管戈尔希诺夫的做法欠文雅，他还是决定去找女演员，向她揭穿了他知道的有关亚马达的事，并要求她用一个可怕的丑事威胁亚马达，逼他回到日本去。女演员虽然很钟情，但她也是个爱国者，最终她接受了。

于是，第二天，她去找亚马达，含着眼泪对他说她已怀上了他的孩子，然后突然以威胁的口气催他和他结婚。

面对这突然袭击，平时自信的亚马达，完全慌了手脚。他垂下双眼，嗫嚅着说：

"我之所以不能娶你……是我在日本已结婚……"

　　弗拉蒂诺娃把门哐地一关就走了，将谈判结果马上报告了戈尔希诺夫将军。戈尔希诺夫搓着双手，觉得自己干得漂亮，很快他就不会再听到关于亚马达的谈论了。但一刻钟后，他遭遇了他人生的最大意外。秘书来向他报告说：

　　"将军，日本武官来了，他执意要求接见。"

　　几分钟后，亚马达果然穿着军服笔挺地站到他面前，开门见山说：

　　"将军，我处在一个微妙的境地，我认识的一个女人用我们之间的关系制造丑闻来威胁我。就我而言，我决定离开俄国。不过，在我离开后爆发这样的丑闻很令人生气。我属于日本一个最古老的家族。父亲是天皇私人枢密院的成员，要是他知道此事，有可能被迫自杀……"

　　亚马达犹豫了一下，继续说："因此，我想，鉴于您的职责，您可以平息此事……"

　　戈尔希诺夫暗自喘了一口气，一个间谍居然来要求对手情报处的头子帮忙：果然，亚马达非凡人。但日本人还没讲完。他压低声音说：

　　"作为服务交换，一回到东京，我保证为你们提供消息，应该是……机密……"

　　戈尔希诺夫保持全身镇静，答应帮忙。亚马达一走，他立即将谈话报告了当局。大家一致认为亚马达是在将他们当傻瓜。很显然，这种人绝不会当叛徒，他将来送来的情报肯定是假的，是经过日本间谍机关炮制的。但原则上他已走了就行了，接替他的人肯定不会是同一等级的人，不会有同样的效率。

15天后，亚马达卷起铺盖离开，接替他位置的果然是一个无足轻重的人。机密向日本流失的情况很快停止了，俄国人以为事情结束了，但这只不过是开始。

三

半年以后，1902年12月①，一位匿名者将一个包裹送到了俄国驻日本大使馆，里面藏有日本进攻中国旅顺港的详细计划。戈尔希诺夫将军和参谋部对此进行了仔细研究，亚马达履行了承诺，但没任何一个军事负责人对这文件予以半点信任，这文件显然是假的。不过，他们承认这些文件炮制得很好，应该让炮制它的人耗费了许多心机。

又过了半年，1903年夏天，其他一些文件以同样的方式送达。这一次的文件事关日本人在满洲里的全部作战计划。如同上次，这文件非常具体，具体到了使俄国军事人员不能不慌乱的地步。战斗计划好像果有其事，甚至非常出色，一切出其不意。参谋部一个军官指出：“如果这个计划是真的，我国军队将会全面受到攻击，我们从来没有面对过日本人以这种方式进行的攻击。我很忧心……”

但参谋部仍将这些文件定性为假的。

1903年10月，这一次，亚马达寄来了日本人在西伯利亚的

---

① 原文如此。译者注。

反击计划。一场对西伯利亚的反攻！这完全是从背后攻击俄国的战略部署！这下子，即使是最怀疑的人也动摇了，并形成了两个阵营：一派，连同戈尔希诺夫在内的人总是认为，这些是假的；另一派则认为文件是真的，因为它设计得令人钦佩，甚至是天才的战略计划。如果俄国军队不改变部署，就会走向灾难……

于是，1903年12月，晴天一声霹雳响。俄驻日大使馆报告说，亚马达在日本军部盗窃军事机密文件时被捕，并立即受到审判和处决。他父亲——天皇枢密院的顾问，在获悉儿子的消息时剖腹自杀。在"太阳升起的国度"，父亲在遭受一个儿子的耻辱后不会继续活着。

从几个可靠的渠道得到证实的消息不可能令人怀疑。于是，这一次，即使最怀疑的人，甚至是戈尔希诺夫也改变了倾向。亚马达没有说谎，他对情报处的头子信守诺言。拯救家族的荣誉比他自己的叛变更显重要……于是，在再次了解日本人的复杂内心后，俄国参谋部根据亚马达提供的文件急急忙忙变更了军队的部署。

四

这一时期真险。1904年2月日俄战争爆发。而这场战争对俄国人来说是灾难。在满洲里，在旅顺港，沙皇的军队按照新的命令进行了调动，但日本人并未待在他们本应待在的地方。

相反，他们对对手的弱点进行了攻击，正如他们事先了解俄国人的弱点那样。

俄国人撤出军队去保卫西伯利亚是个致命的错误，日本人没有攻击西伯利亚。他们永远不会去攻击。俄国人输掉了战争，这里的部分原因是由于亚马达传送的作战计划。那么，这究竟发生了什么事？难道他本身被日本情报部门操纵了吗？俄国参谋部门一无所知……

答案不久来了。一个驻俄日本军官被捕，他是最机密文件的提供者，而且他很快被确定是日本间谍机关的负责人之一。

戈尔希诺夫将军亲自审问他关于亚马达的事。这个间谍毫不保留地供述了，因为很显然，他要说的事，他希望俄国人知道它。

"亚马达是个英雄，他和他的全家人都获得了日本一级骑士勋章。"

戈尔希诺夫跳起来：

"那么，他没有真正被处决？这不可能，我们核查过！"

日本军官爽朗一笑：

"不！他被处决了。这是使你们认那些计划为真的唯一手段。天皇问亚马达为了日本的光荣，是否愿意接受那侮辱性的死亡，亚马达说愿意，这对他是大大的光荣！"

日本军官看着戈尔希诺夫将军，他始终那样平静，而戈尔希诺夫将军的眼珠子都要从脑袋上蹦出来了。

"然后，天皇请亚马达的父亲剖腹自杀，就像他知道儿子叛变后通常应该做的那样。亚马达的父亲接受了。"

日本军官一边补充，一边晃动着脑袋表示钦佩：

"这对他父亲也是大大的光荣……而对第一个把真相告诉您的我，是小小的光荣，将军。"

不法之徒

一

唐·诺克基神父热爱上帝，是个仁慈的神父，不过有时候他会提出一些问题。他承认上帝的意图是不可知的，但他怎么可以承认是上帝决定了"这件事"呢？

"这件事"，指的是20世纪初意大利的一部法律，这部法律规定，禁止眼角膜移植。

不，这是人制定的一部法律，而且更荒唐的是，这是意大利人制定的一部法律。

1952年，为了拯救成千上万的人的生命，欧洲所有国家都接受了眼角膜移植，可意大利人除外。于是，唐·诺克基神父宁愿和仁慈的上帝说话，也不愿和他的圣人们说话。他去请求教皇召见。

他不过是个胆大的小神父，但小神父也有权请求教皇召见。不管怎样，他有这个职责。

在教皇秘书处，教皇保罗十二世的三秘觉得有必要问问请求召见的理由，因为有那么多人纠缠梵蒂冈，有那么多人请求它恩典或破格优待……三秘先生应该知道这个！

如果唐·诺克基想尽力陈述他要求召见的目的，教皇将很赞赏。

于是，三秘以通常的仁爱态度倾听唐·诺克基的陈述。

但这不是一个陈述，而是一场悲剧。唐·诺克基非常干脆、毫不羞怯，同时怒气冲冲地这样说。面对唐·诺克基苍白而激动的面孔，面对斗志昂扬的小神父，三秘先生变了脸色。唐·诺克基不善言辞，但他不需要这样做。他干脆告诉三秘说，他快要死了！

他知道他快要死了！在一个月、一周后，可能明天就会死去！他得了一个人们连名字都不敢总是叫的重病。他无视此病太久了，现在为时已晚。于是，他想死后干脆用遗体为某个人服务。

二

唐·诺克基神父建立了一座残疾儿童学校，里面有2000名残疾儿童，有无家可归的、贫穷人家的和整个一生都要拖着病体的孩子，其中有个病孩可能除外，那就是小西尔维。

西尔维10岁，是一个有7个孩子的最穷家庭的最小孩子。他没有玩具玩。

一天，西尔维玩做石膏模，仿效他父亲，用生石灰、开水和食品罐头盒子做，结果这颗小炸弹炸到他脸上！

西尔维瞎了眼，但人们还能拯救他，可以使他复明。因为医生说眼角膜移植可以100%成功。

唐•诺克基知道自己行将死亡，愿意在死后把他的眼睛捐给小西尔维，可是法律不允许。

教皇的三秘觉得他在他充满爱心的例行公事中已深感忙乱，因此耷拉着脸，表示拒绝和难办。拒绝是因为教会不赞成人们施与这样的慈善。上帝的意图是不可知的，既然天主要使人成为盲人，这不是由人可以改变的。我们的身体不属于我们自己。

至于难办，是因为对唐•诺克基这样处境的人，一个行将就木、想救一个孩子的人很难说不。那好吧……就让唐•诺克基获特别的召见去见教皇吧。不久后，梵蒂冈新闻机构正式宣布梵蒂冈赞成眼角膜移植，况且它已在欧洲各国实行。

唐•诺克基和教皇在密谈中达成谅解，并小心翼翼地隐藏谈话的内容。他不求得到胜利。他和教会官方信仰保持协调，这是原则，但他可付诸行动。唐•诺克基躺在医院病床上，知道自己的生命已屈指可数。几周以来，他不得不放弃对孤儿院的领导。为了它，他献出了毕生的精力。病魔使他的面颊深深地凹陷下去，他已山穷水尽，身子瘫倒。但他坦然等待死亡。

小西维尔将很快重见天日。可怜的唐·诺克基，他认为自己好像堂吉诃德一样在与最后的风车——假想敌做斗争。

三

现在，他在愤怒地倾听医院院长的说教。一个冥顽不化的官员比一头不愿前进的驴还要愚蠢（而上帝原谅了唐·诺克基）。院长说："应该明白……国家上议院尚未通过修改角膜移植的法律，需要时间来考量一部法律，而医生公会也必须遵守法律……任何一个外科医生无权在不受法律制裁的情况下做这样一项手术……法律规定要坐牢至7年，吊销从医执照……"

医院领导感到很抱歉，说将没有任何外科医生担负此责任。这是法律，唐·诺克基！对法律，请耐心点！有一天，这法律将投票通过，请耐心点吧！

法律……耐心点……对于一个明天也许就要死去的人，这两个词有何意义？这是人们说的漂亮的蠢话，如果这了不起的法律要一年半载后才通过呢？那就太晚了！唐·诺克基将要死去，谁将想到小西尔维？谁给他眼睛？没有人。

唐·诺克基清楚地知道，光有一部法律是不够的。他十分明白，没有他，小西尔维又将回到那隐姓埋名的2000人的残疾儿童院里去。唐·诺克基迸发出最后的力气，因为这需要采取断然措施，需要向社会舆论发出呼吁。这是他最后的机会，为了教义，活该他倒霉。

于是，唐·诺克基就成了引起轩然大波的人。

1952年11月24日，报界发表议论："一个神父声明：我希望我目睹过许多战争、暴行和苦难的双眼能看到人与人之间的和平。一旦我去见上帝，我的双眼将施与一个盲人。为此，我期待一个好心的医生帮助。"

唐·诺克基是个垂死的人，但垂死者依然有力气接待来访的意大利最著名的外科医生马里约·塞罗提，那是个好心肠的人。马里约·塞罗提检查了唐·诺克基的身体。他们之间没有谎言。

"我还有多少时间？"小神父问。

"两三天吧，"著名外科医生回答，"也许更少。"

"我们能做点什么事呢？"小神父问。

"相信我吧！"著名外科医生回答。

四

他们俩——医生和垂死的人单独待在白色的病房里，带着中学生的喜悦和热烈的希望进行谋划，准备和警察玩捉小偷的游戏。因为警察到了医院！在监视医院，立法机构的军队围住唐·诺克基，下命令阻止手术。小神父只有一个优势，他处在死亡的边缘，人们不会逮捕一个快要死的人，只能监视他。说到底，人们也不可能逮捕一个瞎眼的儿童，他在另外一个医院等待。

　　唐·诺克基和马里约·塞罗提几乎像受管制的囚犯。很明显，手术无法在医院内部进行，医院的领导也是反对者。

　　于是，两个被包围的人制订了一个不同寻常的逃逸计划。

　　唐·诺克基不能离开医院，而小西维尔不能离开他待的地方。外科医生说，既然警察守候，我们就让眼睛"逃走"，在骑警的眼皮底下让眼睛和小孩会合。

　　于是，马里约·塞罗提待在唐·诺克基的床头，两人等待死亡。而在城市的另一边，小西尔维等待光明。

　　1952年11月26日19时，日落照耀着米兰，唐·诺克基安详死去。外科医生做手术很快，很有效，他的两个学生前来当他的助手，他们穿着做客的服装。医生切下两小块眼角膜，助手将它们装进盘尼西林的试管里。马里约·塞罗提轻轻合上唐·诺克基的眼睛，向他的助手打了个手势。于是，三人都跑到医院的走廊里，旋风般地穿过门，飞快地跑到一偏僻的小街。在那里，一辆发动着引擎的黑色小汽车在等着他们。警察们把他们当成一些新闻记者，他们冲向唐·诺克基的病房，以为外科医生还待在里头将要求进手术室。但在病房里，只有唐·诺克基独自躺在那里，他十指相扣、双眼皮紧闭，没有一个警察敢去核查。

　　小汽车往前冲，唐·诺克基的眼睛"逃走"了。小西尔维在一个医院里已被麻醉。在那里，谁也不知道马里约·塞罗提医生做手术的目的，他已用电话发出密令。

　　手术进行了三个半小时。1952年12月4日，十多位部长和三位国会议员跟随在唐•诺克基送葬的行列里，他们淹没在一大群残疾儿童中。1952年12月20日，著名外科医生马里约•塞罗提揭下西尔维眼睛的最后一条绷带——一条最后挡住西尔维眼睛和光明的绷带。

"告诉我，我有几根手指？"外科医生竖起手指问。

"两根，先生！"

马里约•塞罗提伸出的确实是两根手指。正因为如此，人们就把打出的"V"形手指当成胜利。

黑色婚礼的城堡

一

1830年4月10日，索朗热•德圣-普瓦斯和皮埃尔•凯尔马雷克在布列塔尼省的一个村庄里结婚。婚礼后他们立即登上一辆饰花的带篷双轮马车前往城堡。

一路上，索朗热凝视着结婚戒指里的刻文。不幸得很，戒指从她手上失落。他们停了马车，到处寻觅，可无法找着。皮埃尔让马车夫继续寻觅，拉着满面泪痕的索朗热追赶客人去了。

数小时后，马车夫停止寻觅，他没有找着戒指。在刚看得到城堡的地方，他与迎面而来的主人相碰，主人问：

"你看见我的夫人了吗？"

马车夫没看到任何人。于是皮埃尔叙述说，午饭前，傧相们要求夫人和他们玩捉迷藏，可两小时以后，不管怎样寻找、怎样叫唤，再也找不到索朗热。

一听这话，年老的仆人脸色变得苍白，他取下帽子，在胸前一边画十字一边说：

"我的上帝……这是不祥之婚！不祥之婚！"

皮埃尔耸着肩。

传说在凯尔马雷克城堡结婚的人，不论是谁，不幸都会突然降临到夫妇的头上的。皮埃尔对此预告并非全然不知，可他还是继续这样干，就使得他在完婚之日失掉了年轻的妻子。

当晚、翌日以及此后数日，人们探查墙壁、打捞水沟、搜寻附近乡下，皆无结果。骑警队做了调查，最后只好承认事实，索朗热死了。

没有任何人再看见她，她的家人在墓地里为她竖起一个十字架。这最后的不祥之婚加深了凯尔马雷克城堡的传说，从此，再也无人在那里举行婚礼了。

二

一个世纪过后，1930年，一天中午，当地的小学教员弗朗索瓦·勒加克来叩城堡的栅栏门，一群小学生伴着他前来讨水喝。城堡里住着一对年老的夫妇——城堡主人的用人，主人住在巴黎。孩子们口渴难忍，而且已时过正午，所以老师请求允许孩子们到城堡的院子里去吃午餐。请求被欣然同意。孩子们狼吞虎咽地吃着饭，老仆人则讲着这城堡不祥之婚的传说。吃完快餐，老师勒加克获得同意参观城堡。

在老看守的陪同下，大家对着花岗石的壁炉、拐角的窗户、庇古丹①的家具、螺旋式楼梯等赞叹不已。老看守碰到如此热心的听众，高兴异常，于是甘当义务导游，率众上顶楼，让大家欣赏一个真正的建筑奇迹——屋顶结构。

不知是老人过高估计自己的精力还是天气炎热的原因，突然，年老的布列塔尼手揩心口，被一阵不适击倒。勒加克老师保持冷静，连忙将老人抬到一个窗口旁边，打开窗户给他通风，接着命令学生待在病人身边。

"千万别让他动！我下去告诉他的妻子，她肯定有一种治心脏病的药。"

于是，勒加克奔下石头楼梯，冲到一间小房里，穿过这间房子，打开一扇通到另一个楼梯的门……但往下走着走着，他猛然感到，刚才并没有经过这些地方。这可要倒霉透了，他迷路了。但他想，不管怎样，这些楼梯总得通到什么地方，因此他还是继续下。就这样他下到了楼梯的下端，那里有一条漆黑的走廊，一扇门。勒加克心里面感到有点恐慌和急躁，叫道："有人吗？"

他的叫声在拱形的石顶上回荡。他大概下过了头，很明显，现在已到了地下室，墙上湿漉漉的水汽就是明证。应该重新上楼去。正在这个时候，勒加克被地下什么东西绊了一下，

① 庇古丹为法国非尼斯太尔省的一种家具。译者注。

失去平衡，撞在墙上，跌倒了。他痛得半死，爬起来，划了一根火柴，想辨别一下方向。那边有一扇门，但他是从另一边的一扇门那里来的。地上堆着一些乱七八糟的箱子和旧瓶子。他小心地提着脚，向门口走去，打开门，面对着他的却是笔直而下的另一些楼梯。他又弄错了！

此时，那茫然、恐慌的感觉真正地让他害怕起来，难道他和德圣-普瓦斯夫人一样也要被遗失吗？坚强和自信都枉然，有时候只需一点小事就会让自己因害怕而惊慌失措的。勒加克老师极其激动而苦恼，想尽快地走出这个地方。在慌乱中，他被撞着，又一次跌倒，他开始叫起来。突然，他不知道究竟发生了什么事，感到身后靠着的石头墙壁翻倒了，于是他坠入半空。

三

苏醒过来时，弗朗索瓦·勒加克发现自己掉在一间黑暗的小屋里，这间小屋被一横着的长长的由铁栅封住的通风窗的熹微光线照着。他的眼睛慢慢地适应了黑暗，并渐渐地辨认出靠近铁栅的一个长长的人体。无须划火柴就可猜出，那是索朗热·德圣-普瓦斯夫人的尸体。人们清晰地看到她的两只手还攒着栅栏紧绷着的皮肤，头扭转过去看着通向室外的二十米远的极小的窟窿。

勒加克怀着人们猜测到的恶心走近铁栅，想试试栅栏是

否结实。铁栅虽然生锈，且年深日久，但仍砌得纹丝不动。于
是，他把脸贴近，离那个不难想象的情况下死了一百年的死者
几厘米远的地方，喊起救命来。他尽力呼喊自己的存在，开始
是乱喊叫，后来有所自制，停止叫喊。他意识到，短期内无论
如何是没有人注意来找他的。望着在排气孔的另一端闪闪烁烁
的日光，勒加克推测出这窟窿通往一片水面。那是庄园的
后面，在那里，古城堡的墙壁仍濒临护城河。但这对他毫无
慰藉。

可怕的等待开始了。为了节省力气，他每隔十五秒钟呼叫
一次。在间隙中，他有充足的时间观察到，走出这个地牢的唯
一运气只能来自外部。他擦亮几根火柴，看到离他几米高的地
方有一整套平衡锤、齿轮和链条装置，它们构成秘密开口。他
是从这个开口跌进陷阱里来的，就像他那不幸的同伴在一个世
纪前一样。

勒加克克制住恐惧心理，他强迫自己看看德圣-普瓦斯夫
人那具干了的木乃伊。这个年轻女人曾经经历了多么可怕的末
日，同样的末日也在等待他，如果没有人想到在城堡之外，从
护城河那边来寻觅他的话。

四

一个多小时以来，他总是十五秒钟呼叫一次。此时，他
突然停止了叫喊，发现有什么东西刚才阻塞了排气孔的尽头。

他的第一个反应就是像疯子一样呼叫起来，当他听到刺耳叫声时，发现那是只猫。千万不要吓它，这肯定是看守人的猫，他刚才在厨房里就看见看守人有好几只猫。巨大的希望从他的脑海里升起，他想，要是猫能送信该多好！他口袋里正有一块标有他姓名开头字母的手帕，只要把手帕系在猫颈上就行了。更妙的是，他还有一支铅笔。

勒加克一边唤着猫，一边把手帕摊到地上，开始写道："我是……"然而，他很快觉得不可能写周详，得画些图形符号才行……画一只耳朵，画点水，意思是说：你们从水那边听呀。这样，他的某个学生会很快明白的。

勒加克兴奋地用左手和右膝盖把手帕平摊在地上，在上面画了一只耳朵，又画了一些一直用以表示水的波纹。

画完画，猫蹑手蹑脚地来了。它慢慢地走近他，发出呼呼的声音。

"过来，咪咪！……来，别害怕！"

勒加克用手抓住猫背的皮，必须把它从铁栅中间弄过来才行。猫受惊，乱抓乱咬，把他咬伤，他无动于衷。他把猫夹在胯下，开始把手帕缠在它的脖子上。他缠了一圈、两圈，缠得不太紧，怕把猫勒死；但又足够紧，以防猫把手帕弄脱。他打紧两个结，足足打了两个。希望之信使赶紧逃走了。

又过了一个小时，到了下午五时差五分，正当勒加克每15秒钟在不紧不慢地呼救时，一个隐隐约约的回音响起来了……他侧耳一听，果然听到他的名字："勒加克！"他声嘶力竭地大叫："我在这里！"长长的几分钟之后，排气孔的尽头又一次堵住了，此时一个离他很近的声音响起来：

"勒加克，您在那里吗？您好吗？"

啊，能和一个自由的人讲话多好。勒加克想。

"您不要急，我们来了！"

需要24小时不间断的工作才能抵达他那里。在24小时长期的等待中，他得到工人穿过城堡墙壁挖一条隧道的镐声的支撑。

几天以后，恢复了平静的勒加克参加了凯尔马雷克的妻子——索朗热·德圣-普瓦斯夫人的葬礼。德圣-普瓦斯夫人是他被关了一天一夜中的悲惨的女伴。

夫人最终安息在她祖先的土地里。入殓前，有人竟看到她戴在无名指上的已变黑了的那枚戒指。这是她结婚的戒指，上有一日期：1930年4月10日。

那么，这就是她掉在路上的戒指吗？

凯尔马雷克这个不祥之婚的城堡又增添一个秘密！

城市戏剧性的一幕

一

里夏尔·雷勒芒是一位年轻小伙子，美国纽约州首府奥尔巴尼市13万居民中的一个，1964年4月10日晚9时他走在一条行人道上。

如果有人在此时此地采访他，他大概会说："请原谅，我无可奉告。我应该登上这首都饭店12层的露台，跳到空中去。"

当然，没有任何人想采访他。行人从那里经过，他们要去办事，要回家。他们路过，他们要生活。

一个想从12楼跳下去的男人，不会在脸上有明显的表示。他两眼有些发直、绝望，下巴颤抖，脸色发白，仅此而已。只有一群人注意到他。他穿过首都饭店的大门，那是一座漂亮的豪华的大饭店，亮着柔和的灯光，厅里铺着天鹅绒地毯。电梯司机鞠躬迎宾：

"先生，请问上哪一层？12……请……"

饭店12层并不是一个自杀的岬角。那里有装羊毛毡子的酒吧、冰镇鸡尾酒、静卧的机织割绒地毯、洒满月光的露台。

里夏尔在露台上凝视着夜景，这是一个美丽而明亮的夜晚。他走近露台栏杆。

在那儿，沿着全部栏杆，伸展着一些金属栅栏、一条绿色植物带，然后是一排闪烁的广告霓虹灯。霓虹灯的正前方上空，有一条细细的宽15厘米的屋檐。15厘米，是一只女人手掌的长度，男人的脚长应该是25厘米。里夏尔下到屋檐上，他的脚超出屋檐10厘米。为了保持身体平衡，他用一只手抓住霓虹灯一个字母的金属杆，身体刚好处在首都饭店"T"字母的下方。他看见儿童世界的小汽车以及行人在下面穿梭流动。

晚上9时07分，一位妇女刚才尖叫着看到里夏尔在霓虹灯处的身影。

9时10分，聚集了100人。

9时15分，增加到200人，还有消防员。

9时20分，增加到500人，消防员加电视摄影记者。

一个人对着电视摄影机，就要从首都饭店12层跳下。在美国，社会杂闻如同其他新闻，是轰动性的戏剧新闻。

其中有一台摄影机，翘首对空，刚刚抓住了跳楼者的影像。这是一幅晚上过度曝光的影像，一幅被霓虹灯和聚光灯污染的影像。镜头捕捉跳楼者的面孔及背景，在同一时刻送达许多屏幕。那面孔就像在一弯新月形的背景上丑角皮埃罗的面孔！

二

9时30分，里夏尔的家人来了，有他的哥哥、嫂子和9岁的侄儿亚当。

家人弯斜着脖子，扬起面孔，在吵吵闹闹的街上呼喊和央求里夏尔。可是里夏尔听得到吗？知道吗？绝对不。他站在15厘米宽的屋檐上，就像一个走钢丝的杂技演员、一个让人惊心动魄又绝不会失手的马戏团明星。

楼下消防员带来一个巨大的弹簧麻布垫，楼上的消防员不敢走近里夏尔，唯恐他跳下去。转动着红灯的警车、密密麻麻叽叽喳喳的人群、灯光、摄影机交织成一片……

他们在等待，而且在寻思着这个疯子为什么还没有跳。

同时他们也在问：这个疯子是谁？这个抓住霓虹灯杆子的丑角、电视屏幕上昙花一现的俘虏是谁？

电视台记者用只言片语，气喘吁吁地介绍了他。这是一个成功采访了自杀者一位家属的记者，他的报道捷足先登，成为独家新闻。他说：

"里夏尔19岁，穿一条牛仔裤、一件浅蓝色的衬衣，着球鞋。他是未婚青年，出生在我们这个城市，在一家锆工厂工作，锆金属用作原子弹。他的哥哥是出租车司机，嫂子是超市的收银员。里夏尔没了父母，生活在哥哥家。这是个勤劳的、整天乐呵呵的孩子。他的家人想知道是什么悲剧将他引到这个楼上的，那是最愚蠢的爱情故事。他的家人祈求他不要跳。现在消防员给了他哥哥一个喇叭，他哥哥要和他讲话，先请大家安静……"

观众静默下来，不再说什么，也许是为了要听里夏尔哥哥在远处喇叭里的讲话声。

楼上，里夏尔在喝东西。他从衣服口袋里掏出一只扁瓶子，在空中仰着身子对着瓶口贪婪地喝白酒。然后，他抬起手臂，挥动了一下瓶子，将小瓶子扔向喊叫的人群。

9时55分，有个人喊：

"跳吧，你是胆小鬼，我赌你10美元！"

喊叫的人是一群蠢蛋，很残忍，像畜生一样残忍。

楼上，里夏尔的身影在摇晃，他用手挥舞着，做着让人无法理解的大手势。

他想做什么？想说什么？

他俯下身子，让身体在空中弯成一种角度，保持不动。于是，观众更加激动地狂叫起来。

三

人群狂叫得那样厉害，甚至使里夏尔听不到已到达绿色植物带后面、离他3米远的第一个救护人的声音。救护人以一种平静的、很专业的声音和他说话。他呼叫里夏尔的名字，说：

"里夏尔，我的孩子，请相信我，你后退，小心地走过来，来吧，我们谈谈。来吧，我的孩子，过来，里夏尔……"

里夏尔不理会。他重新站直了身子，身子紧贴着霓虹灯，两手交叉。他抬头看天，似乎不愿再看空中，并用力呼吸。

现在是10点，观众安顿下来，评论着这一事件。他们心里焦急，有些站在汽车上，有些倒卧在人行道上，有些直立在阳台上，有些坐在窗台上一动不动，有些爬在树上。观众也吃饭、喝水、吸烟，估摸着事情的进展：

"他将会跳……将不会跳……将跳……将不会跳……"

观众的悬念放慢了，稍后，当里夏尔换手抓铁杆时悬念又变快了，此后又低落。当里夏尔点燃一支烟，在12层楼上开始吸起来时，观众又活跃起来了。当里夏尔扔下香烟盒时，观众甚至鼓起掌来，发出"嗬、嗬"的叫声。当他手里摇晃着钱包时，观众"嗬、嗬"。当他将手表往下扔时，观众也"嗬、嗬、嗬"。

在首都饭店的天台上，站在前面第一排的，有救援人员和家属请来的神父，神父念着谁也不听的经文。

里夏尔不时威胁着那些试图接近他的人：

"你们别动！否则，我马上跳……"

人们让里夏尔的哥哥和嫂子登上楼，他们想尝试劝导他。但是，里夏尔一看到他们和听到他们的声音，就像醉汉一样在屋檐上摇晃着身子，远远地走开了。他的脚一滑，观众吓得叫起来。他把脚收回来站稳，结结巴巴地说："让他们走开，我不愿看到他们！"

于是，救援人员立即让家属远远走开，因为里夏尔眼光变疯了，全身冒汗，身体颤抖，差点儿松开了抓铁杆的手。现在什么都不要说，不要烦他，等待危机过去。于是，危机再次过去，里夏尔安静下来。他抓稳把手，看着空中，似乎有点头晕。现在无论如何，他累了。

现在是10时30分，他在15厘米宽的屋檐上已站了一个半小时，靠脚后跟支撑着身子，一只手抓住支撑着霓虹灯的金属杆，处在离地40米高的地方。

四

一段时间以来，观众几乎不再动弹，他们也看累了。他们之所以待在那里，是为了看看结局，因为人们不看到最后一幕是不会离开这样一场戏的。

但是，事情变得奇怪了，观众变得对里夏尔已不再感兴趣，一点也不在乎他跳还是不跳了。电视台甚至转换了节目，在两个广告之间插播一些零星新闻，装装样子。

"自杀者始终让救援人员处于紧张状态。"

跳楼的丑角独自胡思乱想，他制造的紧张气氛已到了尽头。他大概也感觉到这个，最后一分钟已经来临。现在，他要么羞辱地投到救援人员的怀抱，要么往下跳。

然而，谁会猜到这是真正的最后一分钟？谁？既然观众无动于衷，救援人员在共同商讨，家属在哭泣。总之，既然每个人都沉浸在他自己的最后一分钟——而不是里夏尔的那一分钟里。

亚当——一个9岁的崇拜他叔叔里夏尔的小男孩，钻进拥挤的首都饭店大堂。他哭着从后楼梯爬上12层，撞开一扇关着的门，从通风窗钻进去，匍匐爬上天台。

一阵微风吹过，没任何人看见小孩溜进了绿色植物带之间。他抓住栏杆，出现在窄窄的屋檐上，像猴子一样沿着屋檐前行。

他离他叔叔只有两米了，观众突然真是吓哑了。他离叔叔只有一米了，里夏尔看见了他。两人之间静默得可怕。他离叔叔只有50厘米了，里夏尔问："亚当，你做什么？……亚当，你来这里做什么？"

亚当黑色的大眼睛里充满泪水，他伸出稚嫩的小手，终于在两人的抽噎之间哭出声来：

"来……叔叔，来……我们走……"

叔叔那同样黑色的大眼睛里也充满泪水。

他伸出手，大小手指扣在一起，汗水混在一起……事情结束了……观众发出"嗬、嗬"的喊叫声，再次发出"嗬、嗬、嗬"的喊叫声。

观众好像很失望。

狄克基——矿工的狗

一

　　如果说狄克基是一只非常失败的纯种狗的话，倒不如说它完全是一只成功的杂交狗：它身材像比利时牧狗，头像猎兔狗，毛像牧羊狗，花尾巴像拉雪橇的狗。如同所有的杂交狗很自重一样，狄克基拥有与人关系好的可贵品质，与同属有些好斗的性格，对猫怀有一种刻骨的仇恨。它生在苏格兰某地，大概谁也说不清在哪里。它和其他三兄弟一起相逢在爱丁堡跳蚤市场的一个篓子里，因为卖狗是这个跳蚤市场的传统习惯。

　　10年前，就在这里，莱特煤矿工人雅克·法尔用几先令买到它。从那以后，除了礼拜天，狄克基每天都要送它的主人到煤矿上班。每天，不管刮风还是下雨，也不管夏天还是冬天，在那里等候8小时，坐着或躺在自行车停车棚里等，唯一要做的就是守候主人下班回来。所有的矿工都知道它的名字，接班的工人只要看到它是否待在那里，就知道法尔是否在矿井下还没有上来。8小时一到，当运送矿工的吊斗车的大轮子开始转动起来时，需要看看狄克基是否竖起了耳朵。

二

但今天，狄克基神情慌乱了，整个下午吊斗车的大轮子不停地转，一些人从那大玻璃门里不停地出出进进，工厂的汽笛响了好几次。听到8小时下班铃声响起，它走近玻璃门，伸长脖子往里看，但它的主人没有出来。一些矿工走过时一边抚摸它的头，一边对它说了一些听不懂的话；另一些人则赶它走，因为它妨碍通道。突然，它嗅到了主人的气味，狗是绝对不会弄错的。主人身上盖着被单，躺在一副担架上，由4人抬着匆匆忙忙出来了。

狄克基摇着尾巴，立刻走近主人。一个抬担架的人用手推开它，而另一人看见他那样做则干脆说：

"让它看吧，这是雅克·法尔的狗。"

当人们将主人抬上一辆矿车时——那里已摆着一排因瓦斯爆炸而遇难的矿工遗体，狗走到翻斗车下流泪。它不明白主人为什么躺在那被单下，为什么不像每天那样抚摸它的头。它不明白经常开小火车运煤到装货码头的司机安东·米勒尔今天对它说话为什么那样温柔。当人们试图赶它走远点时，它甚至抗拒。这不是去别处的问题，因为它的主人在这里，离它只有几米远，主人是它每天唯一的牵挂，它的每一下呼吸、每一个眼神、每一个动作都是按照主人的意志行事的。因此，当司机米勒尔坚持，而且拉着它的项链想把它拉开时，它低声埋怨，龇出牙齿。有些手段是不可抗拒的，狗那威胁性的獠牙就是那手段。

<h1 style="text-align:center">三</h1>

米勒尔只好走开了，让狄克基待在开始下雨的夜里守灵。几小时后，12具尸体一个挨一个排好，米勒尔奉命将他们一直运到市铁路的交叉处。在登上蒸汽机小火车前，司机安东想最后一次让狗远离，说：

"去吧，狄克基，走开，你要被轧死的！"

但狗对他说的或做的无动于衷，一动也不动。狗拼命用眼泪试图引起躺在那条被单下不动、也不回应它的主人的注意。米勒尔开动车，蒸汽喷它、吓它，它后退了几步。送葬的车慢慢地开动了，远去了，将心慌意乱的狗留在了原地。它不明白主人为什么在这车上独自走了，没有和它说话，没有命令它来或等他。当车走远时，狄克基向前挺起一只大耳朵，捕捉主人给它的、能让它跳上那辆车的每句话、每个字、每个口哨。那辆车将它唯一的、毕生为之献身的人带走了。

第二天，当米勒尔和车返回时，狄克基还在那儿，完完全

全待在原地。在雨中，它守候了一夜。火车开近的声音说明主
人回来了，按简单又严格的道理，主人是坐这车走的，必然而
且必须坐这车回来。然而，主人却再也没有回来。

四

于是，每天，狄克基都到它看见主人走的地方等候主人。
每天，当小火车就要经过小铁桥时，司机米勒尔看见狗就到
了。在车子的响声中，狗从停车棚里、车厢下面，或从其他什
么地方钻出来，坐到它主人晚上走时的铁轨旁。

头几个星期，米勒尔力图驯服狗，给它带些吃的希望狗跟
他走。他因狗狂热的忠诚而感动，对妻子说起此事，妻子同意
领狗回家。但他是单相思，狗最后只愿接受他一些食物，而顽
固地拒绝跟他走。

一个星期六下午，米勒尔用计把狗骗上了车，把它带回
家。但狗发出凄厉的叫声，令人心碎，米勒尔只好把它放了。
狗飞快地逃走，星期一早上，当小火车到达装煤场时，狗又重
新出现在那里。

米勒尔打消领养狗的念头，每天只给它带一些吃的。这样
过了5年，狄克基等得老了，已过了15岁。对于一个狗来说，
15岁的年纪已够大的了，它几乎看不见，也听不到了。它的后
腿已变得干瘪、迟钝了。但小火车到达时，它总是来看看，整
天坐着或躺在那里，那身体越来越没有反应。

五

一天大雾，当米勒尔开车从装货码头回来时，看见狗横坐在铁轨上。他拉响汽笛，但狗不动。他立即打开阀门放掉蒸汽、刹死车并高声喊叫，但枉然，狗听不到。火车在铁轨上滑行，毫不留情地继续往前冲。于是米勒尔跳下台阶，与自己的机车赛跑。他和总在向前滑行的车肩并肩地往前赶。狗对声音无动于衷，车离它只有30米远了。为了拯救老狗，米勒尔使出平生最大的力气，沿路一米米往前冲。只差15米了，米勒尔赶到了与车子前轮并行。再一使劲，只差10米了。在疯狂的拼搏中，米勒尔和车一起喘息。

一些目击者目瞪口呆地注视着这场不可思议的竞赛。人们看见米勒尔以不可阻挡之势进行冲刺，完全是扑下车轮，在轮下把狗抱起，而缓冲器将他们猛烈地弹到了铁路人行道。他被撞断了两根肋骨，幸免于难，而狗只抖动了一两下身子。

考虑到将狗留在矿上太危险，矿工们将它带到了米勒尔家，让米勒尔在家养伤时照料它。令人大吃一惊的是，似乎是为了感谢他们同样的真诚，这次狗不再想走了，为此，狄克基在米勒尔家生活了将近半年。之后，一天早上，老狗不见了。米勒尔在去矿上的途中找到了它。它侧身躺着，眼睛睁得老大，看着前方，死了。

它等它的主人等了六年，一直等到筋疲力尽。它去死也是为了试图最后一次和主人重逢。

　　米勒尔把狗搬上火车一车厢的平台上，也给它盖上一块被单，将车朝海的方向开去。他拿起一把十字镐和铁锹，在俯视海员墓地的山坡侧面挖了一个大洞，将狗埋在狗和主人彼此能听得到声音的地方。

　　他们息息相关，心心相印。

疯狂的决定①

一

　　空军少尉罗贝尔特·瓦丹在泰克萨斯某地12000米上空飞行，感到特别陶醉。

　　他不是独自驾驶战斗轰炸机，副机长、飞行教官约瑟夫·卡尔内尔上尉坐在他旁边的椅子上。但上尉不碰操纵杆，只是监视飞行，因为直到现在，一切都很顺利。

　　由于是高海拔飞行，两人都戴着氧气面罩。在冰冷澄澈的夜空，喷气式战斗机在满天星斗之下画出一道漫无边际的水蒸气痕迹。

　　经过长期理论训练后，罗贝尔特少尉第一次在离地12000米上空进行双重操纵训练！他还不到22岁，很是兴奋。22时45

────────────────

① 原著名：《声音》。译者注。

分，突然，火花和火苗从紧靠机身右边的喷气发动机射出。教官立刻判定：飞机漏油，肯定是缺油烧了发动机！

这种危险尽人皆知。涡轮机散热片将像火箭一样呈扇形朝油箱里喷射。在这种情况下，卡尔内尔立即果断下令："离机！"

与此同时，罗贝尔特反复操纵飞机：首先，他关闭自动驾驶仪，使飞机至少能在驾驶员被弹出的时间里，继续保持几秒钟的水平飞行。当他一下打开保护驾驶舱的有机玻璃盖时，一股时速为700公里的狂风立即冲进驾驶舱。紧接着，机长命令罗贝尔特·瓦丹跳。瓦丹立即遵命拉动他的弹射椅操纵杆，但毫无反应，机器不转动。瓦丹感到动作很费劲，因为卷进驾驶室的风压得他丝毫不能动弹。他把头转向坐在他身边的、等待把自己弹射出去的约瑟夫·卡尔内尔，此时目睹的情况使他大吃一惊：

飞行教官的弹射椅始终待在那儿，而教官却不翼而飞！

约瑟夫·卡尔内尔被从打开的驾驶舱盖冲进来的风卷走了，只有他的氧气罩留在那里，他被分离了。

二

毫无疑问，卡尔内尔机长没固定好在弹射椅上，他被吸到12000米的高空了！罗贝尔特·瓦丹知道，在这种情况下，他的教官会九死一生。

在弹射椅发生故障时，机长拥有一把能亲自打开的急救降落伞。问题是，没了氧气罩，在12000米高空，需要尽可能自由下落久些才行，因为至少从8000米开始才可打开降落伞，那里的大气层才变得没氧气罩可以呼吸。如果伞打开太早，他会在缺氧的高空中摇晃着死去。

不管怎样，现已为时太晚。罗贝尔特·瓦丹当下唯一要做的，就是亲自把自己从椅子上解开，带着急救降落伞跳到空中去。但这要快，因为发动机已像火箭一样喷射着火焰、火星。自动驾驶仪也保不了飞机能水平飞行很久。

罗贝尔特·瓦丹马上把自己从椅子上解开，开始动作，为此需要向椅后转一下身，找到解开皮带的按钮。突然，他看到一只靴子，一只像自己穿的飞行员的长筒皮靴。他即刻明白了。他歪身看见了他的飞行教官、机长约瑟夫·卡尔内尔被紧紧压在驾驶舱的底板上！

机长没有被弹射出去，而是被狂风卷到了驾驶舱最后面的隔板上，被可怕的、冰冷的旋风死死按住。表面上，他没受伤，但一下子失去了氧气，昏过去了。

罗贝尔特·瓦丹不知该如何是好。他刚22岁，迄今，他主要做了地面上的各项模拟飞行，还从未面对过这样一种情况。他的第一反应是解开自己去关心教官。但这有何用？昏厥过去的教官即使被推出舱外，也不能打开他的降落伞！

可是，让他待在飞机上，最多3分钟，他就会窒息而亡！

何必两人都死？对罗贝尔特·瓦丹来说，唯一要做的就是在飞机解体前赶快跳下去，因为对不幸的教官，他已毫无施救办法。除非……年轻的飞行员突然做了一个完全属于疯狂的决定：他不能扔下昏厥过去的机长自己跳！换了谁都可能跳，如果教官还能下命令，也可能命令他跳。但他实在没办法了，留给他的唯一运气只有万分之一，他将碰一碰运气。他非这样做不可，他就是这样的人。

三

他紧握操纵把柄，驾着飞机往大气较密层直冲，在那里，约瑟夫·卡尔内尔机长将重新获得氧气。如果他飞得快，他也许会准时到达。这是个疯狂的想法，因为右边的发动机始终在喷火，每一秒钟都有爆炸的危险，爆炸的碎片将会穿透机壳，摧毁飞机！

罗贝尔特·瓦丹仍然以最大的力气，力图按住操纵把柄。但是，为了保持飞机水平飞行，从弹射操纵一开始，把柄就已自动关闭，而且无任何解锁系统。罗贝尔特想起，在这种情况下，唯一可行的就是要自己使出27公斤推力推动把柄。他办到了。于是，战斗轰炸机以令人眩晕的速度和45度的角度往下直冲。开始冲时，在12000米高空，风涌进敞开的驾驶舱的速度每小时接近700公里，温度接近40℃。随后，时速升到800~900公里，但温度仍停留在同样的水平上。

在这种情况下，罗贝尔特·瓦丹再也不能合上眼睑，眼睑被风翻转过来，眼睛越来越难受。在视线最终变得模糊前，他做出反应，毅然地切断了着火的发动机和油箱的通道。30秒后，敞开舱门的飞机以1000公里的时速往下冲。飞行教官约瑟夫·卡尔内尔始终被钉在舱板上。罗贝尔特·瓦丹始终握住操纵把柄不放，但他几乎看不见飞机的仪表盘。

于是，他心里默念着飞行秒数，尽力估摸着飞行的高度，拉平机身。他不知道他是否还远离地面。他想，如果机长始终活着，这足够他呼吸了。至于他自己，他再也看不见，而且痛苦地感到，他的双眼在流血。

最后，他用连接地面指挥塔的喉头送话器发出呼救信号：

"请求救助！请求救助！……"

他连呼数遍，并补充说："我是战斗机轰炸机2243号的实习飞行员罗贝尔特·瓦丹，请帮助我，我已失明！"

突然，地面传来回应，是基地训练长官的声音：

"您处在1700米空中，我们将试用雷达引导您！"

四

回答是激动人心的，因为基地训练长官很熟悉罗贝尔特·瓦丹，给他上过理论课。于是，他试图用雷达指挥罗贝尔特·瓦丹的每个动作。

待在失明驾驶员身后的飞行教官，尚未恢复知觉。但听筒里的声音使罗贝尔特·瓦丹宽心，长官告诉他："如果喷气式发动机在俯冲时未发生爆炸，它将经受得住打击。"

声音命令罗贝尔特减速到每小时400公里，引导他摸索操纵。于是，飞行速度减慢了。

只一下子，风变得不那么难受了。飞机下降了一点。罗贝尔特重新拉平飞机和改变航向。

地面声音提示他如何利用单个发动机驾机侧飞。最后，冷静地告诉他：

"好了……您面向地面了！"

此时是23时17分，距罗贝尔特·瓦丹噩梦开始时32分钟。

地面命令他亮起着陆灯，以便用眼睛驾驭飞机。他摸索着寻找操纵杆，可白费劲，他找不到操纵杆。

于是，地面沉着地命令他：

"再转一个圈，不用急，我将提示您操纵杆在哪里。"

4分钟后，看不见东西的、也不知道他身后的教官是否已恢复呼吸的少尉飞行员罗贝尔特·瓦丹重新临近地面。着路灯闪亮着。

地面声音引导他及时地调整由于空了半边油箱而不平衡的飞机。

最后时刻，飞机准确地失去了海拔高度，贴近地面，但稍偏了身子。地面训练长官毫不紧张地说：

"宝贝，你可以选择：要么你加快速度转一圈，要么——如果你能够的话，立即收起起落架，侧着身子着陆！"

罗贝尔特·瓦丹立即回答："我受够了，我着陆！"

两分钟后，所有的救火车追上了跑道上机肚溅着火花的战斗轰炸机，将它淹没在成吨的干冰泡沫里。

救助人员急忙冲上飞机，把两人一起拖出来。10分钟后，飞行教官约瑟夫·卡尔内尔在医务室里从昏迷中苏醒。

实习飞行员罗贝尔特·瓦丹用3天时间恢复了视力，使之接近正常。但他一生留下弱视。1962年7月27日，他获得美国杰出飞行员十字勋章，领到一笔抚恤金退伍。这让他逃过了越战……损失一点眼睛的人，往往能避免失掉整个人头。

黑人的愤怒

一

　　路易斯-乔瑟夫·巴罗在美国底特律一个汽车厂当搬运工，因为当时在底特律实际上只有此事可做。毫无疑问，工作很辛苦，但路易斯并不抱怨。首先是因为他性格好，其次是世道对大家而言，都很艰难。1932年，严重的经济危机席卷美国，找任何一个工作均非易事，尤其是黑人。

　　路易斯-乔瑟夫17岁，在工厂，工友们很喜欢他，暗暗地佩服他。因为他是个大块头：肌肉发达，重100公斤。他体力惊人，是个大力士。他每天工作10小时，为运钢锭来工厂的大卡车卸货。但工头们并不爱惜他，总是让他扛两倍的重担。路易斯-乔瑟夫把重担接到肩膀上好像不费吹灰之力，边走边吹口哨。自从进工厂，他一人一天干两个工人的活，当然也拿和别人一样的工资。

有一人真的以路易斯-乔瑟夫为骄傲：那是他父亲老巴罗。他也在这个工厂干活，而且已干了40年。他从未见过像他儿子这样强壮有力的人。然而在他心底里，老巴罗感到心酸。一天晚上，在家里，在晚餐前，他对儿子说出了久久闷在心里的话：

"这不公平，孩子……一人干两人的活，你应该拿双份工资才行……"

路易斯-乔瑟夫莞尔一笑，平静地说：

"这没必要，爸爸。是这样的，这样的。像我们这样的人，不干又能怎么样呢？……"

但老巴罗摇着全白的头：

"不，我要去做点什么事，去和你的头头说说。他将会明白的，你等着瞧……"

二

第二天下班后，老巴罗找到路易斯-乔瑟夫的工头。这是个白人，就像所有在工厂里负责某些工作的人一样，他以对工人特别狠心而出名。看见老巴罗走来时，他翘一下下巴问：

"你想干什么？漂白不良的家伙？……"

老人不理会他的辱骂，取下礼帽，尽可能恭恭敬敬地说：

"请原谅，先生，我想和你谈谈我儿子。您知道，他在这里工作很辛苦，干了别人两倍的活，这是肯定的，却拿一样的钱。"

工头冷笑着打断他的话：

"好啊！黑鬼，你想说什么？你想怂恿你肮脏的私生子吗？……"

老人开始气得颤抖，用手指紧紧抠住帽子，结巴地说：

"我不许你骂人。我们和你们一样是人，我儿子不是私生子……"

但不容他多说，工头对着他的下颌使劲就是一拳。老人倒在地上，下巴流着血。

于是，突然刮起一股飓风，那是路易斯－乔瑟夫来临。他扑向工头，工头吓得脸色煞白。他只一拳就能要了工头的命。可在他要打之前，他父亲爬起来，止住他：

"不！住手。你不能打一个白人，否则会坐牢，甚至会遭私刑处罚的。你应该走开，路易斯－乔瑟夫，对不起……"

老人说得有理，路易斯－巴罗觉得对。他以巨大的意志力，控制住了他挥动着的拳头和愤怒。但工头看他改变了态度，却恢复了全部的傲慢神气：

"哈哈，你这就明智了。这对你好极了……好吧，你们可以走了，甚至永远走了。你们双双被开除了！"

三

就这样，父亲和儿子巴罗没了工作。一个人是由于干了双倍工作，另一个人则是因为敢鸣不平。他们去寻找新的工作，在底特律和该地区雇用人员的地方兜着圈子找。但每次得到的回答都是一样的。一提到他们的名字，老板的眼睛就立刻耷拉下来：

"不不，没任何工作给你们做，岗位已满了。"

按照美国的法律，老板是被禁止相互通报因脾气不好、反抗或搞工会运动而被解雇的工人黑名单的。但路易斯-乔瑟夫和他父亲清楚地知道这个黑名单实实在在地存在，他们的名字就列在上面。这就是说，他们再也找不到工作了。

于是，路易斯-乔瑟夫这个平静的、心平气和的好小伙子变成了一个反叛者。他猛然发觉这不公平，心怀恶意、愚蠢和仇视。他一边继续去叩雇主的门，一边天天遭受着拒绝和侮辱……要知道，他足以当一名最优秀的工人，在整个底特律，没任何人像他那样强壮。

有一天，他得了启发。他的一个黑人朋友不假思索地对他说：

"路易斯-乔瑟夫，你为什么不去当拳击手呢？我要是有你那样的大力气，我会干这营生……"

路易斯-乔瑟夫考虑良久。他想起父亲的话："一个黑人无权打一个白人，否则你可能会坐牢或遭受私刑的……"

但是，不对！一个黑人能打一个白人，只要他是拳击手，别人甚至还会为此付他钱、夸奖他和为他喝彩！

当天，路易斯-乔瑟夫去到一家拳击馆，老板一下子就被他那大块头惊住了。但他也不能雇请这样的人打拳，尤其是黑人。他所能建议的一切，就是做拳击手练拳时的对手，就是说，当拳击手的活吊球。工资微不足道，但路易斯-乔瑟夫同意了。

在陪练的数月中，他尽挨拳头，无权还手。第一次，他直接被打得倒在地毯上。但随着时间的推移，他学会经得住拳打和躲避拳头。尽管他体重100多公斤，很快，身子表现得非常灵活，腿脚功夫尤其出色。他只要轻轻地扭动身子或晃一下脑袋，几乎都能避开对方的拳头。

但是，要学会拳击技术，路易斯-乔瑟夫心理上还得锻炼得冷酷无情。他的对手几乎全是白人，每次打不还手增强了他的斗志和顽强。有一天，将轮到他可以打拳了，他忍耐得太久的一切终于爆发了。

四

到了1934年的某一天，路易斯-乔瑟夫已成为美国最著名的拳击陪练，最优秀的拳击手都请他和他们练拳。提姆•鲍利就是他经常碰到的这些拳击手之一。这是个白人，当然，他拥有全国一流水平。

在一次路易斯-乔瑟夫表现得特别出色的练习比赛后，提姆朝他肩上打了一拳：

"喂，黑鬼，你打得不错，你知道。要是我们来一次真比赛如何？瞧，我打赌50美元把你打倒！”

路易斯-乔瑟夫不知所措，转身看着拳馆经理。但拳馆经理鼓励他：

“好啊，干吧！既然提姆要求和你打。”

路易斯-乔瑟夫的第一次比赛终于开始了。当他进入拳击台上时，眼前浮现出父亲的形象：手里拿着帽子，在侮辱下气得发抖，躺在地上，脸上流着血。在锣声中，他气势汹汹地走向对方，好像听到了对手在说那些他永远忘不了的话：

“黑鬼，私生子……”

提姆后退。他从路易斯-乔瑟夫的眼神里看出了他的心思。他明白了，现在后悔了，他感到了和工头一样的恐惧。可为时已晚，路易斯-乔瑟夫的父亲不再能制止他，再没有任何人可以阻止他去打一个白人了。他有权打，人们要他这样打，甚至是别人请他这样打的。路易斯-乔瑟夫有生以来第一次开始打。他打，再打，他打出了一记记重拳！

五

打不到一分钟，人们就不得不把提姆•鲍利送进医院。但在拳击馆，有一个人离开了他的座位，这是美国最著名的拳击经理人之一。他甚至在路易斯-乔瑟夫尚未解掉拳击手套之前，就站到了赛台上路易斯-乔瑟夫的身边。透过嘴里的雪茄，他朝路易斯-乔瑟夫微笑，说：

"好小子，你很会打拳，好像也爱这个。如果和我签约，你将会打出一个伟大的事业！我保证你这个……但此前，得改改名……路易斯-乔瑟夫•巴罗，这名字太长。瞧，就用你两个名字吧，叫作乔•路易斯……你觉得怎么样？乔•路易斯？"

1937年6月22日，在芝加哥，乔•路易斯在举行的世界重量级拳王的比赛中，在第八回合中击倒詹姆斯•布拉道克成为拳王。从此以后，他一连28次胜利地捍卫了他的头衔，直到1950年失去头衔为止。至今，一些拳击专家仍旧视他为划时代的最伟大的拳王。乔•路易斯之所以取得如此的职业成就，一方面当然是由于他那良好的身体素质和优秀的拳击技术，同时大概也因为他每次遇到对手时，总是一再看见一个倒在地上的人——一个受辱的、满身是血、敢于鸣不平的老人。因此，他打拳不仅是为了头衔或金钱，同时也是为了捍卫他同族人的尊严。

一个呼救信号

一

1976年5月6日晚8时56分，杰莫纳。

距离乌迪内40公里的意大利北部这座小城，突然发生了可怕的事。在电视机前受惊的市民立刻明白这恐怖的、不可思议的、就像成千上万辆重型卡车同时滚过街道的轰隆声意味着什么：这是一次地震。

几分钟后，杰莫纳这个中世纪的美丽古城变成了一堆石头，石头里冒出尖叫声。对幸免于难的人来说，这是痛苦、哀伤和绝望，但对掩埋在瓦砾堆里的幸存者，噩梦开始了。

地震8天后，市民的生活在废墟中组织起来。灾民每10个、20个或30个一组，宿营在意大利军队的帐篷里。

在极其困难的条件下，救援被组织起来，但救护人员的行动很危险。他们需要当心那些裂了缝的、摇摇晃晃的、还未倒塌的房子，更何况余震尚未停止。天气还很热，这增加了发生瘟疫的危险，而成千上万的人在防护面具下，在瓦砾堆中活动，全都汗流浃背。但不管怎样，救援很有效。地震一宣布，一个大团结运动就开展起来。医药、器材从全世界各地运抵，好几个国家甚至派出了救援人员。其中特别有加拿大军队的小分队、带着受过专门训练的军犬的瑞士军队小分队，和配备了一部超现代仪器的法国技术人员，法国仪器可以探测到地下数米深的声音。

　　法国救援队不停地工作。多亏它，数个幸存者被发现和被解救出来。寻找继续努力进行，因为每过一小时就会丧失拯救的机会。然而，法国技术人员始终保持希望。他们知道，在摩洛哥的阿加迪尔港口，地震灾难15天后，人们还找到过一些存活着的人。

二

　　幸存的居民先后一个接一个全部被超灵敏仪器探测出来了。但从5月14日这一天开始，就再没有发现任何生命迹象。

　　当一个五十来岁的男子来找法国人时，已近傍晚6时。

　　"先生，请去看看我母亲的房子吧。我确信她还活着。房子紧靠这地方。"

　　法国队跟着男人穿过瓦砾堆。他停在一堆石灰渣、梁、砖和石头前，指着一个确切的地方说：

"应把你们的仪器安装在这里，这里是餐厅。地震那时，妈妈大概是在看电视。"

一个队员十分小心地爬上废墟，安装好设备。在他的听筒里，只有一些咔咔声和一些毫无意义的噪声，是话筒本身挪动时发出的。突然，出现了一声非常微弱的有规律的声音。

然而，有规律的一声，就是最常听到的制造出来的声音，是智能的声音，是生命的指征。专家增大仪器的强度，毫无疑问，他清楚地听到"笃……笃……笃……"的声音。这是发出的一个信号！

在瓦砾下面数米深处，一个生命正在呼叫。那男子没有搞错，他母亲还活着。在听筒里，声音继续不断，这一次更加急迫，是一声金属声。她正在敲击铁之类的什么东西。

法国队人手不多，立即请求支援，一队意大利士兵立即赶到现场，而那男子喜极而泣，重复他的话：

"我对您说过的，她活着。她身板硬朗，你知道，她有个好身体，她活着！……"

三

现在，几十个救援人员在房子上面轮番工作。这是一个费时的极其微妙的工作，由于不能使用机械，需要用手极其小心地搬开每一块水泥、每一块砖、每一根柱子。因为各种搬动因素都会引起致命的崩塌。

专心致志的救护人员不言不语，用缓慢的、准确的动作忙碌着。头戴防护帽的法国技术人员始终一声不吭地监听着。那男子站在他旁边，用眼睛询问着他，不时地点点头。人们始终聆听声音，一会儿听到敲击声，一会儿听到一种刮擦声。一切进展顺利，与时间争分夺秒继续进行。夜晚降临了，但救援一刻不停，在探照灯下继续工作。这个位于其他废墟中央的被照亮的废墟——这些人在里面不声不响、用慢动作工作，有一种迷人的东西。人们看到它就看到了整个杰莫纳，它是人类团结的象征。

清理工作在前进，人们的工作进行了一半，而且法国专家们已能锁定幸存者的准确位置。现在可以将一个微型扬声器穿过一个小洞和幸存者联系了。

"喂，夫人……我们要到您那里了……一小时后您将得救……您听到我们的话了吗？……您能向我们打个招呼吗？"

但听筒里没有任何回应。毫无疑问，老太太已虚弱得讲不出话来？人们只听到那细小的敲击声、刮擦声，那声音概括了她可能要说的话：

"我活着，我挺着，您快点吧……"

她儿子也拿起麦克风，激动地说：

"妈妈，我在这里，全家人安然无恙，我们等着您……我拥抱您……"

四

　　清晨6点，救援人员离幸存者只差一米远了，此时悲剧发生了，所有的人一下呆住了：大地轻轻一震动——一次微型地震发生了，就像大灾难后已几次发生的一样。在房子的废墟之上，石头翻滚，瓦砾冲到灰白色的烟雾里。

　　地震轰隆声一过，在听筒里又重新出现呼救声。但这次的呼救声很急、很乱，好像在喘息。已饱受9天梦魇煎熬的老太太已变得惊慌失措，但愿她能坚持到最后。应该快一点才行，快一点。

　　天亮了，接班的救护人员始终以同样的姿态忙起来。在听筒里，症挛性的声音很像一些呼救信号。

　　早上8点，一位拯救人员发出一声惊叫声。他刚才拔出了一只妇女的鞋：幸存者近在咫尺……

　　的确，5分钟后，一条大腿出现了。大家加大力气工作。抬担架的人、救生队的人急忙跑过来，所有的人都被惊住了、吓住了。

　　老太太死了。而尸体的腐败状态显示死亡时间早在救人之初。她甚至在地震即刻发生时，即9天前就被砸死了。

　　那么，这是怎么了？无人知道半点缘由……因为持听筒的技术人员证明：

　　"下面始终在动，我听到……"

　　难道仪器会出差错？在紧要关头发生故障。但发出假声音，这绝不可能。

　　只能有一种解释：还有另一人埋在下面。

　　死者的儿子很沮丧，他怀疑地摇摇头：

　　"我不明白。那天晚上，妈妈只一人在家。"

　　救援重新开始，而且继续往更深处搜寻。越是往下挖，声音越是扩大。人们接近了。但需要飞快地挖才行。

　　突然，罹难者的儿子大叫一声：

　　"Pipo！……"

　　一位士兵刚才从废墟里钻出来。他手里擎着一只鸟笼，里面有个什么圆圆的黄色的东西在碰撞鸟笼栏杆挣扎。这是Pipo——老太太的金丝雀。

　　它就是这儿埋葬的牺牲品，是幸存者。就是这个小生灵在数小时里用它能够发出的唯一信息——生命的信息，调动了数十个营救者。而超完善的机器懂得这个信息，就像它懂得人类生命信息一样。对于机器来说，生命就是生命，不管是什么生命。

口吐白沫的马

一

卡络梅先生骑在马上，马和卡络梅先生一样，他俩都属于英格兰。

从卡络梅骑的马上看，风景奇特：面对大西洋的苏格兰一个北海岸，正值冬季暴风雨，礁石、沙和浪花在可怕的隆隆声中交织在一起，被海风剧烈地震撼着。

卡络梅感到自己观察大海很困难，因为风和泪水刺痛他的眼。但背景很壮观，在这苏格兰的偏僻角落里没有人烟，只有卡络梅、他的马和暴风雨。这是一场使渔民将忆及很久的暴风雨，一场历时一小时，呈现世界末日景象的暴风雨。

卡络梅从悬崖高处已经观察过很多暴风雨，他在那里建了房子，而且几乎一直生活在那里。由于这个小小的天涯海角少有平静，其余的居民已定居到更加远的内地去了。

卡络梅非常喜欢骑在他的马上仔细观察暴风雨，他俩都有这种习惯。他们不惧怕大海，有时甚至下海与之斗争，喜欢让浪花淹没自己。但今天必然会发疯。为了确信是否有必要下海，卡络梅注视对面的海平面，突然发现在距他100米或200米的地方，有一条二十来米长的船漂在巨大的浪谷中。它的样子很奇特，空荡荡的，没了帆和桅杆，打上甲板的海浪几乎要将它全部淹没。看起来它像是破裂了，断成两截……有时候消失，然后又直立再现在一浪尖上，可怕地颠簸。

二

卡络梅催马跨过一小海湾的沙滩和岩石，岩石被海水冲出巨大的水沟。里面锋利的闪闪发光的岩石对马蹄造成众多的陷阱，需要灵巧熟练的动作才能避开。

就这样，他和马双双处在地球的尽头，面对沸腾咆哮的大西洋。此时，卡络梅看清了那条船。它大概触到了沿岸礁石，严重破损。卡络梅借助他的双筒望远镜仔细观察甲板，看到有几个抓住甲板的人影。他数着：一、二、三、五、七，看清了七个人。他们在做什么？好像是在与缆绳做斗争，试图解开救生艇。但他们总是办不到。要么小艇撞在船壳上破碎了，要么小艇将他们重新掀翻到船上。不幸的人苦苦挣扎，因为每打来一个新的海浪，船就倾斜一些，它行将沉没。照卡络梅看，这只是时间问题。用双筒望远镜跟踪太可怕了，这些人的搏斗简直是以卵击石……

暴风雨倍加猛烈，14米波高的海浪阻挡卡络梅注视水手们在关键时刻的努力。他的双筒望远镜被雨水打湿了，需要不停地揩拭。

突然，在暴风雨暂息的一瞬间，他看见小艇从船舷上整个飞起来，像玩具一样一头砸到大洋里。易碎的小艇发生爆炸，随着一排排波浪漂移，一直漂到最近的暗礁，在那里触礁破碎了。为时只有数秒。

一名想潜水到小艇后面的男子——天知道他为什么，现在在暴风雨中挣扎。于是，在甲板上被颠簸得更加猛烈的其他人，向他抛下绳子，那人却看不见，被凶猛的波浪打得窒息、晕头转向，卡络梅再也看不到他了。

三

大地空旷无人，天空黑暗低沉，他们在地平线上毫无救助希望，没有任何人，只有卡络梅和他的马。

而船这一次再也没有出现，人们在海空中只看到一小块船壳、一两只货箱的碎片和在里面挣扎的人。

他们始终未能成功泅水到岸边。海浪将他们扔到礁石上，未给他们抓住岩石的时间，即便抓住了，他们也无法走远和攀上陡峭的悬崖。

　　唯一可行的通道是卡络梅所在的小海湾。但小海湾被外海的礁石保护着，海水在那里咆哮，汹涌奔腾，然后倒退着向外海翻滚而去。需要熟悉通道和像突尼斯人一样强壮的人，才能在激流漩涡中试图游过去而不被击昏、溺毙。

　　唯一救人的办法只有一个，就是卡络梅赶着他的马进到礁石的狭窄出口，进到水里。他轻轻拍马前进。他们从未在暴风雨中做过此事，但他们将尝试，这是救人的唯一机会。

　　卡络梅的马叫斯佩迪，是一头良马，身强力壮。在主人的驱使下，斯佩迪向外海进发，耳朵竖起，鼻子喷着热气。它在滚滚波涛中甚至不失足，它努力拼搏，全力以赴。卡络梅决定冒险，用他的马去那里至少可以寻到一个人。现在，海浪将他们拖向外海，这是最容易的了，他们只要在那里看到什么东西和抵达一个合适的地方就行了。

　　卡络梅在马背上弯着腰，脸贴着马脖子，两手紧紧抓住挽在手心里的缰绳。他在风浪中开始叫喊以标示自己的位置，因为别人不曾想到要看他，肯定不会期待在茫茫大海中会有一个骑马的人来救他。

　　终于，卡络梅听到了别的一声叫唤，他看到一个人头，那人双手抓住一段木头。他追上那个人，但未能将他推上不能保持不动的马背，马不得不转一圈，使自身保持在一个水平面。卡络梅竭尽全力，自己却在马背上失去了控制，但最终，那陌生的船员干脆用两手抱住马脖子，折向岸边。

　　斯佩迪返回岸边比来时需要耗力10倍。它向前冲，抗住海浪冲击，带着两人消失在水下，又满身白泡沫，竭尽全力，嘶鸣着重新露出水面。卡络梅感到身下的牲口肌肉绷得铁紧，很硬。斯佩迪成功地触到了岩底，蹄子流着血，边走边游，但仍不断前进、前进……当它最终踩到沙底时，就像一头直立着从水里钻出来的怪物，神奇一跳，跳到了小海湾。

它浑身发抖，头前后剧烈摇动。船员安然脱险，他口吐海水和沙子，身上划着许多小伤痕，但已安全了。他趴在小海湾的沙滩上，慢慢恢复了生命。

四

在那边的其他人怎么办？卡络梅用望远镜搜索海面，看见了一些人头。需要返回到那里，而且要快。卡络梅看着他的马，要是它能懂就好了，要是卡络梅能对它说话就好了：

"你独自去那里吧，斯佩迪，没有我，你至少可以带回来两个人……"

卡络梅拉着马脖子，将它往水里牵。他和它进到水里两三米，迎击第一波海浪，然后去冒难以置信、事先不抱任何希望的运气：

"去吧，斯佩迪。单个儿去……走吧，去吧，斯佩迪……"

于是，卡络梅重重地拍了一下马屁股，放开了马。无论如何，他感到自身已无力返回那里。他冷且累得发抖，双腿为了保持身体平衡而用力打战。

　　但不可能的事发生了。斯佩迪前进，继续前进，它独个儿，只身游向外海，确实回到了那里。卡络梅激动不已，他开始在风中大声鼓励他的马："去吧，斯佩迪，亲爱的……去吧……这太棒了，斯佩迪……去啊，亲爱的，去……"他激动得哭起来，像个疯子一样从水里冒出来，手执双筒望远镜。海水和泪水阻挡他，但他看到了他的马——他的斯佩迪，到达了沉船物的海面，一些手抓住了它。于是，他又开始在暴风雨中吼叫起来，呼唤他的马："来！斯佩迪。来……"他不管风是否盖住了他的叫声，也不管斯佩迪是否能听见。卡络梅心潮澎湃，情不自禁，而落水海员不敢相信自己的眼睛。这头牲口太棒了，太棒了！

　　斯佩迪第二次驮回了遇难船员，而且驮回了两个。这一次，卡络梅知道了，知道它能够驮回两个。只要落水者懂得和抓住马就行了。斯佩迪搏斗着，抗击海浪，刮擦着马蹄，向前冲，跳跃，喷着满鼻子泡沫，再次摆脱大海。

　　于是，海员约恩·戈奥尔迪和渔民索默尔塞尔·凡莱安然无恙……两人中的一人用力喘息着说："这头牲口强壮得像一头象……它……它把我吓着了……"

五

　　卡络梅兴奋异常，领着斯佩迪再次走向外海，和它一同进到水里，拍打它的屁股……"斯佩迪，海里还有人，去找他们，去……斯佩迪，亲爱的……去。"

其他人不相信这一切，但他们和卡络梅一样叫喊，鼓励着牲口。于是，斯佩迪第三次出发去汹涌的大洋里救人。虽然更加艰难，但它带着遍体鳞伤的身体，拖着挂在他脖子上的渔民乔石•阿尔和抓住缰绳的15岁见习水手蒂米•多威松返回来了。二加二，加上救上来的第一人，共救了5个死里逃生者。

但斯佩迪再也不行了，它的一个前肢弯曲了。卡络梅央求它，海那边还剩下两个落水者。他用力拉着马，而且这一次，他和马一起出发到暴风雨里，到冰冷的、浪花四溅的大海里。这一次，他不放开马，让马把他拖在马尾后，而且不停地和马讲话，就像和人讲话一样。斯佩迪扇动着双耳，一道道白吐沫和白色海泡沫在他鼻子周围交混在一起。

但这一次，再没有沉船的漂流物和浮在水面上的人头，什么都不再见，踪影全无，只有海浪在相互扑击。落难的最后船员消失了。

而斯佩迪的头难以竖起来，它的蹄子在绿色和阴沉的海水中做殊死挣扎。卡络梅和斯佩迪筋疲力尽，他们最后一次面对暗礁和滚滚波涛，返程成了可怕的梦魇。

用尽最后一点力气，斯佩迪停到了小海湾的沙子上。它高大、结实、挺拔的身子在他主人面前犹如一尊雕像。

然后，它整个身子倒下了。

这事发生在1927年4月的一个早上，在靠近络什•布罗奥的苏格兰海岸边。在拯救博蒂号遇难船的7个船员中的5个后，斯佩迪———一匹口吐泡沫的马，在它主人的脚下精疲力竭地累死了。

　　这是一匹10岁身披黑毛的猎马，一匹平凡普通的马，一匹在恶劣的天气中非常英勇的马。

明天天会亮

一

1945年，像地狱一样的苦海席卷着一支正在大溃败的德军。希特勒的疯狂接近尾声。在东方和西方，德军朝他最后的防线撤退。在距这场大战发源地不远的但泽克，六名德国士兵日复一日地退却，他们已筋疲力尽。

他们和部队失去了联系，红军紧追不放，他们再无希望。他们知道完了，不再抱幻想，战争输了。他们之所以还战斗，与其说出于自信，毋宁说更出于习惯。这一刻，他们唯一要紧的事是睡觉，找个地方休息。

恰好这里有个水泥掩体，在那儿至少可以躲避一下。睡几个小时觉，明天去投降。他们还能做其他什么呢？

小分队走下阶梯，发现掩体里面没有人。掩体被废弃了。

阶梯很长，没有尽头。随着他们往下走，战斗的枪炮声变得隐约起来。当他们到达掩体第一个房间时，那里已变得鸦雀无声。

在掩体一个角落里，堆放着大包大包的储备军衣。六个士兵没卸下丝毫随身物品，甚至无力脱去靴子，就倒在这临时的床垫上，身子一伸，睡了。

<h2 style="text-align:center">二</h2>

他们只沉睡了半分钟，一声巨大的爆炸声将他们震起，随即一股热浪冲进掩体。水泥板块开始动摇，不一会儿，他们感到一切就要倒下来了。

然后，沉闷的、压抑的寂静重新降临，就像灰尘那样笼罩房间。是轰炸？还是掩体自行倒塌？……由于光线消失了，其中一个人——军士长苏埃打亮了打火机，说："我们可能与外界切断了，应该去看看。"

但在他周围，已没任何动静。现在睡觉是最宝贵的了，于是，他的同伴们重新倒下了。军士长也觉得，他们处于这种地步，也没什么比睡觉更重要的了，便灭了打火机。

当他醒来时，苏埃感到一种巨大的不安笼罩在周围。他的三个战友去看了出口：可怕的事发生了。

巨大的堆积物堵住了阶梯。数米之中，全是崩塌成堆的水泥块，倒在一堆乱七八糟的歪歪扭扭的废铁里。可庆幸的是，在两块水泥块缝隙之间，一股较清凉的风朝他们吹来，成了崩塌的迷宫里一种幸运的通风通道。

清点现场的财物让他们惊喜。在旁边的一个房间里，堆放着无数各式各样的罐头箱子：饼干箱、面粉桶、葡萄酒桶、白酒桶以及无疑是最珍贵的许多蜡烛和火柴。

三

最初的气馁过后，在军士长苏埃的指挥下，六名被活埋在地下的人安置下来。一堆堆的灰色的、绿色的军大衣当作床。一堆衣服、一箱饼干和一支蜡烛成为一间寝室。当宣布夜晚降临时，各人在里面隔开睡觉。因为在这一片黑暗中，分不出黑夜和白天。

军士长苏埃挑了一块铁门板用铅笔画上日历，一个格子表示白天，一个格子表示晚上。最初他只预备了十来个格子，以为几天后就会有一个急救队前来关心打听掩体里是否有幸存者。

为了表示他们的存在，6个人轮流趴在地上对着水泥板的裂缝——新鲜空气吹动蜡烛的地方拼命往外喊叫。这响亮的信号被规定下来，从早上8时到晚上8时运转，每隔15秒喊叫一次。凄厉的呼叫声在水泥洞壁上回响，直到最终有人听到为止。

埋在地底下的人没有想到，负责炸毁这个掩体的德国爆炸队的人员被俘虏了，并向俄国当局报告说，掩体是空的，所有的占领者都撤退了。再者，这个军事区远离市区，当局有比清理这些乱七八糟的水泥堆更急迫的事要干。既然这废墟充满爆炸物的危险，较好的办法就是用一根铁蒺藜将危险区围起来，这样就无人再敢到那里冒险了。

于是，一天天，一周周过去了。

埋在水泥堆下面的六个人慢慢失去了被拯救的希望。能来拯救的人很快就来了，否则就要等很晚了。如果当时有人看见他们进了掩体，可能早就发出了警报。但是现在，人们没有任何理由来寻找他们。

四

消失在地狱的六个人，他们成了什么？什么都不是。很快，他们中的两个人在轮到叫喊时拒绝叫喊，认为这毫无用处。苏埃很想动用他的权威，但他内心的疑虑，与他们也相差无几。于是人们停止叫喊，死一般的寂静重新降临到他们的头上。

不管怎么样，军士长成功地为大家严格安排了一些生活规则。关于膳食，规定早上8点，中午12点，晚上7点，6个人围着一堆箱子坐着，在上面点上蜡烛一起吃饭。允许其中一人从他最远的记忆开始讲述他的身世。每个听的人有权轮流向讲的人提问，讲的人必须回答。在每餐饭之间，苏埃组织大家沿着用烛光标出来的一条弯曲的线路散步。做完必做的体操后，有游戏玩，一个人管骰子，另一人管扑克。苏埃每天组织大家比赛，赢者可获得一些香烟，在靠近通风口的地方慢慢抽，那里空气依然在流动。

最远一间房用于大小便，大小便用面粉盖起来。苏埃严格安排了六人必须遵守的一些最基本的纪律，要知道这些小事对他们活下去是必不可少的。

这样，一周周时间过去了。一股温暖的风穿过水泥传过来，告诉他们春天来到他们头上了。到现在他们与世隔绝已48天。此时第一次悲剧突然地、不可预料地、难以忍受地爆发了……

其中一个士兵疯了，发出骇人的叫喊。在人们采取行动之前，他就割断了自己的喉咙。其他人看着他奄奄一息，丝毫无能为力。于是，大家把他埋在里边的房子里，在他的遗体上堆上面粉。

一月月过去了，5个活着的人中，又有一个病倒了。他的胃剧烈疼痛，其他人陪着他一起痛苦，历经了3个星期。3个星期处在他体内发出的恶臭中。大家同样将他埋在面粉里。现在只剩4个人了。

到了246天时，苏埃在他继续掌管的另外一块门板日历上画了一个新十字，之后很快画到第4块门板……此时只剩下他们两个人了。两个魔鬼一样的人胡须蓬松，毛发老长，为了不沉沦在死亡中，自动做着生存的动作。他们总是在规定的时间里起床、走路、吃罐头、喝酸酒、交谈，无疑是为了保证始终有耳朵能听，有一个嘴巴能说话。尽管苏埃做了悲观的预计，他知道他们就要没蜡烛了。

五

到现在他们已被活埋了五年，最后一支蜡烛熄灭了。几周后，最后一根火柴也熄灭了。于是，除了苏埃的磷光表数字闪烁外，生活将在伸手不见五指的黑暗中继续。多亏老天爷，磷光表没抛弃他们。

苏埃在黑暗中摸索着强迫他的同伴起床、走路、吃饭、讲话。他们甚至不知道自己希望什么。时间对他们已不再重要。这两个傻瓜做着同样的动作，像自动木偶一样完成同样的仪式，说着表示他们还存在的同样的话。然后，有一天，响起了一些声音，发生了一些爆炸，接着声音临近了，然后又发生新的一声爆炸，在洞壁的一条缝隙中闪出令人目眩的亮光……这是阳光……他们站起来，摇摇晃晃地走出去，眼睛一下被阳光刺瞎了。

他们就这样在地下生活了六年，五年生活在烛光下，一年全生活在黑暗中……突然，他们投射在阳光下，像自动木偶一样向前走，呼吸着新鲜空气。空气刺激他们的肺。

负责清理掩体剩余物的两个波兰工人看见这两个鬼，他们的胡子和头发垂到小腿上。他们看见人世间和战争的两个遇难者从死亡中走出来，吓得惊慌失措，浑身发抖，一动不动。

　　两个人中的一个，将手捂在胸脯上，张开嘴巴，经不住激动的打击，死了。另一个活了下来，他叫苏埃，那是黑暗中的死里逃生者。

绞不死的人

一

1885年2月23日，早上6时58分，英国埃格特尔监狱的小教堂神父，在郡长和监狱长的陪同下叫醒了死刑犯约翰·雷。神父是最近被任命的，这是他第一次参加执行死刑。他不喜欢这个工作，大家理解他。绞刑架在前一天晚上就竖起在监狱的院子里，正对着小教堂。教堂自鸣钟的每一次钟声对神父来说都是无比的痛楚。

在絮斯塞克教区履职40年，使他心肠变得仁慈，他富有的同情心反对参加这种处决场面。但他的职责不是在这里，而是在约翰·雷去见上帝时为他祷告。

使他大吃一惊的是，死刑犯约翰·雷微笑着迎接他们，甚至打趣：

"好吧，走吧，这是黄道吉日。先生们，我跟着你们！"

神父问他是否希望教会履行职责救他，他回答说："何必呢？因为我们不会分离！"

在院子里，刽子手贝尔里把他的双手反缚在背后。神父念着祷词，和他一起登上绞刑架的台阶，走到预定给他的位置上。

"你有什么要说的吗？"

"不。"约翰爽快回答。

二

一切进行得很快。刽子手给约翰戴上白色帽子，在他脖子上套上绳索，打好结，然后后退，向他的助手发令。神父闭上眼睛，提高了祷告声。助手拉动控制活栓的绳子，可犯人脚下的活板门却没有翻开！

绞刑架四周一片寂静。刽子手反应过来，向助手示意，助手冲到活板门下把活栓重新归位。之后，刽子手取下套在约翰脖子上的绳索和他头上的帽子。约翰·雷露出苍白的脸，却笑嘻嘻：

"咕咕！"他嘻叫一声，看见神父两腿在身下发抖，又补充一句，"我说过，我们不会分离！"

由于绞刑架台面太窄，神父和犯人被请下台来。然后，刽子手和助手进行操作检查。他一下令，助手一拉活栓，活板门在阴森森的恐怖声中翻了过来。他向犯人表示歉意说：

"对不起，但必须重来。"

"行啊！"约翰平静地回答。

刽子手重新给他戴上帽子，在脖子上重新套上绳索。神父再次合上眼睛念祷文。刽子手把手一挥："拉栓！"在干巴巴的响声中，活栓滑动，但活板门仍没翻开！

"够了！"神父朝着郡长看，郡长转着狂怒的眼珠子看着刽子手。大家重新插好活栓、取下犯人的绳子和帽子……

"将犯人重新带回牢房去！"

三

约翰·雷被看守带走后，神父回到小教堂，在众人面前向上帝求情，希望众人宽恕这个刚才已两次蒙受死刑痛苦的不幸犯人。

其间，刽子手也没有闲着。他每一次检查都能让拉开的活栓把活板门翻开。更奇妙的是，他自己试着站到绞刑架上，紧拉着绳子，发出"开栓"指令，咔吧一声，活板门打开了，他晃着手里的绳子，一下掉到绞刑架下面去了。

"这下成功了！我们把事情做完吧！"

他们返回牢房把不幸的约翰·雷重新找来。约翰做这一切，好像做示范动作一样放松，说：

"既然我对你们说过我们不会分离，为什么要坚持？"

可怜的神父被告知，处决要重新进行。他提出反对意见，说鉴于这种情况——既然神的明显意旨已反复表明，我们无疑应该延缓执行。但郡长不同意，反驳说：

"各司其职，神的判决是一回事，人的判决是另一回事，约翰·雷杀了人，应该去死！"

这个异乎寻常的处决消息传遍了全监狱，全体囚犯都手抓铁窗栏杆，眼睛盯着约翰·雷。他在刽子手和神父的陪同下，第三次登上绞刑架。大家各就各位。在给约翰重新戴上白帽子前，刽子手低声对他说：

"老朋友，对不住，但这一次好了！"

"你以为呢？"死刑犯大笑。

为了中止这令人不安且具有讽刺意味的奚落，刽子手给约翰戴上帽子，然后套上活结，将它拉紧到刚刚好，后退两步。神父站在一角，闭着眼第三次念祷文。在死一般的寂静中，突然响起歌声，是一首古老的英国歌，约翰·雷在帽子里以有力的和有信心的嗓音在唱。

刽子手惊讶地朝郡长看，这样的事对他来说是第一次发生，不会又发生什么事吧？……

但郡长已焦急。刽子手还等什么？赶快要助手拉活栓！他打出命令手势，刽子手传达，助手拉动绳子，活栓运转良好……但活板门还是没打开！

一阵巨大的欢呼声响彻监狱的院子，囚犯们个个欢呼雀跃。郡长气得发疯，把他的帽子掷到地上，用脚踩：

"把囚犯送回牢房去，把制造绞刑架的该死的木匠给我叫来！"

四

　　在狱友的欢呼声中，约翰·雷重新走向他的单身牢房，一边走，一边像从竞技场里胜利地走出来的斗牛士那样，向大家点头致意。木匠走近郡长，他一开始说话就立即被打断：

　　"您管管与您有关的事吧！"

　　木匠叫弗朗克·络斯，曾经是个死刑犯，死刑减为终身监禁。面对郡长提问，他好像很诧异。郡长问：

　　"这是你制造的该死的装置吗？"

　　怎能否定事实？这是政府部门要求他在15天内根据传统图纸制造的绞刑架，和王国所有的图纸一模一样。

　　"依您看看是什么地方不行？"

　　弗朗克·络斯耸耸肩，他不知道，没表明看法。也许是晚上下雨使木头变形了吧。

　　"那就刨平活板门！"

　　在铁窗前牢房犯人谴责的叫喊声下，郡长亲自监督刨平活板门。他像刽子手先前做的那样，连续三次亲自站在被绞者的位子上，三次命令拉活栓，三次活板门被打开了，而且抓住绳子，让身子吊起来。

　　"这一次可以了，好好干吧，干完它！"

　　在狱友的欢呼声中，约翰·雷第四次登上绞刑架。刽子手贝尔里颤抖着手第四次给他戴上帽子，系好绳子。神父第四次合上眼睛，祈求上天再次发生奇迹。死一般的寂静再次笼罩现场。

可怜的刽子手四肢颤抖，这次由郡长向助手发手令。助手第四次拉动短绳子，第四次活栓拉开了，但第四次活板门仍没打开！

荒唐！一声巨大的呼叫声响彻天空，从无数的胸腔里迸发出来。刽子手急忙将活栓复位。郡长的脸像死人般苍白，低着头离开了现场。神父对着绞刑架跪下，感谢上帝免除犯人的死！

于是，约翰·雷重新回到牢房里。几天后，下议院将他的死刑减为终身监禁。

22年后，犯人被假释，甚至结了婚，家庭并不幸福。1943年，约翰·雷寿终正寝，离开人世。

死前，他吐露了隐情，除了木匠弗朗克做了手脚外，不可能有奇迹发生。他在神父站的地方安装了一块木板，在神父体重的压力下，木板向前伸出几厘米，将活板门卡住。当试验时，神父不在位置上，一切正常运转。但每次行刑时，木板发挥了作用。

在英国，这是政府部门最后一次征用犯人制造绞刑架。

狼王之死①

一

三年来，一只巨大的狼为害莫内迪瑞斯高原山脚下某地的科雷兹山谷。这畜生以超常的力量和智慧，挫败对它的所有围捕、逃脱为它设下的所有陷阱。夜里，它那恐怖的嚎叫声笼罩着整个地区。上星期六，这只被当地人称为莫内迪瑞斯山的狼王又咬死了三只公牛犊和六只羊，并丧心病狂地将其开膛破肚。当地民众决定对它采取行动。在12月份赶集的这一天中午，村长布雷纳尔陪同一个当时最闻名的打猎人从蒂莱车站回到村庄。四十多年来，这个老猎人足足有着捕获五十多头野兽的记录。从科雷兹到莫尔旺，从马尔凯到旺度山区，一有狼害，人们就会召他来打狼。

---

① 原著名：莫内迪瑞斯高原的老爷。译者注。

不过狼，本世纪初多得很。

村长推开旅店的门，说："先生们，这是马雷摩尔特，我们的捕狼师傅。"

马雷摩尔特虽然已经75岁，但身体强健有力，蓝色的眼睛炯炯有神，一大把白胡子将脸庞衬托得容光焕发。大家让开路，请这个杰出的闻名遐迩的老猎人坐下来，给他斟了一杯热乎乎的桂味酒。马雷摩尔特小口小口地喝干了一杯，将酒杯推到桌子中间，用一只手背揩着胡须。房里寂静无声，大家打量着这位来打猛兽的老人。他肯定会发表看法、阐述他的打算，请求帮助组织一次围猎……老人从挂在裤腰上的小包里掏出一只金表，贴在耳朵边听了听，打开保护壳，看了看时间，然后起身，只简单地说了一句话：

"我会想吃点什么！"

被这简单的话说得有点失望，有一个人高声叫喊：

"必须快点吃！狼现在在杀牲口取乐！"

马雷摩尔特顿时停下身来，把目光投向已后悔讲话的质问者："先生，一只狼永远不会为了取乐而杀牲口，它杀牲口是因为有需要。这不一样。"

这一下，村长布雷纳尔插进来。他回忆了上周损失的情况说：

"上星期狼咬死了三头公牛犊和六只羊……一周一只牛犊足够了吧？"

马雷摩尔特非常同意，但他补充说，狼对它的猎物那样残暴猛烈是表面现象，实际上它只是为了获得它喜爱的人们统称为内脏的几块肉：肝和心。狼不饥饿时不会挑食，不要总是诬陷对手嘛。

"如果你的狼成了杀手，是因为它精挑细选。它之所以有机会成为杀手，那是因为你们给了它成为杀手的时间。"

二

从第二天起，马雷摩尔特就开始行动。人们看见他出没在大家指出的狼到过的地方，仔细察看被杀死的牲口的残留物。他早在天亮前独自在高地上设哨，并且长时间地侦听。从高山上不同地点传来的狼嚎声，让他确信山上有数头狼，但对狼王的叫声他是猜测出来的。狼王的叫声独一无二：比其他的狼嚎声都高八度，而且叫的时间更长。

侦察了五天后，马雷摩尔特开始行动了。他戴上蘸着一头牛犊新鲜血液的手套，把牛犊的肾脏、心脏和肝切成一块块，在每块肉里藏上一枚裹上牛油的、无气味的氰化钾雷管。他把三份诱饵装进用牛犊皮做的、同样浸泡过牛犊血的三种袋子里。

夜晚降临，马雷摩尔特上山，身后拖着用一根绳子扎着的三个口袋。他不下马，在马上转了十来公里的一个圈后，将三个口袋每隔300米倒空一个。

第二天一清早，马雷摩尔特返回现场。当他发现第一个诱饵不见时，他年老的心脏跳得快了些。第二个诱饵同样不见了。难道胜利来得这么容易？但在300米远的地方，他找到了聚集在一起的三个诱饵。它们完好无损，狼王没有碰过它们。而且为了表示蔑视，它在三个诱饵上撒了一大泡尿。返回村子时，马雷摩尔特显然没有多说，他向农民表示说："这会很难对付，很难对付……"

三

在老猎人和狼王之间，展开了一场残酷无情的较量。马雷摩尔特知道，只有用捕兽器才能战胜狼王。现在，他认识了他要对付的野兽，对它有了正确估计。他用印第安人苏族的毒计，在一个诱饵四周藏上一些捕兽器，但猎人采取的非常谨慎的措施还是白费劲。狼王来了，确认有捕兽器，用它的爪子正好在铁器前扒，让连接在树上的铁链暴露在光天化日之下，丝毫未碰，扬长而去。

作为回应，拂晓时，在离捕兽器几公里的地方，两头羊又被狼王咬断了喉咙、开膛破肚。

于是，捕狼人改变策略。他先就地杀掉任何一个未直接触碰过的诱饵，如兔、野猫、山鸡等，抛弃在它倒毙的地方。然后戴上浸过诱饵新鲜血液的手套，将捕兽器呈梅花状在两侧埋伏。可他还是徒劳无益，狼王在这里扒扒、那里扒扒，明确显示了它应走的通道和怀疑之处后，嗅出了猎人的通道，放弃了那些易于得到的食物。

在五个星期的时间里，老猎人反复试用了各种诡计和陷阱，但都失败了。后来，在1月份一个晚上，当他回村子时，他听到山上一声叫声，狼王对这叫声回应了一声。马雷摩尔特的嘴上立刻绽出满意的微笑。一回到村，他向大家宣布一个好消息：

"狼王易受攻击了，他就要结婚了！"

四

于是，马雷摩尔特停放捕兽器一个礼拜，整整一周用来侦听狼王的活动。他守候在一棵树上或一处悬崖上，跟踪狼王的婚事。老猎人对狼王求爱的地区实行分区控制，标出狼王和母狼要经过的猎区——山间小道。最后，在一个晚上，他准备了两个捕兽器。第一个捕兽器相当大，被安装在一头牛犊尸体旁边；第二个安装在离第一个几米远的地方，巧妙地掩埋在动物内脏的周围。

第二天早上，老猎人终于胜利了。内脏四周的土被翻耕过了，一个捕兽器启动了，一只狼在它身后拖着铁家伙跑了。老猎人大喜，循着地下痕迹往下找。在几百米远的地方，两只狼的轮廓一动也不动地显露在雪的凹地里。狼王就在那儿，站在绝望地拖着捕兽器的母狼身边，母狼的前爪已被捕兽器死死夹住。狼王看见老猎人时，发出一声声撕心裂肺的嚎叫，撒腿跑了。母狼向狼王报以哀号，同时面对即将来临的危险。啪的一声枪响在山中回荡，母狼倒下了。当老猎人回村时，母狼的尸体被横放在马背上。他知道，从今以后，狼王将任由他摆布。

当天晚上，在离村不远的地方，老猎人安装好他的捕兽器，小心地把母狼的尸体从每个捕兽器的周围拖过。这一次他甚至无须费劲投诱饵，知道第二天清晨将会发生什么……

第二天拂晓，当狩猎队在老猎人带领下到达现场时，狼王果然在那里，他被链子连在一棵树上的钢夹逮住了。看见猎人走过来，猛兽准备进行最后的战斗。它绿色的眼睛发出闪电般的光芒，刺心的嚎叫声从喉咙里迸发出来。一猎户用枪瞄准它，马雷摩尔特挥手制止：

"不，我们将它带到村子里去，要活的，准备好套绳！"

套上狼身的第一批绳子被狼王用牙齿一口咬断了，然后一根绳子成功套上，大家拉紧，又套上第二根，很快，这场双方实力不均等的战斗以狼王无法再动弹而结束。它的脚爪子和钢夹捆在一起，被关进了村长的贮藏室。

整整一天，村子周围的人排着队，近距离观看他们称之为摩纳迪瑞斯山的狼王。

五

当夜晚降临时，老猎人去看有名望的被战胜的狼王，他把自己和它关在一起。

第二天，村长布鲁内尔走进贮藏室，他惊奇地发现老猎人竟靠近狼王过了一夜。更让他吃惊的是,他看到捆狼的绳子全解开了。狼还在呼吸,但睁得老大的双眼已全部失去了活力。

"它活不久了。"老猎人低声说。接着他像是为自己辩解,"当我为它解开绳索时,它甚至不能动弹了。我非常清楚,一个动物虽然不懂得死亡,但有时候它会弃舍生命。"

将近中午时分,当1月份的阳光正照到摩纳迪瑞斯高原的山上时,狼王咽下了最后一口气,死了。作为猎手,老人有权获得狼皮,但他拒绝将狼王切成碎块。他让人在村口挖了一个大洞,将公狼和母狼——摩纳迪瑞斯的狼王和它的配偶埋葬在洞里。

它们就这样长眠在一起。母狼的冒失行为使狼王选择她做配偶而付出了生命。即使是狼王也会为爱情而死……

面包师的日子

一

　　在距夏隆市几公里的马尔松村，钟楼敲响了晚上10点的钟声。面包师皮埃尔·拉汉克朝面包坊环视了一周。晚炉面包全部准备就绪，到时只须划根火柴点燃装满柴火的炉子就行了。揉好的面团放在面缸里，他可以去就寝了。

　　英国广播公司仍在播放1944年8月17日的好消息。德国军队四处溃败，那是他们末日的开始。整整一天，一些德国车辆以战败的步态从村庄穿过。精疲力竭的士兵隐隐约约地隐藏在树枝下，目光低垂，穿戴破烂。四年前，德军朝着相反方向傲慢地前进的气焰不知哪里去了。尽管如此，现在还不是他们落到他手里的时候。皮埃尔·拉汉克是从德国战俘营里第四次越狱出来的人。他隐姓埋名来到马尔松村，声称自己是一名面包师，开了一家面包店，而且毫不犹豫地加入了一个抵抗团体。当他正要关掉面包坊的灯睡觉时，奇怪的吱吱嘎嘎声让他停住了手。这是院子栅栏门的响声，是从安装得很巧妙的门下垫块发出来的响亮信号。谁在这时来？还未等结束自我发问，他太太猛地打开门，低声说：

"德国人！"

大祸临头了。一个月前，一个被他接收的英国皇家空军飞行员现在还待在厨房里，他将来不及躲到预备给他的地窖里去。

"上阁楼！快，让他上阁楼！德国人也许不会想到要上楼。他们肯定是来找面包的，看见店铺关了门，就来转一圈，仅此而已！"

当英国飞行员急急忙忙登楼时，院子里的门被猛烈地敲打。但面包师太太向丈夫打手势，示意他不要立即去开门，要争取点时间去掉三个人用餐的证据。当她将惹人怀疑的餐具藏到洗碗槽下面时，门敲得更加凶猛了。太焦急了，太紧张了！面包师心里想着，一边大声地答应着，却慢腾腾地朝喊声走去：

"来了！来了！"

皮埃尔·拉汉克以显得过分笨拙的样子将钥匙在锁里转动，转了一圈又一圈。他转动保险栓，抓住锁闩。门猛地被推开了，他的脸险些碰到门上。一个眼露凶光，满脸凶相的德国军官推开他，闯进屋里：

"您开门太慢了，面包先生！"

二

军官是个三十来岁的年轻人，法文讲得无懈可击。他身着黑色军服，头像骷髅，那阴沉的样子不会令他放过一丝疑问。这是一个严格执行命令的纳粹党卫军军官，后面跟着他的勤务兵。

"我们要吃饭和睡觉，我的同伴和我。"

面包师太太脸色苍白，咧着微笑的嘴，走向前，和丈夫交换一下要他放心的目光：

"先生，我们只有两间房，我俩的和孩子们的。"

"那上面呢？"

军官伸出一个戴着黑色手套的手指，指着英国飞行员刚才爬上去的楼梯说。面包师太太非常清楚，这一切后果不堪设想。早在三个月前，抵抗组织的一些朋友给他们送来了在夏隆空战中掉下来的美国飞行员。四周前，这个受伤的英国皇家空军飞行员在附近的森林中又被他们收留。如果党卫军发现了飞行员，他们三人都会被枪毙。马上就要解放了，冒如此大的风险值得吗？可怜的太太在这位即使是在粗暴中，讲话总是客套的德国人面前吓呆了。德国人问：

"您允许吗？"

德国军官肯定是知道情况了，有谁告发他们了，面包师心中有数。如果这样，漂亮地死去也好，想办法去拿藏在面包作坊柴堆底下的冲锋枪解决也罢。于是，他闪开身子有礼貌地让军官他们登楼，但军官命令他在前头走。

"你去煎一个鸡蛋给这些先生吃吧！"面包师对他太太说，"鸡蛋放在面包坊的柴堆里——在柴堆下。"他漫不经心地补充了一句。

党卫队军官一字不漏地听着他们的对话，同时插话说应该为他本人煎12个鸡蛋，也为他的同伴煎12个。

"我们的胃口很好。"他一本正经地表示。

这个细节使面包师心里燃起了希望。如果军官来他们家是为了有关揭发的事，他大概只是想如何发现飞行员，而不会谈食物。然而，面包师一边登楼梯，一边想，不管怎样，即使他太太清楚地领会了他的启示，她也不会使用冲锋枪。还有，即使飞行员奇迹般地、成功地躲到了面粉口袋后面，楼上的折叠式铁床也会暴露他的存在。到时他需要用拳头和机动灵活的办法，让敌人付出高昂代价而死。

三

到达楼梯顶后，面包师恐惧地看到，党卫军军官从枪套里拔出了他的手枪，命令他打开阁楼门。他推开门，走进去。突然，沉重的鼻鼾声在寂静中响起，英国人在睡觉，或在装睡。当德国人朝发出声音的地方走去时，面包师紧随其后。英国人在小床上似乎睡得很死，他采取一个疲惫不堪的男子汉的睡觉姿势——和衣倒在床上。他穿的平民服装恰好救了他，而且给了面包师一个提示。于是，面包师压低嗓音对军官说，他的伙计每晚都要工作，几小时后又要起床做事。

"他，很累。"

为了使德国人相信他，面包师开始讲点蹩脚的法文：

"他，睡不多，继续睡，晚上干活，晚上。"

面包师的这种讲法令德国人很不高兴，挥手打断了他这种幼稚的解释。当德国军官和紧随其后的同伴往阁楼深处走时，他感到一阵长时间的寒战直通他背后。在不远的气窗下的椅子上，摆着一本英法字典。"绝对不能放在这里！"面包师以全世界最自然的态度走过去，将字典装进衣服口袋里，同时大声地说了这一句奇怪的、为自己举动作辩护的、未逃脱德国人注意的话。

"这是怎么回事？这是？"

面包师鼓起勇气，把自己装扮成对完美的服务毫无自责的角色，询问这些先生对参观阁楼是否满意。而且尚未等他们回答，他就决定说：

"从这边走，先生们！"

他以让人十分满意的样子把阁楼的门关上，隔断他那伙计持续的越来越大的鼻鼾轰隆声。两个德国人朝住房看了一眼后，到达厨房，那里传来了令人愉快的餐叉打蛋声。面包师太太摆好了餐具。如漫画一样，党卫军军官取下军帽，从黑色手套里将手指一个个地拔出来。他把一切都托给勤务兵办。那架势就像个只缺戴单片眼镜的德国将军，而且比将军做得更妙：

"我们乐意喝香槟酒，我和我的同伴。"

面对太太的意外表情和面包师的惊愕，德国军官兴致勃勃地补充一句：

"所有的法国人都藏了一瓶好香槟酒在地窖里，庆祝美国人的到来。"

军官的口气是那样坚定，使得面包师一声不吭地就下到地窖里，如实地取出两瓶宝贵的用来庆祝"解放日"的香槟酒。他将一瓶酒放在楼梯上，将另一瓶交给了如此便宜得到它的非常高兴的敌人。

四

两个德国人默默地狼吞虎咽，享用着面包师太太刻意为他们煎的鸡蛋。吃完后，军官一边品尝很合他口味的香槟酒，一边从他的香烟盒里取出一支雪茄，向面包师要火柴。面包师走向前，他口袋里始终装着硫黄火柴。他不由自主地从口袋里取出挡住他拿火柴的英法字典，而且把它拿在手里。多亏老天爷，军官看到的那一面幸好是字典的空白面！面包师一边赶快将连累人的字典装进另一口袋里，一边向军官奉上火，并战战兢兢地和军官商量着要求付账。

在这个最寻常的要求所伴随的静默中，始终响着英国人的鼻鼾声，他在他们头顶上继续扮演他的角色。

付账？面包师太太向丈夫投去询问的目光。要是德国人发问，回答他将构成一个问题，要冒把请求付款当成是挑衅的危险：究竟如何计算鸡蛋的价格？是按官价还是黑价？面包师后来帮了夫人的忙，他取了个平均价，大约地算了个账。

于是，德国军官站起来，扣上外套扣子，系上皮带，对着面包师写在小纸条上的几个潦草的数字端详了许久，将纸条折成两半，丢到桌上，以世界上最平静的态度说：

"明天，美国人将付您钱！"

然后，他脚后跟一靠，漂亮地向后转，朝着他的勤务兵为他保持着的敞开的大门走去，消失在夜色中，让面包师、他太太和他们的英国飞行员借助第二瓶香槟酒压惊。直到面包师去睡觉的时候，他才问他的太太，她当时是否收到他关于冲锋枪藏在柴草堆中的暗示。

"当然收到！"女面包师回答，"我甚至要拿过去交给你，它在那儿！"

顺着太太的手势，面包师后怕地看到，在一个口袋里包着的冲锋枪就放在餐柜上，那正是不久前德国军官放军帽和黑色手套的地方。

以做面包为职业的皮埃尔·拉汉克曾经碰到过好运。他曾经从一个德国战俘营里逃出来四次，经历种种危险。但有些日子碰到的好运，对他是如此异常，异常得令人难以置信，所以我们命名这些日子叫《他有的日子》或其他……他曾经和这一类完全令人作呕的没了爪也没了牙的纳粹分子打过交道，他们感到末日临近时，甚至再无力嗥叫。

　　不管怎样，这就是他曾经经历过的日子——面包师的日子，那是1944年8月17日。

另一世纪的信

一

　　最后的子弹刚刚被分发好，35个战士中的每个人都将一粒子弹搁在一旁，以应付最后的"断然行动"。大家知道，宁死也不要落在包围他们的人手中。敌人在杀死伤员或俘虏之前，会令人发指地摧残他们，每个据守要塞的士兵都亲眼看到过敌人在屠杀他们的战友之前，是如何虐待他们的残酷场面。

　　1915年，在第一次世界大战埃及的边境上，指挥这一小队士兵的马夏尔上尉清楚地知道，他们的处境已经绝望，不再只是个时间问题。天一亮，将是敌人最后的攻击和最后的战斗，不可能指望救援。企图越过封锁线的通信兵们已被打死，那残缺不全的尸体就暴露在几百米远的地方，面对他们，背靠着一座沙丘。

马夏尔上尉也把一颗子弹搁在一旁。他用手一边抛着子弹，一边想起将要让他死于他曾祖父所死之处的奇怪命运。一个多世纪之前，他曾祖父就死在西奈半岛的沙漠中，也许不在这个古老的要塞，但就在附近某个去处。和他一样，他曾祖父曾经也是个上尉，在著名的埃及之战中服役，受波拿巴指挥。他母亲至今还持有一把他曾祖父马夏尔上尉于1789年杀敌的荣誉之剑。

奇怪的是，他曾祖父的命运118年后，在同一个地方、面对同样的敌人的确重新出现。他们每个人大约只剩一杯水了，每个战士只剩二十来发子弹了。天亮时，猛攻将要开始，大量突尼斯士兵将冲向要塞。

二

应当突袭他们才行，如何隐蔽我们的人？……正当马夏尔上尉思考这些问题时，他的中尉突然押着一个裹着呢斗篷的阿拉伯老人来了：

"我的上尉，此人声称有一封信要交给您。"

马夏尔抬起怀疑的目光看了陌生人一眼：一封信？谁会给他一封信？这老人一点也不像敌人的密探。通常，密探挑的是比较年轻、比较有代表性的人。

"您有封信要给我吗？"

老人走近军官，眼睛直视着上尉：

"您真是马夏尔上尉吗？"

尽管上尉同意，披斗篷的人还是问：

"真是您吗？马夏尔上尉。"

"是呀，是我。那么，您找我干什么？"

阿拉伯老人一下跪下身来，拜倒在马夏尔面前，马夏尔一点也不明白他这一切做法的意图。老人仰天抬起一张洋溢着喜悦的脸，嘴里叨念着一些听不懂的、但能听得出是感谢上苍的话。

然后，阿拉伯人重新站起身，递给上尉一张折叠得奇怪的纸，纸上潦草地写着依稀看得清的、所用墨水已褪色的一个名字：马夏尔上尉。毫无疑问，这信确实是给他的。当他展开这张已变旧的纸时，心里面提出许多关于这个神秘通信人的身份的问题。老人看着他，眼里流露出深切的感激之情，说：

"我父亲要是能把信亲手交给您，他将多高兴！"

此时，马夏尔上尉已把信展开在他面前。写信人写得很潦草，难以辨认。费了很大的劲，他终于读出了第一句话——"我亲爱的马夏尔。"这肯定是一个私下认识他的人，"在收到此命令后，立即……"看来此信发自一位上级，"我是通过一个年轻的印第安人送给你……"

上尉投向老阿拉伯人的目光一下子表现出最大的怀疑。可到底是谁给他送来的这封信？在这方圆20公里范围内没有任何一支军队，没人知道3天多以来，他们已被敌人四面包围。

上尉把眼光移到信下方那表现得遒劲有力的、锐利如闪电般的签名上。在这点上，他以为送信人搞错了对象，除非他是在开玩笑。因为信的签名是：波拿巴！

当人们不确定自己的精神是否健康时，常不得不掐一掐自己的身体，以证明自己不是在做梦。当马夏尔上尉第五次重读这封信的署名波拿巴时，他确实这样做了。再者，在这个签名的旁边，签署的是看不清某日、某月的年份：1798。而这正是拿破仑·波拿巴远征埃及的一年。马夏尔心里想，这是怎么啦？

"是谁交给您这封信的？"上尉问。

始终保持平静的阿拉伯老人以世界上最自然的态度回答说：

"这是波拿巴将军交给我父亲的信，我父亲死时托付我将此信亲手交给您。"

三

在发问的紧逼下，老人于是讲述了一个令人难以置信却真实的故事。故事就发生在这里，在1915年这一年，他送交父亲于一个多世纪前受托送交的一封信。

1798年，正值埃及大战时，波拿巴给他的一个军官——马夏尔上尉写了封信。他将此信托付给一个22岁的新近支持他事业的阿拉伯人勒切克·马鲁克。这个人到达得太晚了，没有找到收信人。毫无疑问，慑于未来皇帝的威严，他不敢返回去告知波拿马自己没有完成任务。于是，终其一生，他只怀抱着一个目的、一个摆脱不了的困扰，要把此信送达马夏尔上尉。

1874年，他98岁临死时，他要他48岁的儿子发誓完成他的任务。儿子不问缘由，经常前往要塞打听马夏尔上尉是否在那里。在41年中，每年数次，马鲁克，即拿破仑·波拿巴的阿拉伯酋长同盟者勒切克的儿子，前往要塞叩门，想卸下这个任务。41年后，由于只有命运定律才能制造的巧合，这位89岁的老人终于亲手将一封波拿巴写给马夏尔上尉曾祖父的信，交给了他的曾孙马夏尔上尉。

以下发生的事也许更加令人难以置信。然而它有一天发生了，发生在1915年西奈半岛上勇敢地等待死亡的35个士兵身上。

下面就是波拿巴将军于1798年写的信：

"亲爱的马夏尔，在你收到我托付一个年轻的印第安人交给你的命令后，你立即掘取埋在要塞下的食物和武器弹药。取得你需要的东西后，摧毁剩余的东西，向埃及边境撤退。有三条道路可走，不要走任何一条海边的路，要走中间的路，径直朝南走，穿过沙漠。要像保护你的眼珠一样保护好随附的地图，它标出了有水眼的地方。签名：波拿巴。"

面对这样的命运征兆，怎能怀疑他这颗福星呢！马夏尔上尉叫大家立刻挖掘，发现了不是波拿巴放置的，而是德国人和突尼斯人恰好在协约国进军前遗弃的食品和武器弹药。上尉进一步推动他的好运，决定使用来信随附的地图。趁天尚未启明，35个士兵抄一条小路，穿过悬崖，就将他们引到波拿巴指出的作为自由之路的老路①。依靠地图，他们找到了水眼，水眼使他们能在沙漠中前进，重新找到联军。

四

将离开要塞时，马夏尔上尉抑制不住内心的冲动，拥抱了为最终能完成他父亲肩负的任务而全心激动的老人。

"在把信交给我时，"老人说，"我父亲给了我两枚金币。他对我说，这是对我服务的奖赏。只有我完成了伟大的平定者交给他的任务后，才能花费它们。我大概会把这两枚金币给我的孙子，他想去巴黎读书。到时我叫他去拜访您。"

历史没有记述勒切克·马鲁克的曾孙后来是否拜访了马夏尔上尉的曾孙。有些巧合的事只会发生一次。然而令人惊讶地想起，今日有一个人会说：

"多亏拿破仑·波拿巴的一封信，我父亲在64年前毫无损失地穿过沙漠撤出来。"

人的小历史有时就是这样碰上大历史，由于缺乏其他解释，人们将之称作"命运"。

---

① 1798年，拿破仑远征埃及，最初获得一些胜利，后损失惨重。1799年，鉴于法国国内形势，他撇下残兵败将，带领几百名精兵秘密回国，后发动雾月政变，掌握了军政大权。他逃回的路谓作老路。译者注。

魔鬼的美貌

一

1944年3月15日。四年来，罗歇·肖梅尔是法国空军轰炸机飞行员。他先在法国作战，失败后，他是首批抵达伦敦加入英国航空兵的法国人之一。

此后，他不停地执行轰炸任务。黑夜中的任务得不到给予歼击机飞行员的声誉，而且也非常危险……有时，他会想起遥远的、久无音信的家乡阿尔及利亚和留在那边的他的妻子莫尼克。

一天晚上，罗歇·肖梅尔轰炸的目标是亚眠铁路枢纽。从一开始，作战就显得不利，德国人的防空炮火非常密集，需要飞得较低才最有机会炸到目标。

突然，飞机被猛地一击，火光一闪，飞机出现自由下落。

罗歇·肖梅尔即刻感到刚才一颗炮弹打掉了一只机翼，迎接他的是万丈深渊。

当他恢复知觉时，他躺在医院的一张病床上，第一眼看见的就是穿军服的德国医生，他成了俘虏。一有力气，他就支撑着双肘稍稍坐起来。为什么病床对面墙壁的盥洗盆上一定要挂着一面镜子？

他发出一声尖叫，因为看到了一个令人厌恶的面容。他没了鼻子，代替它的是蚕食他面孔的两个红色窟窿；他没了眼皮，双眼在头上露目圆睁；他没了嘴唇，张开的大嘴龇出满口白牙；满脸余下的全都布满灼伤伤痕。最后，他看见自己秃了顶，脑袋瓜上蒙着一种紫红色的薄膜……

罗歇·肖梅尔不敢相信这一切。毫无疑问，他头脑还判断不清，没有完全恢复理性。于是，他慢慢转动脑袋自左至右在镜里看，那不可言状的东西如影随形。丑恶的影像确是他模样的反映。

不一会儿，德国医生来到他床头，用不准确的法文告诉他：

"先生，您的运气很好，您所有的同伴都死了。您的一部分颅骨被摘除，我们替您安装了一块假脑壳。您已脱离危险。至于您的面容，我们可惜没有办法做手术。这是战时，缺乏材料。"

在随后的日子里，罗歇·肖梅尔坠入绝望中。为了防止他自杀，需要把他绑在床上。

二

　　就这样，几个月后，盟军进入亚眠时发现了他。德国人撤离了医院，把伤员扔在身后逃跑了。很快，不幸的肖梅尔被英国人负责送到大不列颠的一个专科医院里。

　　在那个时代，整形外科还只是刚开始，但英国医生已拥有丰富的经验。外科医生为罗歇做了一个大手术。从他的小腿上取下一块肉为他重做了一个鼻子；从大腿上取下一块肉，为他重新做了嘴唇；从额头上取下一些皮做了眼皮；用一块银板取代了粗糙的已变形的颅骨假头骨；还取下一块皮重新植了一块头皮，在皮上种了头发。罗歇无法看到这变化的过程，因为这医院里没任何镜子，这是一项严格的规定。最后，医生为他取下最后的绷带，递上一面镜子让他看结果。如同在德国人医院一样，他又发出一声尖叫声……

　　因为，他又一次认为那是个幻觉。在他面前有一张正常的面孔，面孔上有一个挺直的、微钩但非常和谐的鼻子、两片薄薄的嘴唇。全部皮肤都很光滑。他觉得他看到了一尊雕像。

　　英国医生似乎非常满意他的杰作：

　　"喂，您高兴吗？"

　　罗歇无法回答。医生没有努力为他做回原来的样子，而是给了他一个经典的、理想的漂亮模样。可这端正的、不合人性的面孔与他一点也不相宜。他原来有翘起的鼻子和厚厚的嘴唇，它们不协调，也许不漂亮，但那就是他的。而他镜子照出的这个美人使他大受压抑。这有点像穿衣太讲究：成天穿燕尾服过日子不安一样。有点不同的是，西装可以脱掉、扔掉……但一副新面孔可不行。

<h1 style="text-align:center">三</h1>

1946年春，罗歇·肖梅尔出院。他要回到阿尔及利亚的家去……他担心和妻子见面的时刻，于是写信把一切告诉了妻子，还给她寄了一张新面孔的照片。但他甚至不知道这信是否已到达，因为战后时期，邮政还运转不灵。

这就是他要考虑的事，他把手臂支在轮船甲板上，船进了阿尔及利亚湾。然后他走上挤满人的港口码头，在那里，数以百计的家属在迎接受伤的士兵或俘虏最终从战争中归来。

罗歇搜寻面孔，突然他微笑了，她在那里，那就是他妻子。他朝她的方向挥手，叫她的名字，可是她好像没看到他，也没听到。她在继续盯住他后面不断上岸的人群看。

最后，罗歇走到她面前，说：

"莫尼克，是我呀……是罗歇！"

莫尼克往后倒退了一下。她只回答说：

"请原谅我，给我时间来吧。"

而当其他夫妻在互相拥抱、彼此泪流满面紧抱不放时，他们却并排走了，默默无语……

罗歇和莫尼克重新开始共同生活。他们勇敢地努力去面对，像什么事都没发生一样。但罗歇很快发现他们注定要失败。他妻子做不到，将永远做不到，她嫁的人不是他，身体不再是原来的，他不再是她一类的人。有时他甚至感到让他害怕。她可能固执地认为这种身体上的变化在他身上与一种道德变化相一致。她似乎怀疑他的反应，晚上她难以入睡。

确实，他也改变了对她的态度，因为他再也不知道该怎么办好。他时而害羞和尴尬，时而相反，他粗暴，甚至狂暴。当她推开他时，他丧失了所有的克制力，斥责她，叫着，喊着：

"我是你的丈夫，你是我的太太，你没有权……"

可是，如果她让步，投进他的怀抱，这会更糟糕。他会感到她在骗他，她爱上了不是他的漂亮面孔，她在献身给另一个人！在这些时候，罗歇认为自己快要发疯了，他嫉妒，难以忍受地嫉妒，难以过下去地嫉妒，他妒忌自己。每一次他接近妻子时，他竭尽全力希望她如同以前一样和他相爱。但不一会儿，他的希望又完全相反。他希望她马上推开他，马上抛弃这个勾引妇女的人——那个情敌，尽管他拥有这个情敌的相貌。

四

1947年初，莫尼克和罗歇纠结一年后，一致同意结束这十分困难的处境。他们离了婚。于是，罗歇北上巴黎。他在那里举目无亲，一切从零开始。

在首都，他有幸很快获得成功。他在首都找到了一份推销员的工作，使他生活过得很舒服。他外表不错，使人放心的、没有个性的容貌让他获得顾客许多好合同。

每晚，他回到他独住的、没有镜子的一套小公寓房里……

后来，1947年夏天的一天，当他走在街上时，听到身后一声叫唤，一声活泼的、响亮的叫声：

"罗歇……哎，罗歇！……"

他转过身，一位姑娘正在朝他招手。他一眼就认出了她，那是苏珊娜，一位阿尔及尔中学的老同学。

她急忙结结巴巴地道歉说了几句话：

"不好意思……先生……从你的后背和走路的步伐，我以为我认出了一位朋友！"

罗歇无法用语言表达，示意她停下。这发生的一切于他是那样强烈，强烈得使他说不出一句话来。他的后背和步伐，她还认出了它们！他心中全亮堂了，她还能认得他！刚才，苏珊娜突然抛下一根纽带，在他过去和现在之间架起了一座桥梁。一下子，他重新找到了结合点。他不再是分裂在两个生命之间的人，他就是罗歇·肖梅尔，从未停止过就是他。

他一段段地向姑娘讲述了他全部的历史。这天晚上，他们一块儿外出，然后决定再相会。对苏珊娜来说，罗歇的身体变化不让她那么拘束，恰恰相反，她喜欢。对罗歇来说，自从他遇到姑娘后，他快乐和充满活力。再者，他是个漂亮的小伙子。罗歇也知道这点。每天他越来越意识到自己的魅力，那薄薄的嘴唇上挂着的微笑越来越迷人。

　　不久后，罗歇和苏珊娜结了婚。一年后，他们有了第一个孩子，一个男孩，就像所有的父母那样，他们肯定会对孩子说："宝贝，喝汤汤①，如果你想长大而且有一天想长得像你爸爸的话。"

---

① 喝汤汤（mange ta soape）：法国著名电影。译者注。

末名马拉松运动员

一

1968年10月20日星期日，在墨西哥城宪法广场。下午3时，马拉松运动员开始出发。他们共74人，来自世界各地：埃塞俄比亚、肯尼亚、日本、新西兰、美国、突尼斯、爱尔兰等，满怀希望为国夺取奥林匹克运动那最负盛名的、最无情的马拉松赛胜利。运动员将一口气跑完42.195公里。

跑道经过墨西哥城市区及其郊区，穿过宽阔的林荫大道和广阔的公园，如最著名的查普尔特佩克公园。墨西哥城太阳炙热，不是让竞赛者省力的地方，它海拔高2260米。而且，它污染严重，是世界上污染最严重的城市之一。位于这么高的地方，谁会相信它呢？

在碎石路上迈开大步向前跑的密密麻麻的人群中，在众多的陌生人中有一位选手叫约翰·阿赫瓦里①，他直接来自他的出生地非洲。当然，他也是为赢得比赛而来的。他身穿印有1964年由坦葛尼喀和印度洋中的桑给巴尔及奔巴岛合并成的坦桑尼亚共和国国旗的运动衣。4年前，坦桑尼亚聘请一位教练组建一支国家马拉松队，阿赫瓦里和他的三个同伴被选中，他们能忍受每天跑40~50公里的非人的残酷训练。

二

阿赫瓦里生于祖鲁族，继承了他祖先的雄心勃勃和吃苦耐劳的精神。此时，教练的主意仍然是他唯一要记挂的："咬住领跑人，深呼吸，慢嘘气，拉起手臂！"

跟在他身边的是他三个坦桑尼亚同伴中的两个。从一开始，德国的运动员尤尔根·布希和加拿大的运动员罗兰茨就迫使他们不得不轻快地迈着快步。

昨天，阿赫瓦里同教练一起坐汽车勘察了比赛路线，记

---

① 约翰·阿赫瓦里：坦桑尼亚马拉松运动员。1968年在墨西哥奥运会上，当他拖着受伤的腿一瘸一拐地最后一个踏过终点时，数万人的会场，全体肃穆起立，雷鸣般的掌声经久不息。这一幕后来被奉为"奥林匹克历史上最伟大的一幕"。他拖着受伤的腿顶着满天星星在夜里坚持要走完时，对劝他不要再跑的人说的"我的祖国把我从7000英里外送到这里，不是让我开始比赛，而是要完成比赛"成了奥运会的名言。法国报纸誉他为"最美的垫底人"。2008年10月20日，70岁的阿赫瓦里在自己的祖国手持北京奥运会传递的火炬跑了63米。译者注。

下了一些标志。这是第5公里，他们出发已有一刻多钟。这对于还应跑两个多小时的人来说，成绩一点儿也不坏。正当阿赫瓦里在脑子里不倦地重复着"深呼吸，迈大步，拉起手臂"这一连串话时，一股剧烈的疼痛猛地一下刺进他的右腿。他可能被一块石头击中，或被踢了一脚。但这不可能。他脚一着地，刺进他腿肚子里的疼痛不会使他有任何怀疑，是他刚才扭伤了脚。他刚才扭伤了脚，所有这一切当时发生在几秒里。阿赫瓦里停了下来，两个同伴向他转过脸，露出惊愕和不安的表情：

"你怎么啦？"

阿赫瓦里跛着脚，向他们打着手势要他们别脱离领跑人："没什么，没什么，脚抽筋，你们继续跑，继续跑！"当其他人赶上前面的队伍时，他叫道："我会追上你们的！"

但阿赫瓦里知道，这不可能是真的。现在，剧烈的疼痛使他不得不待在路中央，一动也不能动，无法抗拒。小腿下面，一个核桃大的肿块使他确信，他的脚是扭伤的。由于他站在那路中间，身子弯成两半，两手撑在膝盖上，跑上来的第四个坦桑尼亚运动员在他身边停下来，担心他的命运。作为对他的全部回答，阿赫瓦里推着他向前说："走吧，你走，我会跟上你！……"

三

他说到做到，不愿就此放弃比赛。现在，他是赢不了马拉松比赛了，但放弃比赛却是另外一回事。于是，他不由自主地，几乎是机械般地一瘸一拐地重新出发。每走一步，他都痛得直蹙眉头，但他继续比赛，心里叨念着："深呼吸，拉起手臂……"

就这样他跑了一小时，受折磨的一小时。每次右脚掌一沾地，他就痛得直呻吟。现在，他成了跑在最后面的人。所有碰到问题的人都被尾随在队伍后面的救护车轮流收容走了。他在继续前行时看见两个坦桑尼亚同伴倒在路边说不出话来，也如此消失了。

现在已是下午 4 点半，在墨西哥，太阳已坠下地平线，再过一小时，天就要黑了。一位男护士从救护车上走下来，赶上阿赫瓦里，打着手势想给他包扎扭伤的肌肉，但他摇摇头。他一旦停下来，这就结束了，再也不能重新出发。于是，他继续跛着脚低着身子跑，而且他看见一群观众在搀扶一位倒在路边的赛跑者。"又一个不走运的人。"他想。当他赶到那人面前时，认出了那人穿的运动衫，他掉转头说：

"恰卡，是你吗？"

阿赫瓦里考虑了一下，停下来，折回对躺在地上的同伴说："恰卡，你不能放弃！"

但他未能再补充一句话，坦桑尼亚同胞已躺到担架上，被抬进了救护车。这下子美梦破灭了：登领奖台、奏坦桑尼亚国歌、在奥林匹克旗杆上升坦桑尼亚国旗、脖子上挂奖牌、凯旋回国……所有这些画面在阿赫瓦里脑中一幕幕呈现。他几乎要为此痛哭起来。四年来所有跑过的那些路全没了，那些受苦受难的时刻，那些奋斗和怀抱希望的岁月全都化为乌有。

四

穿白大褂的医生再次来到他前面，抚摩他的腿，手指一触，痛得他直叫唤。医生否定地摇摇头，没什么办法可做了。他起身用手抱起阿赫瓦里说："好了，走吧，您的赛跑结束了……"

两边夹着警车的救护车近在咫尺，射着蓝色的旋转灯。观众向他们合拢过来，把他们围起，静静地看着不说话，清楚地知道展现在他们面前的事态的悲剧性。英雄的结局总是悲惨的。然而，阿赫瓦里突然挥动手臂，把手从带他走的医生那里抽回来。不！他不能就此放弃，他要到达终点，可能是最后一个，但他要走到底！不能容忍坦桑尼亚的名字没有出现在马拉松赛的到达地。跑完马拉松就是胜利！在到达者的名单上记下他的名字，就可以向全世界证明，他的国家相信他是有道理的。他是在用自己的努力报效国家，也是在鼓励国家培养比他的同伴和他本人可能将会更有希望的其他赛跑者。

于是，阿赫瓦里重新站起来，让穿白大褂的医生明白他愿意医生给他贴膏药。

面对医生的惊愕及脸上流露的拒绝表情，阿赫瓦里只有一个办法：他微笑。于是，这微笑征服了墨西哥医生。医生帮他按摩扭伤的肌肉好几分钟，然后贴上膏药，而且帮阿赫瓦里重新出发。因为医生走开了。阿赫瓦里重新走上跑道，一会儿走，一会儿小跑，街两边的观众默默地夹道护送他。他们懂得，并且和这个人一起分担他忍受的却又不愿放弃的痛苦。走完这段受苦受难的路将需3小时。在这3小时中，他将艰难地行走在通往奥林匹克体育场的路上。在这180分钟里，他只有一个想法、一个目标：冲过终点线！他摇摇晃晃地行进在城市街道中的身影体现一个巨大的唯一的被意志推动着的愿望，那就是决不能让对他抱有全部信心的年轻的祖国失望！

五

墨西哥奥林匹克体育场灯火辉煌。此时，跑第一名的马拉松运动员已抵达一个多小时了，比赛已结束大约35分钟了，绝大部分观众已经离去，但成百上千的观众留了下来。他们等待什么？不知道。或更确切地说知道。一些裁判留在跑道线上，一辆救护车开过来，停到他们身边。人们抬出一副担架，这些人眼睛一致望着隧道入口处。因为大家都在说"有一位马拉松赛跑者将到达"。于是，人们静静地看着，等待着。

突然，一个身影在隧道口出现，那身影瘦小而可笑，拖着腿。他被照亮跑道的成百只聚光灯照得头晕，几乎要停下来，似乎犹疑不决。观众一下明白了展现在他们面前的悲剧的伟大意义，向他爆发出热烈的掌声。运动员重新直起身。还有500

米了，就要结束了。阿赫瓦里鼓起最后的力气，又开始跑起来。每跑一步，他的右腿弯曲得是那样厉害，让人相信他就要倒在跑道上。还有300、200米的直线路程了。观众欢呼着，终点裁判也不禁被这无情的赛跑的目击者点燃的热情所感染。还有20米了，阿赫瓦里不再跑了，他摇摇晃晃地向白线走去。还有10米了，只差3步了。当他最后跨过端线时，巨大的欢呼声从几乎是屏声静气的观众台上喷射出来！人们冲上去，扶住他，让昏厥过去的阿赫瓦里平躺在担架上。裁判在1968年10月20日墨西哥马拉松赛官方名单写上：第57名马拉松赛到达者——坦桑尼亚约翰·阿赫瓦里，时间：3小时25分17秒。

长头发

一

当若埃尔快步重新走上外省他那个小城的街上时，他做出一副尴尬面孔。他好像很忧虑，甚至像要大祸临头。他的举止都显得慌乱不安。但与他擦肩而过的人对此似乎并未很重视。若埃尔很年轻，约莫18岁。而18岁时，什么都轻狂，因为我们自己也轻狂。

况且，若埃尔是去理发店理发……去那里没什么大惊小怪的。

若埃尔站在男人理发的橱窗前犹疑了好久。他不是常客，大约有一年多没有踏足这店子了。但就在刚才不久，他做出了最后决定。

他猛地推开门。对理发店老板的问好报以点头，马上就坐下来等候。若埃尔拿起乱摊在小桌上的一本杂志翻翻，没有读。

谁也弄不明白他刚才做出理发决定的重要性。他心里重复着待会儿坐到理发椅上时将要讲的几个字："理光头！"

若埃尔18岁，拥有着20世纪70年代他那年纪的男孩子的风度：牛仔裤、花衬衣，尤其头发老长老长。漂亮的金黄色卷发一直垂到肩上。成年人不予以好评。在他家里，大家觉得这种发型使他像个女孩子，后来大家终于接受了。不管怎样，这是时髦……那些留短发的人说，今日年轻人蓄长头发，将来他们会放弃的……

二

但若埃尔这两年来让头发长长，并不是为了时髦。对他来说，有一层比这深刻得多的意义。这首先是表示个性，他曾为此而骄傲。他把数小时都花在梳头和照镜子上。

理发师围着另一个顾客忙，给他最后一次梳头，向他推荐发胶……一两分钟后就要轮到若埃尔了，他将说出决定他命运的话"剪光头"……

若埃尔看在他前头理发的那位顾客，大约40岁的年纪。理发师刚给他剪了个漂亮的平头，很庄重，很传统，在耳朵和后颈周围有一个漂亮的晕圈。每个人都应剪这样的头。长长的金黄色环形卷发不严肃，是坏风度，坏思想。

若埃尔是初次踏入社会。七个月前他成了靠近他家的一家纸品厂的职工。当你住在外省的一个小城里，能就地找到一份工作真是好运。因此，为了能保住这份工作，需要努力做出一个牺牲，即使这牺牲需要你付出最大代价。

刚才不久，工厂老板将他叫到办公室里。他心里惶恐不安，因为这是第一次。接着他很惊讶，因为来的不是他一个人。那里有他的三个工友，三个和他同样年纪、披着同样长头发的工人。老板大体上对他们说：

"我这里不需要嬉皮士。再说，长头发对安全是个危险。因此，要么你们剪掉头发，要么被解雇。"

若埃尔和其他三个人一句话也没说就走了。他不知道他们三人将做什么，至于他，他决定了：他喜欢这工厂，愿意留下来……

确实，七个月来，他找到了一个平衡……

在此之前，他整个童年和少年运转得丝毫不正常。他总是碰到工作上、适应社会上、维持生活上的困难……于是，他决定了，他将牺牲他最重要的东西：他的美貌，他那毛茸茸金黄色的长头发……

三

理发师送走那个顾客，转身面向若埃尔……

若埃尔低着头，飞快地走向理发椅，屏住气，说了那句决定他命运的话：

"剪光头！"

若埃尔打断理发师的异议，请求理发师快点理。而后者着手工作，不再妄加评论。

只几剪子，漂亮的金黄色环形卷发被剪下来。若埃尔看见其中一缕头发落到肩上，刺激他的下巴，有点发痒。他顿时感到这是他刚才提交的一段"肢体"被切下来。

剪子继续剪，发出令人窒息的声音。其他的几缕发掉下来。

随着头发的滚落，他感到自己的童年已经逝去，他的骄傲、自豪、尊严尽失。他错了，他曾经认为自己能拥有一个有特色的标志、一个只属于他个人自己的什么东西，但这不可能。要么这样被剪掉，要么就成为与世隔绝或被开除的人。大人们有他们的规则和法律，如果你想成为社会一员的话，你必须接受它们。

若埃尔在流血，他感到理发师正在自己身上割肉。他在对面的镜子里看自己，觉得自己变得好丑。理发师把梳子灵巧地一动，竖起一缕头发把它剪齐。他剪，再剪。不一会儿，他就像先前那个顾客一样了，在他的耳朵周围和后脖子上也有了一个漂亮的晕圈。他再也不是若埃尔了，将再也看不出年纪了。

理发师在他的头上梳了最后一下，以职业的眼光凝视他的杰作：

"先生，我给您打些发胶？……"

若埃尔哽住声音回答"不"。结账付了理发费：10法郎……用10法郎，他自愿毁掉了自己的肢体，抛弃了自己的梦想和个人唯一的曾经成功使别人折服的东西。他长而密的头发，这是他的作品，人生的第一件作品。它就这样飞落在黑白瓷砖的地板上。在被使劲一倒，倒进垃圾桶里消失之前，它滚进理发师的扫帚下，让理发师汇成同样的一小堆……

四

若埃尔重新回到外面街上。猛烈地冲到大街上的风使他感到意想不到的凉爽。他大步流星地向工厂走去。他是用午饭时间来理发的，如果不想迟到的话，必须赶快走。

若埃尔尽力不去思考。无疑，一些熟悉的想法会使他重新想起来。一些黑色的念头：生活的痛苦，人生艰难，他认为他自开始工作以来已将它们驱离。

就这样，在抛弃他的长发之时，他突然觉得向后倒退了数年。一切都得从头开始。但对他是必须的，没有选择的余地。

若埃尔来到工厂前面，有多快走多快。他害怕人们向他提问，害怕工友们嘲笑他，或者用动作祝贺他，这种事可能会更难堪。突然，他停下脚……

他刚才看到，在他前头走的，是今天早上和他一起在老板办公室谈话的三个工人。他们往前走，昂着头，嘴上咧着微笑，依然长发飘飘……他们没有让步，没有像他一样，老板一告诫就惊慌失措，他们没有放弃个人的尊严。

他们像男人一样自信地走进工厂。

于是，若埃尔折回身，他逃跑，从进工厂的一长列工人队伍中撞过去。他的工友只看到他手盖在头上，眼睛惊恐，像个疯子一样径直往前跑……

午休后，外省小城市的纸品工厂重新开始转动，但它缺了一个工人。它的旷工被工头记录下来，如此而已。

五

下午3时，当若埃尔重新穿过工厂的栅栏时，他手里提着个小木桶。他金黄的头发被剪成平头，使他年轻了好几岁。这个小孩子走进工厂的院子里，他来老板的窗子下守候。

这小孩打开桶，从头到脚将自己全身淋湿，从衣袋里掏出火柴，擦着火。

亮光一闪，响起一声可怕的叫声。若埃尔变成了一个活火炬。人们从四面八方赶到工厂。但赶到时，太晚了。若埃尔全身已被焚烧，死在送他去医院的救护车里。

于是，人们企图弄明白和解释。当然，若埃尔的可怕举动是一个古老的神经失衡的结果……"他不要为了剪发而自杀。"明智的人说。头发，那会再生，生活会继续……

但明智人对自己的青春也是最健忘的了。惊恐、受辱、可耻，当人们18岁时，有时是难以忍受的。许多成年人的死因比这轻得多。

奇迹只会发生一次

一

在挪威纳姆索斯冬天的这个晚上，夜总会舞厅爆棚了。在小小的舞池里，舞伴们你挤我，我挤你，拥挤得不能再跳舞了。他们随着美国风行的、表达或多或少幸福感的歌曲节奏摇摆着。阿克塞尔·斯科特对着他的舞伴西格莉德微笑。他是对她耐心、有礼貌地微笑，因为对所有这一切，实际上他毫无兴致。

当舞曲结束，年轻姑娘们回到她们桌子时，阿克塞尔说声对不起，冲开人群朝洗手间走去。天气热得难受，朝面颊和额上洒点凉水将会使他感到最舒适。当他朝洗脸盆弯下腰时，突然，一股巨大的热浪向他包围，跟着传来可怕的喊叫声。阿克塞尔抬起头，透过门上的窗口看见了火光。

由于不为人知的原因，刚才，夜总会恰如一把木头刨花燃烧起来。不一会儿，烧得令人可怕。火沿着雕塑花边四处蔓延，天花板、墙壁、桌布、装饰物，一切只是火。蜂拥的人群冲向紧急出口，难以形容。在幸存者的迅速反应下，人们变得像猛兽，抓、咬、打，夺路而走。不幸跌倒的人，无论男女，立即被践踏。然而，同是这些人，不久前，他们在互相进行诱惑。

二

从洗手间出来时，惊慌的阿克塞尔碰到了尖叫的人潮。他很想去寻找他的舞伴西格莉德，但他不能。他完全从地上被卷着、托起，不一会儿重新回到了人行道上。一股呛人的浓烟，连同这帮乌合之众从正门逃遁出来。

阿克塞尔立即寻找进入紧急出口的通道。

恰好在靠近他坐过的桌子右边有一出口。他立即冲到院子里，那里的门正好开着，但火从那里遁出来。他没考虑危险，把手臂曲起放在脸前，当成一个微不足道的盾牌，跳进大火里。他看到一些人躺在地上，于是随便抓起一个背到肩上，走出来将他放到院子里。一些目击者4次看到这位20岁的年轻人扑进和穿过火帘，然后背上一个人又走出来。他的裤子着火了，外套的翻领燃着了、冒烟了。但阿克塞尔似乎没看到。由于救出的第四个人仍旧不是西格莉德，他还想再次钻进火炉里。但他力不从心，没走10步就栽倒在地。

当他和其他受伤者被抬进医院时，护士们将他丢在一边。因为主任医生巡视一遍所有的伤员后，说：

"这个人可以等等，他活不过晚上。"

阿克塞尔面目全非。他可怜的身体全部浮肿。身体每个地方，衣服、皮肤粘连得不知哪是头、哪是尾。胸廓和下颚，肉伤得那么深，在某些地方，需要让人猜测哪是白色骨头。

很显然，不论人们为他做什么，他都被判了死刑。但随着时间的推移，他的心还在跳动，肺还在呼吸。疲惫不堪的医生为伤势最紧要的人做完手术后，最后才管他。整个晚上，护士轮流在床头看护他，预计他会死去。因为根据主任医生的看法，任何一个被烧成这种状况的人不可能活过几小时。

三

但是，第二天早晨，阿克塞尔仍在呼吸。一个被请到床头为他看病的杰出专家对他进行了长时间检查后说，病人好像未吸入大量毒气。这是烧伤病人中一种最致命的因素。并补充说，他可以采取一切手段尝试救治他。于是，拯救这个延续数周的生命的斗争开始了。

护士们一天又一天，一小时又一小时，来来往往，注意他细微的呻吟，监视他的脉搏、呼吸，不间断地清洁他每一块烧伤的皮肤。在医院里，没有人能够明白，一个身处这种状况的人怎么还没死。然而，每天早上查房时，负责他的克里斯蒂安森教授确认这难以置信的事：他活着，而且比活着还要好。

12周后，这个毫无生气、直到那时仍无知觉的躯体难以觉察地动了。在开始结疤的同时，阿克塞尔·斯科特短暂地走出了昏迷状况，但他忍受的痛楚又立即让他重新失去知觉。后来有一天，他讲话了。那是勉强能听到的结结巴巴的声音。女护士竖起耳朵走近他，关心地向教授报告他最早讲的话，证明他有明显的新进步。

"我太痛了！"斯科特满眼只是痛苦，在重新陷于昏迷前补充一句说，"了结我吧！"

没有任何痛苦比严重的烧伤更痛苦了。每个不幸只烧伤一个指头的人都能想象得到，此时人体每一公分皮肤都感受到痛苦。据说，有些人的灵魂被钉在躯体上，生命力很强，死不了。阿克塞尔·斯科特无疑就是这种人，可他第一次恢复知觉时却要求去死。因为恢复一旦开始，那就很惊人，就像春天的花，经过漫长的冬天，太阳最终一出来一瞬间就绽放了。

四

伤口愈合将处处同时进行。克里斯蒂安森教授和他的外科团队就准备完成必然启动的治疗过程：他们通过21场精细的外科手术，从患者未烧伤的地方取下了近3000个小块皮肤，将他们重新移植到烧伤的部位上。3000块几乎只是小指甲大小的皮肤，一块块被安到另一些皮肤附近，就像拼极细的肉块七巧板。于是，这些皮肤慢慢地伸长了，连在一块儿了，形成了脆弱的然而具有保护性的薄膜。没有这些薄膜，人无法生存。

于是，奇迹慢慢发生了。住院一年后，就在悲剧发生的第二年同一天晚上，阿克塞尔·斯科特回到了全面翻新的家。除了下巴上有一块明显的疤痕外，他重新变成了和其他人一模一样的人。他离开说再见时的微笑，使护士们无法无动于衷，阿克塞尔·斯科特甚至恢复了他的魅力。

经过数月的康复，他重新找到了森林采伐检查员的工作，就是说，他负责选择和指定森林中要砍伐的树木。

生活恢复如前，阿克塞尔又回到夜总会跳舞。他和奥斯陆医院的一个护士保持亲密的关系，她的父母生活在纳姆索斯，离他家不远。一个星期五的晚上，他们双双到离家几公里的刚开业的一间新夜总会参加舞会。将近早上4时，阿克塞尔送年轻的护士回父母家。在回家的路上，年轻人为自己完美地重新适应生活而自豪，开着快车，驾着车拐弯、打滑，刹车、加速……充满青春活力尽情欢笑。他们没想到危险，此时事故突然发生了。汽车冲上人行道，翻了车，一连串翻滚后，撞在一棵大树上，四轮朝天停了下来。在猛烈撞击下，油箱爆裂，汽油流到车里。尽管撞击猛烈，阿克塞尔头脑仍然保持清醒，成功地从汽车里逃了出来。年轻的护士受了轻微的脑震荡，困在车子里，车门被卡住了。阿克塞尔砸破一块玻璃，最后将她从铁皮里拉了出来。最终，他们双双平安无事。第二个奇迹发生了。此时，姑娘叫着说：

"我的包！"

包留在车里，阿克塞尔蠕动着身子爬进铁皮里。当他拿着包开始倒着出来时，突然，在一声震耳欲聋的爆炸声中，车子着火了。

不久后，当一辆小汽车停在出事的悲剧地时，姑娘昏过去了。她那被严重烧伤的双手企图将救活她的人的身体从火里拉出来，但枉然。

就这样，火圣迹显过灵的人——阿克塞尔·斯科特死了，他关心别人甚于关心自己，直至全然无视个人安危。他23岁，是冒被烧死的危险还玩火的年纪。

临终关怀①

一

当我们走在城市街上，与他人，与所有那些不认识的人擦肩而过的时候，有时偶然会自问："他们是谁？富人？穷人？幸福的人？不幸的人？快乐的人？抑或是孤独者？"行人经过，犹如一条陌生河流的流水。而我们站在陡坡的河岸上，无法了解更多。因为说到底……它与我们没关系，需要重新认识它才行。

这是一个秋天的晚上，在法国的马赛街上，行人涌动，就像一条陌生河流的波浪。在行人中，有一位老人，没任何人留意看他。这不过是一个老人，一个老人罕有成为人们的中心。然而，这位老人应引人注意，因为他的步履有些问题。它太僵

———————————————

① 原著名：《仁慈的错误》，译者注。

硬、太拘谨、太全神贯注，恰似数着步子前行，好像他需要走一条笔直的路线才行，不能有任何阻拦。

他不停地走，沿着一条不知去何处的路。突然，老人在人行道中直立着停了下来。在他左边，有一位妇女经过。在他右边，一个小孩和一只狗在奔跳。他站住不动。他干脆停了下来。他一动不动地看着前面，好像想认认剩下的路，好像寻找目的地和他达不到的地平线。然后，他倒下了。

行人的反应很奇怪，没有人敢走近他。每个人都吃惊地远远地看着这倒下的老人。人们近乎被冒犯，好像觉得他事前不告知就栽倒在街上有失礼仪。最后，一位妇女走近他，跪下来，胆怯地看着这位蜷曲着身子的老人，表现出一副惊讶的样子说：

"他没有死！"

二

然后，人们聚拢来了，议论："您看到了吗？……但这是怎么搞的？……这是谁呀？……他怎么啦？请后退……给他通通风……"

警车响着警笛来救人了，担架来救人了。穿着制服的这些人很镇静，很有经验，令人鼓舞。没有人要负责任。这起小悲剧将在别处进行，在一个医院的什么地方。社会各界放心。

颠簸在救护车上的老人闭着双眼。护士向他俯下身，在他的口袋里寻找证件——一张身份证、某个事先需要通知的人。但全无。空口袋里只有一封揉皱了的信——一封翻来覆去读过上百遍的、已过数周的信。

一旦躺到医院的病床上，一旦被确诊，该怎么办？这人就要死亡。他的心脏拒绝搏动，将随时停止，就像一个用旧的闹钟。必须通知某个人才行。

护士阅读那封信。这是驻扎在欧洲另一端的一个驻军士兵的信，军人身份号是56023；名字是：Galin J.（加林·让）。信中的几行字几乎没提供什么信息。士兵就是这个人的儿子，但只讲了些军营生活中的鸡毛蒜皮小事。只有一句稍微亲切的话："请等着我，不要太难过。我已经没有太长的时间了。"

护士立刻做出决定。有了一个名字、一个部队番号、一个兵营，找到他应该不会困难。电话和飞机都能派上用场。

护士俯身问躺在白色被单里总是一动也不动的老人：

"先生，这是您儿子是吗？您想见他是吗？"

老人自从在人行道上被扶起，就没说过话。他勉强睁开眼睛，看见信，费力翕动嘴唇。一滴眼泪从他干皱的鬓角上滑下来，他也无力揩拭它。护士听到像这样一声叹息："我儿子。"

三

于是，护士急忙冲进医院管理部门拨打电话。在马赛，现在还只是下午5点钟。不用一小时，有了结果，护士成功地接通了军队办公室，那里一个人听懂了是怎么一回事。他记下了士兵身份号，记下了Galin J.这个名字及其兵营，记下了这个身份号的士兵的父亲正在死去，在呼唤他的儿子，而且消息很快传开了。

消息用了2小时一直传到遥远的军营，里面一个值班的军士长找到了一位上校，向他报告了情况。上校签署了许可证。此时已晚上8时。在红十字会的帮助下，在飞往日内瓦的救护飞机上为士兵找到了一个座位。晚10时，在日内瓦，士兵赶上了飞往马赛的航班。晚上11点20分，他已坐在一辆的士上。11点40分，他抵达医院，最后进入通向老人等待他的白色房子的白色走廊里。护士握握士兵的手，走开了，只留下父亲和儿子。父亲戴着输氧面罩。他蒙眬的眼光碰上了一位站在他床前身着军装的士兵的身影，他的一只手艰难地朝儿子伸去。儿子稍迟疑了一下，然后走近。士兵有力的大手紧紧握住了父亲脆弱的手指。他坐下来，不再动弹。

四

时间慢慢过去。老人的样子变得安详而放松。他三番五次企图讲话，但声音再也发不出来。他只是咕哝着他儿子的名字"让"，其余的事他用手来说话，让士兵的手不要松开。士兵整夜守护他。儿子守护他通宵，平息了老父亲突然出现的恐惧。他用毛巾揩拭父亲出汗的额头，说些让父亲宽心的话。间或，一个女护士进来，看看仪表，检查输液情况，然后踮着脚，带着难过的微笑退出房间。

现在，老人不再挣扎，没有什么地方再难受。人们减轻了他临终的痛苦，人们帮他呼吸，帮他在安静中逝去。这一切是人们能够做的，而且已做得很好。他们让他儿子陪在身边。即使他再也认不清儿子，但他感受到了这个结实的、生气勃勃的士兵身体的存在。

早上5时，老人的和年轻人的两只手握着不分开。当1962年10月20日早上5时，晨曦在马赛上空升起的时候，老人的喘息声停止了。他紧握儿子的手松开了。女护士走进来，转动开关，切断仪器的电源。事情完结了。

儿子把他的手轻轻地抽出来。他站起来，最后看了一眼面前的遗体。女护士说：

"结束了，先生。多亏您，您父亲安然地走了……您过一会儿回来办手续吧，因为您需要休息！"

士兵看着她。这是一个蓄着短发，有一双宁静眼睛的大男孩，他22岁，他说：

"小姐，他不是我父亲，我一生从未见过他。您应该通知他的家人才行，我，不认识他家人。"

"但是，您为什么什么都不说？您是谁？"

他之所以都不说，是因为他进到这房间时，已知道此人不是他父亲。但老人死时需要一个儿子，只要一个儿子而已。而他可以做这个儿子，做一个晚上的儿子，因此他留下来了。

　　其余的事，错误既简单又愚蠢。人们把信息传给了军人身份号46023的士兵瓦林·雅克（Valin Jacques），就是说传给了他。这是一个可以理解的错误。因为真正的儿子的身份号是贴近的号码50623，叫加林·让（Galin Jean），用的是G。于是"雅克"为了守夜成了"让"，守了父亲和儿子之间长长的、静静的一夜。这是超越时间意义的一夜，自觉自愿的一夜，有普适价值和象征性的一夜。

　　在医务人员极为惊讶的目光下，士兵瓦林·雅克怎么来又怎么走了。他付出了爱，与手续办理无关。

仁慈的关口

一

　　"如果星期三中午没有消息，有些事就不正常。"

　　在大查尔特勒修道院脚下的瓦隆镇，几个人在反复阅读达涅尔留给他们的信。他们没有过分担心，因为，如果达涅尔遭到暴风雪袭击的话，他迟到一天是用不着大惊小怪的。这是个29岁的爱好体育运动的男孩，身体强壮，而且有他的狗蒂蒂斯陪伴。若有必要，明天早上直升机将会出发寻觅他们。

　　然而，星期四早晨在雾中启明，达涅尔听到直升机来到，它飞得尽可能低。他听到它正好从他的头上和他在林间小空地上用折断的树枝标出的"呼救"字样上面飞过。但他喊叫和打手势白费劲，狗在他身边也白吠叫，飞机远去了，寂静又重新降临到山上。不再有食物的达涅尔知道这意味着什么。为了走出大山，也许应该把狗扔掉，但他下不了这个决心。

蒂蒂斯属于高山上的大领主之一——比利牛斯山脉的牧羊犬，重70公斤，胸围70厘米，长着一身豪华的雪白的毛，有一对深色的大耳朵和一条杂色的尾巴。这是理想的雪地犬。达涅尔在卡尔卡松买到它，让它参加他酷爱的山地运动。

蒂蒂斯和主人不停地跑，跑遍了充满强烈气味的山径土路。在几个星期中，达涅尔带领它，用声音和动作鼓励它。在他身边，它每一天都要铭记他的喜好，观察他的反应，听从他的命令。在他左右的每一小时，他教育它要全部信任、尊重而不埋怨主人的意志；要按主人的意愿停在原地不动或上前来听从指挥。达涅尔懂狗、爱狗，善于在不早不晚该做这些事情时"打动"蒂蒂斯——这是驯狗术语。与狗相识两个月后，达涅尔成了狗唯一的主人。为了主人，狗准备付出一切，甚至生命。

二

怀着对主人的盲目信任，蒂蒂斯到3月1日星期一这一天，已跟着达涅尔进行了两天的远足。下午1时左右，达涅尔和蒂蒂斯分享几块饼干后又重新上路。近几天，落下的厚厚大雪使"驴道"变得相当危险。为了减轻雪上的压力，蒂蒂斯收到了它主人"待在那里"的命令。忠于指令，它站着不动，目睹达涅尔在雪地里远去。当达涅尔在距它大约100米的地方时，一块薄冰突然在他脚下咔咔作响。达涅尔向后翻倒，引起雪崩。

在滚滚雪尘中，狗看见主人消失了。不一会儿，当能见度恢复正常时，已全无踪影。

由于一米厚的雪压住身体每一寸地方，达涅尔无法动弹。相反，每动一下，身子就往那流动的和令人窒息的雪中沉下一点。达涅尔知道，他独自无能为力。但是，狗是在较远处"待命"，只有他打一个手势它才会跑来。他只能在雪紧贴鼻孔和只要一张嘴雪就有可能进入喉咙的危险中叫喊了。幸好达涅尔的手和脸卡在同一个平面上。

他耐心用力后，成功地用手在鼻子和嘴唇前抠了一个几公分大的小洞，正可以将两根手指伸进嘴里吹起口哨。但在这困境中，他发出的声音似乎微不足道，100米外的狗听不到。

但自从主人消失后，蒂蒂斯始终在侧耳细听，竖起大耳朵捕捉最细微的叫声。上帝赋予狗特殊的听力，是这听力拯救了达涅尔。蒂蒂斯无疑觉察到了它主人的叫唤，因为它等待的只是他。它急冲而下，主人的气味就在那雪底下。蒂蒂斯刨雪，用它的两个爪子推开它下面的雪。它不时地将自己的头贴在雪中嗅一嗅，毫不怀疑主人就在那里面。它刨雪、清理雪、分开雪、推开雪，用它的后腿堆起雪。它找到了一只手、一只臂膀。于是，它抓住手臂往上拉、拉，直到达涅尔被拉出来。这场与雪对抗的斗争经历了漫长的五分钟，得到的奖赏是：主人一边和它柔声说话，一边用手亲热地拍它的头。蒂蒂斯摇着尾巴，觉得自己是最幸福的狗。

它还抬起浅褐色的眼睛朝它刚救出的他看，吠叫着，好像在发出重新出发的信号。

三

星期一，将近下午5时，达涅尔和狗抵达沃雷普的小木屋。他们在那里过夜，恢复体力。

星期二早上，天气晴朗，达涅尔不返家，决定继续溜达。将近11时，狗滑下90米深的一个峡谷。达涅尔拉上登山绳去找它。他刚靠近狗时也跌倒了。他抓住狗，又一滑，人和狗双双如坐雪橇，一直滑到峡谷中最前排的枞树林中，被树木挡住了。

这下子不可能重新上去了，需要通过夏尔米内尔森林才行。达涅尔知道那条道路非常艰难，是真正的迷宫，在那里比他能干的人也会迷路，需要盘桓数天，才能到达唯一的可能的出口：仁慈隘口。

这是个陷阱。天气已变坏，雪重新下起来，气温降到了零下30摄氏度。星期二一整天，达涅尔和狗穿过一棵树又一棵树，走过一处林中空地又一处空地。他们不时陷进雪里，停下来喘喘气。他们分享了最后剩下的一点饼干渣。当夜幕降临时，他们停下来，蜷缩在一起，相互依靠着过夜，试图休息一下。

星期三在同样的情况下度过，雪没完没了地下，达涅尔感到他已走过这个地方。一个可怕的怀疑袭上他的心头：

"老朋友蒂蒂斯，我觉得我们的出发错了！"

但狗摇着尾巴，抬眼朝主人看了一眼，对他重新出发表现得是那样有信心。我们不能就此放弃。

星期四来临，直升机飞过他们头顶，没看见他们，但说明人们重新在寻找他们。明天，天气也许变好。于是，山上遇险的达涅尔蜷缩着身子，依偎着狗过了新的一夜。

星期五，将近下午1时，突然间，云雾中的一角青天揭开了魈雷高原的神秘面纱，使达涅尔辨认出了自己的方位。没想到他们向右已走偏了很远。但这一看，使他们重新振作起来。他拍了一下他的狗背说：

"老朋友蒂蒂斯，我们要脱险了！"

夜幕降临时，达涅尔终于看见了一些亮光，这一定是"三喷泉"。达涅尔鼓起最后的力气，准备和跪着的狗绕绳垂直下悬崖。他准备绳子，打好登山钉，伸出手说：

"走吧，蒂蒂斯，来，我们下山去！"

狗挨着悬崖缩成一团，发出抱怨声。达涅尔不相信他听到的声音，坚持说：

"来吧，蒂蒂斯，走吧，我们快到达了！"

四

这一次，狗不但低声吠叫，还伸出了爪子。达涅尔不愿在离目的地那么近的地方把狗丢下，试图全力说服狗跪着过来，但毫无用处，狗拒绝了。它的部分爪子已经冻坏，放弃下山。一种自我保护的本能令它待在那里不动，而且这种本能比服从主人的意志还要强烈。达涅尔伤心欲绝，决定抛弃他的同伴。为了最后一次尝试要狗过来，达涅尔沿着绳子一米、十米……让自己慢慢地往下滑，突然，一个主意闪过他的念头。对呀，为什么不早想到这主意？他只要在这里多待一会儿，再返回去。独自待着的狗也许最后会上当受骗同意下来。

在好像过了几世纪的漫长的一分钟里，达涅尔待在那儿，挂在狗下面只有几米的绳子上。然而，他自视过高，当他想重新攀着绳上去时，终于无法拉动，白喘气，上不到一厘米。于是，他痛心疾首，将曾经救过自己性命的狗抛弃在山上，让自己滑下去求救。

晚上8时，在灯光的指引下，达涅尔筋疲力尽后抵达一个农场门口。

"你就是我们要找的那个人吗？"农民问。

在山上刚度过六天的达涅尔，在昏过去之前，用力喘息着说：

"我的狗还留在那上面，我必须去找它！"然后他倒下了。

星期一，3月8日，与其说达涅尔离开了医院，不如说他逃出了医院。医生还想留住他，但他不愿意。他必须去寻找他的狗。他与上萨瓦省的克卢斯的童子军联系，他们回答说：

"走！"

3月9日，星期二，一大早，天气持续放晴，一缕灿烂的阳光将大查尔特勒修道院的悬崖染成金黄色。三组登山队抵达了所说的地方——"三喷泉"。达涅尔领着的一组队伍停下来。他看着其他人，眯起眼睛朝他丢弃狗的峭壁方向看。到现在，狗已在那儿待了三天四晚，它大概冻死、饿死了，因为六天来它没吃东西。怀着极度紧张的心情，达涅尔润润嘴唇，将两根手指放到嘴里打起呼哨。回答是死一般的寂静。然后，一声吠叫响起来，极其细弱，好似从雪下某个地方发出来。达涅尔热泪盈眶地抱起他的同伴。他的狗等到他了，它还活着！

三小时后，一组童子军悬空抵达狗过夜的断崖上。他们安装了一台绞车，其中一个童子军给狗套上登山装备——狗让他套。达涅尔在较下面的地方等。他的身体还太虚弱，无法亲自做工作。

离此八年前的3月9日，星期二，下午2时，一个男孩抱着一只毛茸茸的低声呻吟的狗哭泣。达涅尔不是一个懦夫，他是个山里人，本身就很坚强，因为山太险峻了……他是一个勇敢的人，因为山太敌对了；他是骄傲的，因为山有时会被战胜……但达涅尔也是一个人，他像孩子一样边哭边嘟囔：

"我知道哭是可笑的，但对此我无能为力。"

很幸运，一个男子汉没有因羞愧而哭泣。

天蓝色的背包

一

1942年春，在第二次世界大战中，德国及其盟友胜利指日可待。德国人兵临莫斯科城下。在非洲，隆美尔元帅突破了英军防线；在世界的另一端，日本人逐渐占领了整个太平洋地区。

在伦敦海军司令部办公室，英国皇家空军上校维克托·泰特非常焦虑。几周前，盟军决定在法国迪佩海岸登陆，他是少有的知情者之一。但这不是一次真正的登陆，而是一个牵制敌人进攻的作战行动。5000名加拿大士兵将执行这一侦察袭击，其目的基本上是心理战。泰特上校知道，这次行动还有另一个原因，一个极其机密的原因。一段时间以来，他们侦察到了德国人在迪佩的一个全新型雷达。对英国空军来说，准确地了解这个雷达的性能绝对是生死攸关。为此，在加拿大士兵登陆的同时，必须派一个能够完成这项棘手任务的人去那里。这个人首先应该是个技术员，同时又是个运动员、一个战斗员。总之，是一个罕见的标兵。

　　泰特上校负责挑选这个人才，符合条件的人很少，最后选中了杰克·尼森索尔。杰克20岁，是个普通中士。他一向酷爱电子技术，电子是那个时代最稀有的专业。几个月前，他在爱尔兰的一个军营里接受了突击队的特别训练。

二

　　但是，泰特上校很不喜欢这个任务的特殊方面。几分钟前，杰克·尼森索尔在隔壁房间里等待接见，中校让他进去。他虽然穿着军服，但仍保留着英国中学生的典型风度：瘦高个儿，蓝眼睛，脸上长着些许雀斑，有一头金黄色的乱蓬蓬的头发。

　　泰特上校开门见山地对他说：

　　"中士，你是非常自愿接受有关雷达的全部任务吗？"

　　杰克·尼森索尔以坚定的口气回答：

　　"是，先生。"

　　上校虽然已是高级军官，且有发号施令的习惯，但开口似乎非常为难。

　　"您看，您可不是被迫去执行我向您提出的这项任务的，任何人都不可能被强迫去做。完成这个任务不但要有特别的技术，还需要特别的勇气。这是要了解德国人在法国领土上的一个雷达。有12个士兵陪您去，负责保护您。"

杰克·尼森索尔默不作声，等待下文。上校的眼睛一动也不动地盯着办公桌上的垫板，不能大胆地正视他对面的对话者。他的语气变得很阴沉起来：

"中士，您了解我们雷达的全部秘密，因此，您不能落到敌人手里。万一不幸，您有被德国人俘虏的危险……您明白我的意思吗？中士。"

杰克·尼森索尔的脸色一下变白，他明白上校要说的话，但仍旧保持一言不发。他希望上校把话说到底，勇敢地说出期待他要做的事。

"在这种情况下，中士……陪同你的人会有命令杀死你！"

沉默，两人面面相觑。而中士尼森索尔简单地回答：

"同意，先生，我接受。"

三

当天晚上，尼森索尔出发去维特岛，5000名加拿大士兵在那里开始训练登陆。他一到那里，受到另一位上校的接待，而这次接待让他很不惬意。因为该上校不和他这样一个普通的中士说话，如同不和一个患了不治之症的病人说话一样，对他既尊重，又防范。随后，上校把他领向一小队等待他们的士兵。

"来，我把你的队伍介绍给你，他们是我精心挑选的，个个都是神枪手！"

杰克·尼森索尔注视那些勇敢的士兵，他们长得和其他所有的人一样。其中有一个高个子棕红色头发的人，脸上的雀斑比他还多；有一个强壮的小伙子，据说参军前是个伐木工人；一个魁北克人讲法语带有口音；一个是小学教师，看样子文化不高。还有其他人……

他和他们在一起进行了三个月的训练，一起露营，看他们打靶和掷匕首。虽然他试图驱逐这种想法，但他时不时会自问："在这些人中间，哪一位将会是杀死我的人？是那有棕红色头发的高个子，还是那个魁北克人？……"

其他人有时似乎也在想这件事，在他们的眼神中，杰克·尼森索尔让他们惊讶。不过，这是一种持续不久的不安。晚上，大家聚集在餐厅里，就像全世界的士兵一样，也一样嬉笑、玩耍。他们13人，忘了其中一个人是猎物，其余12人是猎人。直到天亮，狩猎再开始。

1942年8月8日，午夜，大家出发了，方向是渡海去法国迪佩。杰克·尼森索尔把臂肘支撑在舷墙上，尽力避开大家，不去想其他人，只想雷达。但因背包的事让他很难办到，他背的背包很特别，不是战友们那种黄色卡其布做的包，而是天蓝色的包。

当上校一脸尴尬把天蓝色的包发给他，杰克·尼森索尔开始不明原因，他争辩：

"这简直是疯了！背上它我可不是成了真正的靶子了？"

随即，他醒悟过来，拿着包，一句话也没说。

四

清晨三点，法国迪佩海岸在望，所有登陆艇上的士兵各就各位，眼睛凝视着前方，谁也不说话。杰克·尼森索尔坐在艇后面，战友们围着他，他听到一片细小的叮当声：他们的枪管刚才上了刺刀。不一会儿，他们进入死亡线。所有的德军海岸炮发出轰鸣。在迪佩海滩上，士兵们冒着枪林弹雨登陆。

杰克·尼森索尔和他的12个战友一起跨过所有障碍物，跑步穿过迪佩街道。法国老百姓站到窗子上，莫名其妙地看他们通过，就像在街道上看热闹一样。突击队在他们面前径直往前冲，在子弹的呼啸声和机枪的"嗒嗒"声中，一直朝德国的雷达冲去。

突然，杰克·尼森索尔一个踉跄，跌倒了。他重新站起来，朝战友们会心地一笑。因为12个往前冲的士兵立即停下来，一动不动地等着他，一排枪口朝着他。他们盯着他和天蓝色的背包，准备射击，杀死他。

杰克·尼森索尔从未感到形势荒谬到这地步，他们像保护上帝一样保护他，又像魔鬼一样威胁他……

现在，要穿过一座堵满尸体的桥梁。12个战友等待杰克·尼森索尔做出决定。当他往前一冲，他们就和他同时冲，用身体保护他。

他们利用爆炸时升起的浓烟冲过几百米，然后跳进一个弹坑，抬头一看，前面有一座巨大的钢桁架在缓慢地绕轴旋转。

"雷达在那儿！"杰克·尼森索尔一下子重新变成了专家和技术人员。他忘记了战友们手中的枪，全身紧张地尽力投入到雷达测试中。突然，他想到一个办法。在雷达站后面有一座架着12条电线的电线塔，雷达正是通过这些电话线，将获得的信息传送到德军各个指挥所。如果剪断这些电话线，雷达就不得不利用无线电收音机联系。此时，英国监听站就能侦听到雷达传送的信息，并准确地掌握它的技术性能。

五

杰克·尼森索尔从背包里掏出一对钳子，对战友们喊道："我去剪电话线，一个人去，你们掩护我。到时候，你们该怎么办就怎么办！"

12支枪举起来，对准往前飞奔的杰克·尼森索尔。杰克钻进雷达站，像爬夺标竿一样爬上电线塔，12支枪慢慢对他抬起来。

从他们处的位置，战友们已无法保护杰克，只能瞄准他。如果他受了伤，或身子往下掉，12发子弹就会同时射向那天蓝色的包。

四五分钟过去了，电话线一根一根地被剪断，掉了下来。12支枪坠下来，雅克重新返了回来，他成功了。

于是，他们重新掉头往反方向狂奔，战友们组成一面墙始终保护他。杰克朝海滩飞奔……在他身边，一个战士倒下了，接着又一个倒下了、再一个倒下了。那个有棕红色头发的高个子和魁北克人也倒下了。

他们重新回到登陆艇等待他们的海滩上，杰克第一个跳进登陆艇，只剩下五个战友跟着他。他是背着天蓝色背包最显眼的人，但在战友的保护下却安然无恙，此时七个战友已经死亡或受伤。

他的办法非常成功。丧失了电话线联系后，在数天时间里，德国人的雷达如实采用了无线电话。于是，英国的侦听站了解了他们全部秘密。

杰克·尼森索尔珍贵地保存着他的天蓝色背包。他最大的功劳大概不是在数小时里直面德国人的子弹，他最大的功劳毫无疑问是在三个月的训练中，每天成功地和要杀死他的人握手、微笑和结交友谊。这些人没有杀死他，最终为了他，为了雷达而死。

跳大海的人①

一

男的个子矮小，膀大腰粗，肌肉发达。他立正站在悬崖上，两手顺着身子挺得笔直。游客像一群嗡嗡叫的苍蝇，围着他，向他摇着照相机。

这些游客是被一位导游纠集到阿卡普尔科城的一个大宾馆的。他们驱车来到墨西哥这个偏僻的海岸边，是因为受这样一个口号的蛊惑："去看一个在您面前会死的人。"

站在悬崖边的人叫米亚，是印第安人。他的肤色有如红铜，眼睛恰似煤玉般黑亮。

他大约有多大年纪？30，40，50岁？很难说。这是一个面部光滑看不出年纪的人，身上穿一种褪了色的、大腿处撕裂的

① 原著名：《天使的跳跃》，译者注。

游泳粗布裤。

他的胸脯横斜着好几道用刺刀戳过一样的伤痕。胸脯极为发达，肋骨隆起，肌肉滚圆。

他摆好姿势让游客拍照，但没有笑意，面部表情奇怪地凝重，既无欢乐，也无忧愁，忍耐，或极其顺从。他不说话，任凭游客围着他团团转，几乎要碰着他的身体。他听着游客叽里呱啦议论，就是一言不发。

导游介绍他说，米亚是恰帕斯山的印第安人，他和他的妻子以及7个孩子住在附近的一个山洞里。

他的大儿子叫托克庞，13岁，也一样将学习做一个"在您面前可能死的人"。因为米亚从事的是个危险的职业，要是明天他死了不能养家了，托克庞就要继承他的衣钵。

为了要得到每个游客10个比索，仅仅10个比索，等会儿米亚将要冒死往下一跳。

二

导游指着悬崖峭壁上的一个小平台给游客看——米亚要从那里跳下去。崖下是太平洋，海水在一个狭隘的小湾里沸腾，拍打着礁石溅起浪花。从平台到水面高36米。

游客胆战心惊地俯身去看，发出轻微的惊叫声。一位夫人看了头晕，连忙钩住丈夫的手臂。另一位夫人则用绳子拉住她的小孩。

　　导游还解释说，低潮时，海湾里的水不够多，不能跳。因此，要等到涨潮时才能跳，水深将会达到3.6米。多年来当有游客时，印第安人米亚就这样做，不能跳成功时，就足可自杀！

　　20分钟后水才达到最深。在此期间，"这些游客夫人、先生，能乐意买些纪念品就好了"。如一些明信片、贝壳、项链。米亚现在需要养精蓄锐，尤其是晚上每只手拿着火把跳更应如此。这可是加倍的冒险。为了这加倍的冒险，这些"游客先生、夫人"会多给几个比索……

　　导游滔滔不绝，很会做生意，麻利地继续他的小买卖。他从口袋里掏出常卖的小玩意儿，一只手递给游客，一只手收钱。他有如安装在弹簧上的黄鼠狼玩具一样，伸缩着手脚。只有那印第安人米亚，在悬崖上用慢动作做着准备。他开始往他身上擦一种暗绿色的荧光药膏。夕阳的余晖将他裹起来，将他变成一尊雕像。

　　托克庞坐在他父亲脚下，像供祭器一样地替父亲托着膏药盘子。他害怕，又很骄傲，因为这是他第一次为父亲做事。对于富有阅历的游客来说，这是一张壮丽的照片。父亲和儿子似乎没意识到他们提供的形象……但他们真是这样的吗？由脑袋像黄鼠狼一样的导游孜孜不倦地进行评述的这些演出，不会是在装腔作势吧？然而父亲和儿子看起来完全超然于观众之外。现在，米亚跪在那深渊之上，两手合掌，脑袋低垂。孩子亦步亦趋。

　　导游站得远远地说，米亚正在冥思和祈求上帝让他活下去，哪怕是再冒险试一次。时间近了，离冒死一跳只差10分钟了，为了让大家一饱眼福，必须离开当跳台的岩石，聚集到100米以外的另一块悬崖上去。

三

叽里呱啦的人群尾随导游迅速闪开。此时，一位配有电灯的卖香肠和汽水的小贩出现了，把两比索一份的三明治分发给游客。

那边岩石上，米亚和他的儿子托克庞始终在两盏聚光灯的光束中祷告。

天气闷热，太阳整个儿沉到大洋中，留下的金色样的雾霭化为青蓝色。

米亚站起来，那1.6米高的荧光发亮的肌肉剪影在夜色中使游人发出"啧啧"的赞美声。

游客俯身赞叹波浪起伏的大洋深渊。沿悬崖安装的聚光灯，照亮着跳海者将要顺此跳下去的路线。

人们低声议论，发出感叹，谈论着那沿峭壁凸出的岩石所显示的危险。

在完成唯有他才知道的跳水仪式的规则时，米亚做着一些奇形怪状的低头弯腰的动作，后退，前进，再后退，拉长四肢兀立在空中，犹如他拿着光在演出一样。他脑瓜上扣上了一顶黑色棉帽子，只穿一件很小的缀着闪光片的游泳裤。

最后，他站在岩上不动，手头握着儿子递给他的两支火把。

唯有他的脚在慢慢地向岩边爬行，直到脚趾伸过岩石，牢牢钩住石头，不再动弹。

托克庞和他父亲一样，一动也不动，身穿一条没有花色的短运动裤，俨然是他父亲的小化身：同样的体形，同样神秘的面孔，同样的聚精会神，将来有一天学做父亲同样的营生。

时间一秒秒过去，只听到36米深的深渊之下惊涛拍岸的声音。大家默不作声。一种紧张感从印第安人的肉体上显现出来，它告诉游客，跳的时刻就要到了。

四

米亚拉长身子，从胸腔里爆发出一声大叫——一声声嘶力竭的狂叫。他举起双手，身子突然一松，便朝着闪光的水窟窿飞去。几乎同时，他身子在那里砸起一个白色的麦束状水柱。他跳时撒手的火炬在水面泯灭，发出咝咝的响声。

这一切一瞬即逝，游客只来得及发出一阵"啊啊"的惊呼声。大家俯下身子，在强烈的聚光灯下搜寻那即将露出水面的潜水者的脑袋。它本应一下就露出。但有人号叫起来……

起初，大家既不知道是谁叫，也不知为什么，因为在那下面始终什么都看不见。但声音是在上面发出来的。原来是托克庞发出来的！他明白了，他比大家最早明白了父亲为什么还没浮出来！

　　他站在悬崖边上叫喊，整个身心趋向天空。人们只注视他，寻思着这场戏是否还要继续下去。在下面，在他父亲身体消失大约5到10秒的地方，海水又卷起一个漩涡。而这漩涡尚未合拢又打开了，因为站在崖边号叫的托克庞跳下去了，而且那号叫之声湮没在另一个、比先前小得多的麦束状水柱里。

　　这天晚上，在阿卡普尔科海岸边，米亚双手抱着他儿子托克庞的尸体从水里重新浮出来，他13岁的儿子死了，颅骨砸碎了。

　　米亚原想教他的儿子怎样做一个"在您面前可能死的人"，这是他教的第一课。

　　然而为了这第一课，这一晚，米亚却忘了告诉他儿子，有时为了吓一吓游客，他要在水下多待一会儿，让他们认为自己险些淹死了。为此好多招来一些小费，当游客多的时候，这样做值得……

　　他忘记了他的生命是一种买卖。于是，他为游客献出了一个孩子，孩子在游客面前死了。

这事常有发生

一

　　他们老了，老得有多大年纪已再无关紧要。到如今，阿尔贝照料玛丽亚，玛丽亚照料阿尔贝。

　　他们有一个老风湿病，涂着药膏；有一副眼镜，想找看不到；有一个楼梯太难爬……一个84岁的帮助一个92岁的。

　　但无论他还是她，都不需要人怜悯，怜悯他们或许就是杀了他们。

　　阿尔贝和玛丽亚总是穿戴得很体面、很干净，靠微不足道的保险金利息度日。

　　在美国，没有社会保险，为了得到这点利息，老两口不得不一美分一美分地交纳退休保险保费。

　　得到的收益是：每天4美元，合20法郎。在美国，4美元算不了什么。

但不管怎样，阿尔贝和玛丽亚能吃饱饭，他们吃得很少；能付房租，房租也很少。他们过得高兴，虽然简朴，却很舒心。他们一起生活了65年。

二

可是今天，有一件可悲的平凡事发生了。他们住在老芝加哥一幢老楼老而又老的房子里，每月房租8美元。由于水流到楼梯平台上，木楼梯年年都有倒塌的危险。这个老楼要拆了，人要走了。

好！这消息既不是掉在广岛的原子弹，也不是宇宙发生大爆炸，不会让《纽约先驱论坛报》的读者有什么同情。

不会同情。因为被赶出门的只是两个老人，拿了微不足道的赔偿金——相当于6个月的房租费，即48美元。

那么，这样就没任何人哭泣了吗？

不。当人上了年纪，在同一个地方生活了一年又一年，对房屋的每个角落、每根柱子都感到很亲切的时候，是不会考虑搬到别处去的。

其他的租房人都走了，但这些人并不多，尤其他们也并不老。

今天要轮到阿尔贝和玛丽亚搬家了。要打包、装箱，组织流亡，要找另一间房子、另外的热情、另外的风俗习惯、另外的生活标准。总之，要寻找另一种生活。

可玛丽亚做不到。从一个礼拜前开始，她一会儿看看破旧的碗柜、油漆剥落的冰箱、桌子、床、两把安乐椅，一会儿又看看锅台。

她无能为力，这超出了她的力量。

执达员来过了，下令他们必须快快离开，甚至大胆地建议他们搬到对面的宾馆去住。

92岁的阿尔贝忧郁地在紧临的社区转悠，询问租房的价格。他听到的价格让他绝望，他们根本不可能租得起。

"爱出主意的人对后果不负责任"，每次阿尔贝谈到租赁之事时都听到许多主意。

为什么没有救世军？为什么没有某种救济院？为什么不像棚户居民那样把他们安置到城市郊区的空楼里？为什么没有供无家可归者居住的移动汽车？在他们住处为什么同样没有人行天桥？

玛丽亚始终没有打包行李，而阿尔贝没有力气坚持。两人中谁也没有催促谁下决心，他们像被麻醉了一样。

而讨厌的执达员带着一个警察又来了。"你们应该搬走了。"警察说，"否则，我不得不用武力驱赶你们。如果你们没有租到什么房的话，就去宾馆吧，把你们的家具暂且存放在家具贮藏室里。我只是执行命令。你们和其他人一样，已领取了48美元的赔偿金。"

玛丽亚眼泪汪汪，而警察也不很傲慢。

但是，阿尔贝发怒了。他对警察说："您是野蛮人！"

他对那令人讨厌的执达员说："我们的好好先生，您去见鬼吧！"

然后，他坐到玛丽亚身边，对妻子说："别哭，我决定了，我们不离开这里。总之，由他们解决问题，让他们把我们抬走好了。"

进攻者犹豫不决，自以为对穿制服者的恐惧，能制伏这两位老人的抗拒。

执达员说："我嘛，去请求指示。"而警察说："我嘛，去报告我的领导。"

而报社的一个记者到现场来炮制稿件了，天知道他是如何事先得到通知的。

三

在芝加哥如同在其他地方一样，常常有那么一些报纸，只要全球新闻稍微缺了头等大事，甚至三级新闻，就将一件简单的社会杂闻写成一篇五栏文章，配上图片发表。要么只是因为报纸经理与政府，或与负责结构重组的发起人意见不一致。

总之，记者来采访了，而且第二天，全城人都读到了用大字号刊登的两个老人遭遇不幸的报道，说他们肢体残废，并且无依无靠，遭白人歧视，和不能保证每天都有面包。

在芝加哥，有更大的不幸的事发生。但两个老人的不幸能激怒公众，因为报纸谈论他们，而且阿尔贝和玛丽亚被照得很恐怖的照片特别令人同情。

介绍照片的标题令人震惊，是很有品位的标题样板："百岁夫妇——我们城市的先驱，被从他们诞生的房子里赶了出来。"

他们既没有百岁，也不在这房子出生，但报纸只要达到效果就行了。

于是效果来了：由城市贵妇人领着的三分之二慈善机构的人成群结队来了。一些人给老人带来吃的，另一些人送来衣服、药品。可这些没任何意义。

也有个人捐献：有人送来一条狗，给老人做伴；还有人建议做一个广告聚光灯，宣传名牌产品维他命，为老人买寿险；某个教堂的愚蠢神父建议接老人到教堂里去住，在那里他们可以在犹太教的静修中离开人世。

但是，没有人，绝对没有人想到要为他们推荐一间实实在在的房子，或者干脆为保护他们，要求延长搬家日期。除了……

除了一个名叫迪莫太·雷格尔的小男孩，他提议阿尔贝和玛丽亚做他的祖父母，到他们家里去生活。

这是个了不起的主意，但唯一的麻烦是，他的父母不同意。

阿尔贝和玛丽亚忙得眼花缭乱，不知如何是好。在三天中，他们接待和拒绝接待一批又一批越来越疯狂的建议者。

第三天夜里，玛丽亚蜷缩在安乐椅里，突然脸色惨白，头倚靠在椅背网状垫上摇了摇。阿尔贝马上抓住她的手，可她死了。

四

玛丽亚再也看不到下面的事了。她真的离不开这间徒有四壁的房子了。自从和阿尔贝结婚后，在这间房里，她过了65年。她倒在面街窗子的一个角落里的一把椅子中，走了。

这没有阻止讨厌的执达员第二天又来到这里，他带来了公司的命令。该公司很愿意负责这两个顽固的租房人的搬家事宜。这是公司能做的一切……

可是，现在只剩下一个顽固的租房人了，他站在他妻子长眠的床前。

"你滚开吧！先生。"他说。

然后，他办死亡手续去了。人们给他申报了83美元的最低安葬费和葬礼费，即可怜的一点点。在检验死亡证书符合法律程序和手续后，两个人带来一只箱子，将玛丽亚装进去，用汽车运走了。

阿尔贝孤身一人出席了葬礼，独自一人从那里返回。这是1967年7月6日。他再没有在老芝加哥老楼的老房子里出现。

讨厌的执达员从中进行了推断，最后他明白了，放任他们自由更好。

桌子腿被砸弯了，床被捅穿了，橱柜被废弃了，收音机蒙上了灰尘。一个拾荒者卷走了这一切。

一星期后，一个巨大的机器开来了，撞击墙，就像玩扑克牌一样，一切都被随心所欲地推倒了。

　　总之，事物恢复正常。1967年7月17日，阿尔贝在芝加哥的停尸房被验明正身。大海只照料了他10天。

　　他的口袋里装着他太太和他的身份证，无名指上戴着两个结婚戒指。

　　可为什么谁也不哭啊？因为这些事发生在美国……

汪洋中的一条船^①

一

·

　　这是一条奇怪的船，在一片奇怪的洋面上从事一次奇怪的旅行。这艘配备超马达负荷、超吃水线很深的货船上，携带着一些奇怪的人。

　　人们寻思：这样装载，这一"废铁堆"怎么能浮起来？

　　这一堆"废铁"运输一批财富：来自中国的贵重木材、玉器、丝绸和椰子。这一堆"废铁"还运输更多的东西：巨大的"希望"，装在箱子里的"希望"。

　　因为在孙的中华号上，堆放着30个箱子，用英文额外标明："上""下""不要触摸""小心搬运"。它们堆放在甲板上，靠近主桅杆，用缆绳相互拴着，5个一排，分成两层。

---

　　①　原著名：《孙的中国船货》，译者注。

　　26天前，孙的中华号驶离华南汉口港。那是1929年12月。而那一年，在中国是一个怪年。

　　两年前，蒋介石发动战争镇压共产党人运动。他和苏联断了交，他的军队占领了汉口和上海，在南京建立了国民政府；他向北进军，于1928年6月直达北京。自那一年起，他个人命运多舛。

　　分裂分子蠢蠢欲动，反叛的将军麇集，共产党人建立地盘，日本虎窥伺。

　　正如全世界各国所有混乱年月一样，走私在中国泛滥成灾，在汉口尤为突出。

　　巨大的船舶来自全世界各地；它们载来必需品，运走多余的物品：必需品换取蚕丝、茶叶、玉器和贵重木材。

　　26天前，汉口在月光下安眠。巨大的货船在轻轻摇曳，而蓝色的河一片黑暗。

　　码头上，沿着中华号，一些影子在晃动。有人在一位细心和焦虑不安的旁观者眼皮下，将32只箱子装上船：那是一位不确定种族的官员，为了让他什么都不说，人们慷慨地付了他钱。

　　然后，船在晨曦中顺流而下，登上泥泞的长江口，穿过台湾海峡，头朝菲律宾，面对浩瀚的太平洋。

二

　　在船航行的26天里，船员们没别的事，只是打打闹闹，他们12个家伙来自全世界各个国家，其中有个法国人叫查尔斯。

查尔斯不属于船员，他的名字列在旅客的登记簿里。他是和32个神秘箱子同时上船的。他亲自在甲板上看守着箱子，自船起锚以来，几乎眼不离箱。

每晚，他将箱子一个个打开几分钟。人们听到甲板上窸窸窣窣的声音，就像一群老鼠声一样。然后，他重新关上箱子。

查尔斯不是头一次从事这样的旅行，但这26天，他很操心。因为他是头一次乘中华号航行，他的货物头一次必须放在甲板上。因为货舱满了，挤得要破了，船长不给他选择的余地。

"就这样吧，要么你自己另找船！"

另找船，意味着得等上几周，可他的箱子不能等。他许诺过出发的准确日期，人们已向他付了旅行费：每个箱子30卢比。于是，他接受了船长的意见，同时预感此事不妙，而且26天来，那船长的头头始终没和他说任何有价值的话。为装查尔斯的货物，他要的价格比平时贵得多。

今天，是旅行的最后一天。太平洋巨浪滔天，海水溅到甲板上，打湿了箱子，摇撼着拴得糟糕的缆绳。夜既浓又冷，雾气很大。人们接近美国加利福尼亚州海岸。

查尔斯躲避在驾驶室里。大约一小时后，中华号将在一个偏僻的小海湾里抛锚，在那里让这些地下的货物上岸，可以躲过美国海岸巡逻艇，不用经过海关。完事后，货船将开到卸货码头，重新装上运往中国的货物。而查尔斯袋里装着900卢比将返回汉口。他将在水兵夜总会里花销这些钱，将重新开始招徕另一些顾客，带着另一些箱子，在另一艘船上，做另一次旅行。

三

　　船减慢了速度，现在已进入美国水域，在加利福尼亚海岸开阔海面上的某个地方。船长留心观察着夜晚，因为，如果他计算路程算得非常准确的话，20分钟后他就可抵达上岸地点。20分钟后堆放在甲板上的箱子就将只是一些空箱子，对船，尤其对船长就没了危险。而这角落的所有海岸警卫将会翻遍整艘船，他们将再也找不到任何疑点。此刻，船长是在拿他的执照，和在加州坐几年班房冒险。

　　中华号以最小的航行灯光航行，海岸线时隐时现，船长估摸还有一刻钟的路途。

　　他将不会抛锚，将在距海岸数链（1链等于200米）的地方打开箱子让一些肮脏、满身臭气、像一群牲口一样的人从箱子里走出来，他们将跳进黑色的水里抵达岸边陆地。

　　查尔斯离开驾驶舱，走到甲板上。他用一把钳子，拆开第一只箱子，盖子很容易开了，一个中国人的脑袋慌慌张张地冒出来。

　　"出来……从里出来！"

　　中国人不懂法文，查尔斯打着手势示意他帮助打开其他箱子，以便大家快点出来。

　　30个箱子，30个神色慌张的中国人，每个中国人一个箱子，这就是查尔斯的货物。

30个中国人每人交了30卢比，被装在30个箱子里关了26天。

他们是属于蒋介石的中国让他们害怕的那些人，他们饥寒交迫，穷困潦倒，想背井离乡到别处谋生。到别处，到哪里？

日本的人太多，且战争阴云密布；印度支那没有工作，西伯利亚正受饥饿熬煎，墨西哥不想要黄种人，澳大利亚也不想要。剩下的就是到拒绝移民但不拒绝走私的美国。到了美国，一个中国人就可以消失在其他一群中国人中。在那里，像查尔斯这样的商人提供每人30卢比的旅行。通常，这要待在笼子里，每个人要自带食物。人们把他们扔进加利福尼亚海岸的水里，他们自己想法去应付。

四

查尔斯声誉很好，因为他总是护送货物，跟着他，货物不必担心被撒到外海，撒到中国海里，就像常发生的事那样。查尔斯只打开十来只箱子时，突然，船长尖叫起来，粗暴地止住他：

"海上巡逻艇！把这一切都给我赶回去，快点，该死的，快一点！"

被吓蒙了的中国人什么都不懂，在法国人催促下回到各自的箱子里。处于警戒状态的船员用大锤子将箱子重新钉好，焦急地注视着海上巡逻艇的灯光。毫无疑问，巡逻艇是朝中华号开来的。还有几分钟水警就要靠上船来。查尔斯来不及问问题，因为船长吼叫起来：

"两人一只箱子！执行！"

船员早有思想准备，没一个犹豫，没一个迟疑动作，没任何一个抗议。"喂，抬起！"那是命令。当第一只箱子碰到太平洋的泡沫时，它发出可悲的"扑通"一声，第二只箱子掉到了它上面，然后第三只……一共有7个船员，他们用了5分钟执行船长的命令。花5分钟对付30个中国人，于是，查尔斯看着被钉的30只箱子沉到了船尾后。当最后一只箱子慢慢消失在黑色的水里时，水警上了船。

"椰子肉、贵重木材、符合规则的航海日记：货船合法。再见，先生们！"水警们说。而查尔斯一个字也没说，30个中国人也再不能说，他们钉在写着"上""下""小心搬运"的箱子里，已消失在80米深的海底下，没叫一声就消失在美国的家门口。那是1929年12月28日。

危险的暗号①

一

沃尔特·约翰逊刚才错过了本应送他回学院的火车，而明天早上之前又没有其他班车，于是不得不在伦敦过夜。当他在滑铁卢车站的大本钟下数着他钱包里少量的钱时，一名男子走近他，凑近他的耳朵悄悄地说：

"我曾对您说过，黄油对机械不利……"

所有的英籍撒克逊人都烂熟这句话，这是与法国小说《小红帽》相仿的英国著名童话《爱丽丝惊魂记》里的摘句。为此，沃尔特以开玩笑的口吻回应那人说：

"但，这是质量最上乘的黄油！"

陌生人满意他的回答，接上话头说：

---

① 原著名：《暗语》，译者注。

"20时在布里克斯顿路172号会面！"然后，他指着他们头上的大本钟补充说，"您先到6分钟，今晚要准时，别超时！"

未待大学生说一句话，那男子就消失在人群中。沃尔特吃惊到极点，在本子上记下那人说的地址，以便记起，并决定早那人6分钟抵达那里，以便窥视这个他无意窃取其身份的人的到来。

17时整，一名男子停在大笨钟下，掏出他的钱包，就像沃尔特先前那样数钱。那人头戴防水礼帽，蓄着精美的胡须，使人一看就觉得他是直接从一部警匪片走出来的人。沃尔特瞄了他一会儿，迟疑了一下，然后，一个想法促使他走向前：

"我曾对您说过，黄油对机械不利。"

陌生人毫不迟疑地作答。沃尔特悄悄地对他说："快逃！离开城市，他们全都知道了！"

不问其余，陌生人收起钱包，拔腿跑远了。沃尔特觉得自己发现了一件疑案，立即跑到警察局，将事情报告了警察。警察仔细听了报告后表示说，唯一要做的事就是去那人指定的地址。

二

一刻钟后，沃尔特·约翰逊在警察佩尔费克的陪同下，来到布里克斯顿路172号。但172号是个空荡荡的偏僻角落，在角落的最里头，一些工人在忙着盖大楼。

沃尔特大失所望，因为他肯定是记准了这个地址的。警察佩尔费克向相邻的建筑物注视了一眼，没发现任何疑点，于是重新送沃尔特回到滑铁卢车站。沃尔特因徒劳无功，向警察表示歉意。

为了消磨时间，他决定去看电影。当他在挑选影片时，心里一下子亮堂了：那人约他去的地方并不是在某个准确地方的"里面"，而是到某个准确门牌号的"前面"。20时，只要去布里克斯顿路172号前面就能弄清之后的事了。

沃尔特觉得这个节目比看任何电影都要刺激。20时，他让一辆出租车把自己带到了在建的大楼前面。很快，一辆停得稍远点的小轿车赶上来与他并排停下。司机探身车外，好像向他打听情况一样悄悄说：

"配备七把扫帚的七位姑娘……"

沃尔特很自然地接上话头："如果她们打扫六个月，您以为她们能全打扫……"他总是能在回忆《爱丽丝惊魂记》里获得台词，接上话头。

"上车！"司机一边说，一边打开车门。

跨出这一步时，沃尔特感到一阵头晕，他突然明白自己在难以置信地无意识地做事。这一下，他甚至想拔腿就逃，因为他惊慌极了。然而对方探着身子在问：

"喂，您上车吗？"

沃尔特向周围扫视了最后一眼，但没看见任何可求助的人。于是边埋怨自己的打算，边上了车。汽车一溜烟跑了。

三

几分钟后，车子冲入一个地下停车场，停在一辆巨大的黑色凯迪拉克车旁。司机以头示意请他下车。在整个行车途中，司车没和他说过一句话，然后让他上了那辆大车的前座。"好大一辆灵柩车！"沃尔特想，他被一种干巴巴的声音吓了一跳。

"您好！布朗松先生。"很显然，陌生人将他错当成布朗松先生了。

沃尔特回头一看，有两人坐在他后面。向他问候的人吸一支偌大的雪茄，也是可笑的美国歹徒打扮：头戴卷边帽和墨镜，系着薄丝绸方围巾，披着灰黄色外套和戴着鲜奶黄色手套。他那钢铁般的嗓音穿过沃尔特后背，使他不寒而栗。

"您的顾客下榻卡尔顿大厦饭店，他的秘书为他预订了一辆21时整的小轿车！"

"顾客"一词让沃尔特心中立即想起死亡。他就这般愚蠢地坐到了杀手的座位上，负责在豪华的大饭店门口枪杀一个人。他急于说出真相和解释一切的想法重新冲到嘴边。抽雪茄的人发现了他的慌乱，问：

"什么东西使您局促不安？布朗松先生。"

沃尔特感到自己的回答可能有点急促：

"不，不，雪茄，大概是雪茄……我对烟过敏……"

那人表示歉意，一边打开玻璃窗，一边继续指示：

"我们第一个感兴趣的人是巴博基安，如果他第一个从饭店走出来，您就杀死他，然后您逃跑。如果第一个出来的是贝尔卓夫，就让他过去。如果他们一起出来，您就双双杀死他们！首先杀巴博基安。听说您弹无虚发，布朗松先生，我希望您如此。约翰尼在后面座位上掩护您，奉命监视我的命令能得到圆满执行。现在我给您那两人的照片和装有500英镑的信封，其余的钱以后给您。我想您是带了自己的武器的吧？"

那人朝沃尔特搁在膝上的小行李包瞧了一眼，沃尔特感到冷汗浸湿了脖子。他说是，以进为退。在这紧要关头，他的脑子加速运转：那人说"我想"，看来自带武器不是绝对的必须。

"确切地说没有！"沃尔特以肯定的语气回答，"我没有带武器。我从来不带武器旅行，这在旅行中很危险！"

吸雪茄的人一时保持静默。

"这是您的权利，布朗松先生。马克将会把他的手枪借给您，那枪打得很准。是吗？马克。"

那个到布里克斯顿路172号找他的、现待在凯迪拉克车里握着方向盘的马克默默地点头。

"没有问题向我提吗？布朗松先生。"

哦，不，不是。不幸的沃尔特，他是有问题要问，但现在他再也不能后退了。

"不不，一切都清楚了。"

四

20时55分，凯迪拉克刚好在卡尔顿大厦前抛锚。在打开的发动机盖下，马克装作在专心致志地排除机械故障。前座左方玻璃大开着，让人看得见一个相当不安的沃尔特。在膝上一张报纸的掩盖下，他紧握着司机马克递给他的手枪柄。接到手枪时，他禁不住想利用它一下，但他不敢。第一次杀人并非易事。然而几分钟后，沃尔特知道这一点，他将死去。坐在背后的约翰尼将不会送给他一份礼物，他这个愚蠢的打暗号的玩笑就要以悲剧告终。

20时59分，马克擦擦手，重新盖上发动机的盖子。此时，沃尔特被一种难以抑制的颤抖所控制，只差让对方发现。一个杀手会害怕得发抖吗？

21时，马克打开车门说：

"注意，他们出来了！"

沃尔特向他身后看了一眼，约翰尼掏出了手枪。他向沃尔特示意了一下。这是鼓励……还是威胁？

"有人对我说您弹无虚发，布朗松先生……我寄希望于您！……"

这确是一种威胁。

无数主意在沃尔特脑海中翻腾，实在没任何一个主意来让别人替换。怎么办？转身枪杀约翰尼？朝走出饭店的两人开枪？装作身体不适？或故意向空中射击？

"干吧，加油！"司机在他耳旁低声说，他准备发动车子。

沃尔特缓缓地举枪齐肩……

此时，一声可怕的爆炸声突然在他耳边响起，一股神奇的力量将他摔向前方，同时他栽倒在地，失去了知觉。

当他重新恢复知觉时，发现自己躺在医院里。一张微笑的脸俯下来看着他，那是警察佩尔费克。

"您的损失只是断了一只胳膊和额头上肿了一个大包。"

警察讲述说：当他听了沃尔特的报告后，也产生了同样的反应。20时，他坐一辆普通的车来到布里克斯顿路172号附近。他看到沃尔特来了，然后又乘车走了，他尾随其后。当凯迪拉克车从地下停车库出来时，他同样跟在后面，同时用无线电查问了车的主人，原来那是一个赫赫有名的家伙——一个国际大盗。

当凯迪拉克车在卡尔顿大厦前抛锚时，警察就躲藏在离车几十米远的地方。当沃尔特掏出手枪时，他猛地按下车的加速器，一头撞向凯迪拉克车。他的助手毫不费力地控制住了两个被撞昏了的歹徒。

"拿着，作为结论，我拿来了这个给您！"

大学生沃尔特伸出在数周内唯一能自由活动的左手，接过警察送给他的礼物——一本非常漂亮的《爱丽丝惊魂记》。

巫婆与工程师

一

在一个遍布岩石、令人印象深刻、俯视一个具有水泥坝的大湖泊的高山山谷中，一个老太婆在做诅咒的动作。

这是一个在意大利象征"鬼角"的动作，它还强烈地影响着信迷信的人。其做法是：伸出手臂，手中间的两个手指屈起，让大拇指压着，食指和小指平行挺直，朝着他想诅咒的人所在的方向。

在意大利某些地区，人、动物和物体，无论什么东西都可以被诅咒，尤其是在20世纪20年代，在意大利阿尔卑斯一个荒凉、野蛮的，地处科莫湖和加尔达湖之间的高山峡谷地区。

在高山地区总是一样，当积雪融化时，该地区汹涌的然而不规则的激流常常顺坡冲下，使得更低的阿迪杰河和波河膨胀起来。在这个荒凉的地区，从来没一个人来此踱步，这里太荒凉了。生活在那里的人靠西藏式耕种，靠放些山羊、几只奶牛和砌石墙拦住铁锹翻出的一点点土度日。他们很少受教育。

在这里，好像自铁器时代后就没变动过，似乎是：夏天，山上放羊群；冬天，人们待在干燥的石头房子里，在烧着木柴火的亮光中守候聊天。

二

1920年，在这个海拔1600～2000米间的荒凉地区，具有"魔力"的电还没有安装。但突然在这一年，这里轰动起来了，人们决定横穿山谷中最狭窄、最荒凉，人们称作"魔鬼之路"的地方建一座拦河坝，将发出的电输送到很远的平原上。

这样，如同经常发生的事一样，必须淹没村庄。和人们可能认为的相反，这决定并没有遭到任何一点反对。在那个时代，农民不反对进步，恰恰相反，他们期待进步。再说，这个村子终究只是个小村落——叫格莱诺村，总共不过17户人家和17个羊圈，散落在冬天太阳光下的几块勉强能耕种的土地旁。贫困很可能被淹没。

未来大坝的总工程师叫马尔切诺·毕昂蒂尼，他巧妙地一家一户做工作，给村民许诺在大坝下面地势较低的地方盖新房，分新土地给他们种。那里的山谷地势较平坦，特别是电将通到那里。

　　工程师还对村民说："那些不想打官司、愿意出让房子和土地的人，将会得到满意的赔偿；那些想提出诉讼的人，当然，得到的赔偿会比较差。"

　　临近1920年底，总工程师成功地说服了所有的或几乎全村的人。他像一只好看门狗，把所有的东西都啃了，唯独剩下一根"骨头"——虽只一根，却很硬，那就是72岁的老巫婆塞拉菲娜。她什么都不想知道，她要他见鬼去，而且不只是说句话而已，她对他施"鬼角"手势，施魔法。她对他念咒语，冲着他的面"啪"地把门关上。这使他很烦恼。不是因为工程师易激动，而是老太婆的房子正好位于未来湖中央。她还拥有全村最多的土地。此外，她儿子弗朗西斯哥也是土地主，她成功地影响了他，他敬重她，他也不愿出卖土地。

　　塞拉菲娜不满足于施魔法，而且顽固地试图改变其他村民的观点，她对他们说：

　　"永远也不要出卖你们的土地，也不要出卖你们的房子！毕昂蒂尼总工程师是个骗子！他对你们没有说的情况是，在大坝下游，永远找不到像现在这样好的夏天牧场！用给你们的赔偿金，永远买不回同样多的土地，因为那山谷的土地更贵，而且你们永远不会再有羊群。你们将会穷死，就像狗一样饿死在平原上！"

　　总工程师毕昂蒂尼很气愤，连忙解决问题。最后找到一个办法：用他儿子来战胜她。

三

他暂时不谈建坝的事，需要未来大坝的老板们同意这个办法才行，当然他们会同意。因为这个办法能够打击老巫婆，而且他们也需要这样做，因为工程愈拖延，老太婆就愈有时间用诅咒来影响人们。另一方面，这个顽固的老太婆，虽然名字——塞拉菲娜有天使般的性质，但还是以有点本领著称。此事难以反对。事实是她似乎用草药治病，当小羊羔吃草得了鼓胀病和有其他无聊的事时，让她来驱逐噩运。

总工程师继续打心理战。他笑容满面，充满信心，表现出自己进步人士的形象，对这些头脑简单的人从不会忘记说这一切都是无稽之谈。但这非易事。因为这地方有一种氛围，在这个已叫维亚玛拉（魔鬼之路）的高山山谷周围，所有的高山山峰都叫"魔鬼峰"或"地狱坝"。许多世纪以来，这里的人们始终生活在这些魔鬼的阴影里，相信超自然的力量。马尔切诺·毕昂蒂尼工程师非常了解这些名字均来自自然，但他的解释都枉费心机。这个山区每年夏天都有磁暴，魔鬼般的气象起自祖先，并被塞拉菲娜延续下来。好心的牧羊人并不坚决和工程师对抗，而且很有兴趣听他的解释。但他们不善于思考。所有这一切都是因为变化太快，他们在老的和新的真理中间犹豫，在总工程师和巫婆之间徘徊。

四

与此同时，塞拉菲娜继续伸出长长的食指和小指诅咒总工程师、村子居民、奶牛、绵羊、山羊、狗，直至那些愿意出卖他们土地的人的牧草堆。伸长的手臂指向山谷，她诅咒让建大坝和摧毁羊群的全体意大利人。像教皇站在高高的阳台上祈祷保佑全世界人一样，她从她的高山上对罗马并对全世界四面八方进行诅咒。她这样做毫无用处，无论如何不碍事。如果没有记者的话。她解决不了任何问题。受电台《轰动效应节目》派遣，记者说来寻找围绕大坝规划的"生活片段"，而且第一天就发出了关于塞拉菲娜的消息！他在报纸栏目中尽情欢呼："塞拉菲娜——老巫婆捍卫山谷，反对总工程师。"甚至登出了老太婆装神弄鬼的照片，在平行栏中还刊出马尔切诺·毕昂蒂尼工程师的照片！由于拼版，标题又采用大括号，塞拉菲娜真好像在头版向总工程师施了了不起的魔法。公司管理层很高兴，因为这是最好的广告，他们高兴地把此事告诉了总工程师。

为了强调老太婆说的理由，记者也谈论草地的消失和骗人的赔偿金。文章采取战斗姿态，而且到时候了就结束，否则，警察会来插手。为此，总工程师也加快妥协，同意赔偿原来土地价格的3倍。原来的价格低，无论如何，这一切都是这个顽固的老巫婆造成的。摆脱她须通过老太婆的儿子弗朗西斯哥。弗朗西斯哥靠他的羊做奶酪过日子，他有妻子、三个孩子、一幢房子和老巫婆尚未死时遗赠给他的几块土地。至今，由于这个原因和尊重母亲，他不愿出卖土地。但是，总工程师把隐藏在心里的主意向弗朗西斯哥提出来，要聘请他做将来大坝的看护人，而且说只是看护看护而已。一个大坝不像一头绵羊，坝不能跑，不会生病，不会死。赔偿也不错，有幢新房子，不用交电费，将来还有退休金。总工程师的主意正合一个懒鬼的心意，于是，儿子答应了，他卖掉了一切！这对老巫婆是个狠狠的打击，这下子她真的变成孤家寡人了。她算白白坚持了，变得越来越沮丧，不再和任何人说话，并且开始诅咒自己的儿子、媳妇和三个小孙子。到1921年，她的财产最终被剥夺了，大坝工程开工了。

五

1923年雪一融化，总工程师毕昂蒂尼下令给拦洪坝蓄水。夏天时，村庄慢慢消失了。当老太婆的房子也灭顶时，她伸长手臂诅咒湖，人们从老远的地方都能听到她用土话进行的诅咒。一个被年长者诅咒的村庄的毁灭，在报纸上产生良好的效果，给人一个深刻的印象。

在大坝预期剪彩的前一天，总工程师和大坝的看守人——塞拉菲娜的儿子看见老太婆在最后一次诅咒他们后，突然从大坝上跳进湖里自杀了。这更令人震惊，对预定第二天10点钟剪彩的官方人士和媒体的影响非常坏。儿子哀号他的母亲，嚷着：

"我被诅咒到了！大坝被诅咒到了！我们都被诅咒到了！"

据说第二天，果不其然，1923年12月2日早上7点，大坝格莱诺在洪水的推力下屈服了，倒塌了！波浪卷走了3个村庄、5个水电站、8座铁路桥，淹死628人。有些尸体在25公里以外才找到。

从当天开始，报纸"生活片段"栏重新刊登了老巫婆诅咒总工程师的照片，冠以标题："她诅咒成功了，大坝垮了！"

但几个月后，更加严重的问题出现了，"生活片段"栏以非常不引人注意的不体面的小字号刊出下列新闻："总工程师毕昂蒂尼要为格莱诺大坝的灾难负责。为了弥补给村子的山里人的赔偿金，他节省了水泥质量方面的钱。"

当人们做工程师时，人们应该知道不要扮演"巫师学徒"——把事情弄得不可收拾的人。

像一条疯狗

一

在阳光炙人的希腊，在太阳暴晒的一幢白色房子里，一条狗在拼命地嚎叫。

10公里以外是拉弥亚城，被叫作泽图恩城，意为橄榄城，是突尼斯人在占领期间起的名字。

此地到处是橄榄树，有三幢房子处在洼地的橄榄树中间，离道路有几米。狗有节奏的嚎叫声，在灰尘和天空之间拉得很长。灰尘是白色的，天蔚蓝。

这是一条患病的狗，它的嚎叫声有时变成低沉的抱怨声，抱怨声变成呻吟声，呻吟声变得寂静无声，最后只剩下苍蝇的嗡嗡声和羊群细细的杂沓声。生活紧跟太阳的步子转，直到下次嚎叫。

　　在第一幢房子里，生活着一对老牧羊人，他们老得满是皱纹的脸诉说着欧洲最古老的文明。

　　在第二幢房子里，住着一位寡妇和他的儿子。她没有年龄，穿一身黑衣。儿子15岁，盼望去远离此地的城市，远离山羊、绵羊、苍蝇和灼热的灰尘，远离那阴森恐怖的嚎叫。

　　在第三幢房子里，拼命嚎叫的狗停止了叫声，继而又叫，接着又不叫了，最后又开始叫起来。从来没有人见过这条狗，但人人都知道它的存在。

　　这第三幢房子是卡里奥迪兄弟的房子。橄榄树是他们家的，狗叫声也是。哥哥菲蒂亚斯和弟弟亚历山大，50岁和45岁。他们静默寡言辛勤劳作，早起早睡，无论是谁，都未结婚。也许没有任何女人愿和卡里奥迪家一起生活。

　　两年前，他们年迈的双亲前后相隔不几日都去世了，是老死的，默默无闻死去。于是，自那以后，狗就拼命地叫，叫得那样凶，人人都听得到。这叫人难受，但只有第二幢房子的年轻人斯特凡觉得这受不了。

　　"或许应当放走这条狗。"他对母亲说，"为什么让它这般地叫？"

　　"别管卡里奥迪家的狗，它之所以被关起，是因为它很危险……"

　　"既然危险，就应该杀掉它……"

　　"这是他们的事，斯特凡。如果他们该杀掉他们的狗，他们会杀它。如果他们该让它叫，那就让它叫。这是他们的狗。你不要去管这些，他们不高兴这个。"

住在第一幢房子里的两个老牧羊人，他们什么都不说，觉得这嚎叫声是老掉牙的事，不打扰他们。

二

季节轮替，香桃木在橄榄树底下开花，像铃铛一样的果实落在干旱的土地上。卡里奥迪兄弟制作橄榄油，将一桶桶油拉到城里去卖，然后返回家。当他们不在家时，狗静默良久，斯特凡不再想它。他在想附近的城市，想他将来在商店和小酒店的噪声中打工的日子，想将来到山那边去看大海。

之后，嚎叫声又重新响起来。一种奇怪的焦虑感阻止他去梦想将来，他好像一下子没了未来。小村庄像一座看不见墙的监狱，哪怕是像它这样的"小狗"或许也永远逃不出。

在一个夏日的夜晚，斯特凡受不了狗的嚎叫。那嚎叫在繁星初现时响起，在一轮新月的辉煌、明亮的夜晚中回荡。斯特凡悄悄起身，赤脚下床。

他沿着白色墙壁，蹑手蹑脚潜入到第三幢房子的最高处，绕房子悄然转了一圈。这是他第一次离这房子那么近。卡里奥迪兄弟不好客、不闲谈，自从父母死后就更加不如从前了。

斯特凡爬上小围墙，向院子里瞧了一眼。他闻到了西瓜、西红柿、柠檬的香味。一株沿着山冈向下爬行的葡萄树在微风中摇曳。卡里奥迪家富有，就像这里榨油、做酒的人家都富裕一样。

斯特凡穿过院子，同时避开石头以免弄出声音。他推测厨房里有一盏灯光。护窗板都关着，门关着，朝向狗叫的那间房子关着，那叫声像是从地下传来的。但斯特凡没看见狗，在房子外面没看见狗窝，没有拴狗的铁链子。

斯特凡循着呻吟声前行，耳贴地而听，在墙角突然停下来。他辨认出一个地下气窗的位置，毫无疑问，那是地洞的气窗。但地洞很久以前就被堵死了，硬邦邦的石头堵住了入口。

嚎叫发自那里，无疑，他们的狗就被关在那洞里。斯特凡听到它的喘气声，一种痛苦的气喘吁吁声，还有铁链声。他们把什么野兽关在这洞里了？如果狗得了狂犬病，他们杀了它就是了。在希腊，人们不喜欢狗，狂犬病是一种残存的流传已久的传染病，曾使那么多人死亡，以至于到1978年，狗在希腊仍罕见。

三

斯特凡不知做什么好，为了察看，他在洞口的石头间轻轻打起呼哨。呻吟声突然停止了，狗听到了，一种奇怪的寂静停在墙壁两侧。然后，斯特凡听到一条铁链拖地的声音和一种抓扒声。狗大概知道有人来了，它在墙后面抓。斯特凡听到了它的爪子抓打石头的声音。于是，他想起要取下洞口一块石头更好地往里看。既然畜生关着，他没有什么危险。如果它重新开始叫，如往常一样，没人会担心它。斯特凡用力拔出一块嵌在干泥土中的石头。

狗不再吭声，这很奇怪，奇怪，这是一条不吠叫的狗。突然，斯特凡明白了，这条狗从未吠叫过。它号叫、呻吟，几乎喊叫过，间或抱怨过，但从没吠叫过。然而，这吠叫是它应该做的。难道这真是一个怪物吗？这不是一条狗，但是一头不知名的畜生？

斯特凡感到害怕，但好奇心促使他。他拔出那块石头，获得一个10厘米的小洞，他将一只眼贴到洞里，但是，他什么都看不到。里面一片漆黑，但一股可怕的气味呛得他喘不过气来，那是一股野兽的气味。

突然，洞里面一只泛着眼白的大眼睛也凑到洞口来，斯特凡后退，忍住害怕发出叫喊。那眼睛不动，盯住不放，熟视无睹。后来，眼睛消失了，一张嘴代替眼睛凑上来。那是真的一张嘴，一张人嘴，有人的牙齿和嘴唇，就像狗嚎叫时翘起的嘴唇和牙齿一样。

斯特凡拔腿使劲奔逃，跳过院墙，拼命的嚎叫在后面紧追不放。他吓得逃进他的房间躲起来，捂住耳朵，但嚎叫不绝如缕。叫声充满山头，在橄榄树周围飞翔，爬上房子的墙。

斯特凡吓得发抖，心里想：

"这不是一条狗，而是一个人……一个人……一个活生生的丑陋的人。"

四

　　第二天，在夏日的阳光下，人们只听到了喘不过气来的呻吟声。卡里奥迪兄弟不得不重新堵住了那个洞口。在去城里的路上，斯特凡大步流星地走着。他步行10公里，流着汗，气喘吁吁地到达拉弥亚城。他径直走到警察局，报告了他害怕的事，眼、嘴和嚎叫声。

　　1978年11月8日，在国际新闻出版物上，一张恐怖的照片在一篇三十来行字的文章之下发表了，人们从中看到了只披着一头乱发的裸体怪物。

　　"一位妇女被她家人拘禁在黑牢里29年。伊莲•卡里奥迪被解救后住在医院里。她贫血，营养不良，患有严重的精神障碍。

　　"她的家人被希腊拉弥亚警察逮捕，兄弟们承认他们的姐姐自1949年起遵照他们父母的命令，被关押在他们家的地下室。从前，伊莲和她村子的年轻人谈恋爱，有艳史。

　　"她大哥说，由于害怕不名誉，我们的父母决定将她关起来。当父母死后，我们只能继续关押她。

　　"警察确定，受害人衣衫褴褛，几近裸体。她的指甲几乎长十来厘米。席地而睡，29年不见阳光。"

　　伊莲•卡里奥迪18岁时，漂亮，多情，那是1949年。1949年至1978年，她像一只狗一样在黑牢里拼命嚎叫。今日，她什

么都不再是，既不是伊莲，也不是狗。她的形状不可言状，精
神错乱。她在疯人院的一间房子里转圈子，靠注射药物镇静，
在睡梦中妄想。

走钢丝横跨尼亚加拉大瀑布①

一

圣劳伦斯酒店老板约瑟夫先生在报里读新闻时，禁不住要从他的摇椅上跳起来。报上说："越来越强烈的最终要藐视平衡法则的布隆丹，星期天将要和一个坐在他肩膀上的志愿者，走钢丝横跨尼亚加拉大瀑布！"

布隆丹完全疯了，这一次他做得太过分了，是真正的自杀。应该劝阻他这种疯狂的举动才行。作为尼亚加拉酒店协会的理事，约瑟夫先生必须阻止他这样冒险！

约瑟夫急忙披起大衣，戴起帽子，拿起拐杖，出发了。

不一会儿，他来到了布隆丹走钢丝场地的大门口，推开看门人，朝肩上顶着一个人进行走钢丝练习的布隆丹奔过去。

① 原著名：《尼亚加拉瀑布的圣克里斯托弗》，译者注。

"这样不行，不是吗？"约瑟夫先生一边吼叫着，一边晃着报纸当作一种威胁。

粗暴的干预使失去平衡的走钢丝者危险地左右摇摆。这也许还不太严重，因为训练用的绳子离地只有一米高。

布隆丹恢复姿势后无所畏惧地问：

"您发生什么事了？约。"

对于他要做的事，约瑟夫滔滔不绝地讲：布隆丹走得太远了，他走得如此之远最终会掉进瀑布的。而且他不该冒这样的险，河两岸的居民和他休戚与共。近10年来，他招徕了成千上万的人看他走钢丝的精彩表演，大家从中获利。

因此，约瑟夫下结论说：

"你跳上你的绳子，闭着眼睛蹦跳吧；你坐在一把椅子上晃来晃去吧；你在椅子上拴着一个木炭炉子，任由你在上面煎鸡蛋薄饼吧，我同意。必要时，如同上周那样，你痛快地推着一个坐在独轮车上的人和你一起穿过瀑布吧。但你背着一个人过瀑布，绝对不行！"

"为什么？"布隆丹稳稳地蹲下身子把他的搭档从肩上放下来，问。

约瑟夫向布隆丹示意他想和他单独谈。于是，当搭档避开时，约瑟夫重述他的论点：

"因为，只要你能控制局势，你就会赢。只要你用的道具固定不动，一切都好办。但是，你把你的命运和一个可能会发生不可预料的反应的人连在一起，这就是自杀！当你身处40米高空和轰轰隆隆的瀑布中间时，一切的事都可能发生！这你是知道的！别拿命运开玩笑了……"

布隆丹高兴地、微笑着倾听这位正直的约瑟夫先生的话。他曾是第一个信任他的人，而且为他第一次跨越大瀑布预付了需要制造绳子的1500美元分批付款款项。当布隆丹不能给他作为交换的担保物时，这个正直的人曾经说：

"担保？如果你会掉到瀑布里，我可能会要担保。但你不会掉，你善于估计危险。在26年里，我们知道或者不知道，看得出！"

现在，布隆丹36岁，正是这同一个人却要求他放弃走钢丝。

"布隆丹，你不会给我们干这种蠢事吧？……"他说。

这种十足的美国式直爽逗乐了法国人。"我们"是商人，"我们"不愿失去你。因为失去你就是失去金钱。这就是约瑟夫先生所要讲的话，然而他又非常热爱布隆丹。

在一次走钢丝的巡回演出中，那时候被称作查尔斯·格拉凡莱的布隆丹就已决定要尝试在一根钢丝上横跨大瀑布。此后10年中，他成了新世界中最著名的走钢丝人。这就是为什么在有礼貌地听了约瑟夫的话后，这个挑战平衡法则的"钢丝王"把正直的酒店老板送回家时，只是微笑着请求老板为他做一个小的祈祷，祈祷下周星期天不要有风。但是，下星期有风。一场好微风会刮得钢绳摇摇晃晃，走钢丝者难以通过，如果走钢丝者明智的话，就应该放弃走钢丝。

二

走钢丝用的7厘米粗的缆绳是用麻丝拧成的，专为布隆丹制造。它一头绕挂在大瀑布一边的一块岩石上，横跨空中300米，另一头绕在固定在瀑布另一边岩石的绞盘机上。

问题是由于绳子太重、太长，不可能将它拉得很直。它不得不弯曲，中间那段绳子会比两端低10多米，凹下去的部分最容易摇晃。

布隆丹穿着肉色连裤袜和缀有闪光片的贴身泳衣，站在出发台上，仔细地观察着绳子的摇晃情况。河边的公园里挤满了人，把聚集在美国和加拿大河两岸的全部观众算上，计有成千上万的人来看走钢丝的"法国佬"如何掉下瀑布里"喝水"。

因为所有的记者都如此谈论了，所有新闻媒体都这般宣布了：布朗汀走向自杀。这一次是肯定的，不是做广告。鉴于如此肯定，人们从四面八方赶来，就像恺撒时代，他们挤满斗兽场为了看狮子吞噬角斗士一样。

三

当布隆丹把搭档顶上他的肩膀时，热烈的经久不息的欢呼声从人群中响起来。

他的搭档是一位原籍俄罗斯的年轻石膏粉刷工，名叫伊凡。布隆丹从几个志愿者中选中他，是因为他冷静、平衡感好和体重适宜。

集中一下精神后，布隆丹毫不犹豫地开始他的行程。而且，首段路程顺利通过。

布隆丹穿的软底皮鞋沿着绳子一步步向前滑行。伊凡骑坐在他的肩膀上，挺起脖子，将两只脚搭在时左时右、轻轻晃动的平衡棒上。他关注布隆丹的指令，直视正前方，尽力把思想和目光固定在远处唯一的、看不见的视平线高度的那点上。但不久后，伊凡感到布隆丹放慢了脚步，步子也变得不够稳定。当他努力驱逐这种念头时，他身下的布隆丹停了下来。

于是，在他们身临40米的翻腾咆哮的瀑布声之上时，伊凡听到了布隆丹从下面传上来的坚定而平静的声音：

"下来！"

然而，这一时刻是他们过分紧张的时刻，他们紧张时的反应常出乎意料。伊凡就是这样的，他不相信自己的耳朵，愚蠢地问：

"我没听清楚，请再说一遍好吗？"

但强制性的命令立刻回复：

"下来，要么我们自杀！"

伊凡无法控制自己的冷静和少许头晕，形势非常可悲，因为他从未进行过这样的平衡。他从未练习过这种精确的动作，使他能下到一条7厘米粗且因刮风晃动的绳子上。

布隆丹咬紧牙关，声音始终单调而平静，继续命令：

"抓住我的汗衫。当我蹲下来的时候，你轻轻地下来，不要从前面下！"

伊凡吓呆了，但布隆丹平静的声音和命令的口气使他不得不执行。

当人群看见布隆丹的搭档从布隆丹的背上慢慢下来时，一片嗡嗡的赞叹声飞向他们。观众还以为那只是一个加演的节目。

当伊凡的一只脚站到绳子上，接着第二只脚又站上去了，两人慢慢地一下一下地直起身子时，一阵巨大的欢呼声从欣喜若狂的观众中爆发出来。事实上，布隆丹已筋疲力尽，他背负的重量和绳子因刮风而摇晃，使他的脚要断裂开来。

四

从专业技术上讲，在下半部分路程开始前，布隆丹宁可先喘喘气和放松一下。

然而他向紧贴在他背后的、连一根睫毛都不敢眨一下和听命令的伊凡如此解释：

"伊凡，为了重新登上我的身体，你把脚一前一后地搭到平衡竿上，然后骑到我肩上去。"

"不！我永远不能！"伊凡回答。

布隆丹向他解释说，只要轻轻地、平稳地上，完全按命令办，毫无危险。但伊凡在他背后，身子吓得紧绷，一下子要崩溃了。他说他不想死。布隆丹安慰他的话已不再起任何作用。

这下子，轮到布隆丹害怕了，恐惧袭上他的心头。他从未面对过这种事，但现在他感到死亡就在这里，近在眼前，就在40米的下面，在尼亚加拉瀑布轰隆水声中，如果他不立即想出什么办法的话。

于是，他集中他的全部威力，把自身的恐惧变成有说服力的威胁，向他的搭档吼道：

"如果你不服从的话，我就把你打下去，我独自继续前行！"

他达到了预期的效果，伊凡吓得变了声音地说试试看。而布隆丹反驳说：

"你不要去试，你去做！"

布隆丹一秒钟也不怠慢，不给伊凡重新变得害怕的时间，开始蹲下身子，一个动作接一个动作指令伊凡重新登上他的背。不一会儿，伊凡登上了他的肩，一声巨大的"乌拉"声从人群中爆发出来，"法国佬"重新起步前行。

到达另一头后，在绳子绕挂的岩石上，布隆丹休息了很久，还恢复了和搭档开玩笑的力气，以便让搭档保持斗志。

因为他们还得从另一头返回去，需要往相反的方向再走同样的300米。布隆丹不向他的搭档隐瞒实情，路上还需要停一次，甚至两次。

按观众的意向，幕间休息拖得太长，一些口哨声已从意识不到悲剧的人群中响起，而悲剧正在他们头上上演。他们来是为了要看一个来回，同时还怀着希望和揣着隐隐约约的害怕，想目击一场耸人听闻的意外事故。观众等着。但返程如同来时一样，没有事情发生。

布隆丹停了两次，伊凡上、下了两次。一到达目的地，人群欢叫着祝贺他们成功。

"我从来没有这样接近死亡。"布隆丹事后对那些曾经打赌说他可能会和死神相遇的记者们说，"伊凡有好运，因为围绕在我的名字周围的广告使他建立了自己的企业——尼亚加拉石膏粉刷厂。"

自从这次几成绝唱的出色表演后，又名布隆丹的查尔斯·格拉凡莱跑遍世界各地进行大巡演，到处受到他应得的接待和欢迎。

多年后，他回到尼亚加拉大瀑布定居，在那里建了一幢非常漂亮的房子。他被美国尼亚加拉瀑布城任命为荣誉市民，平静地活到82岁。他常对来大瀑布度蜜月的新婚夫妻和无比惊奇的孩子们讲述自己的故事。

在谈到石膏粉刷工的故事时，布隆丹微笑着说：

"那个人嘛，我把他从水里救出来，让他重新爬上我的肩，就像殉道者圣克里斯托弗①一样。"

---

① 圣克里斯托弗（Christophe）：圣经故事人物。为了寻找基督，他在河边造了一间房子，每天背人过河，最后见到了基督。译者注。

艾梅的命运

一

才华横溢的动物雕塑家艾玛纽埃尔·弗雷米埃已完成了他的代表作《受伤的猎狗》，人们在社交沙龙谈论它，在卢森堡公园可以看到它。

这位艺术家是法国拿破仑时期的著名雕塑家弗郎索瓦·吕德的外甥，是他的学生。弗雷米埃才华出众，富有艺术敏感性。这就是为什么巴黎议会于1872年开会决定将一项巨大的任务交付于他："弗雷米埃，贞德①属于你。贞德铜像——战斗

_____

① 贞德原是法国洛林一位农村少女，后得到兵权，于1429年解奥尔良之围，又多次打败英国侵略者，成为法国民族英雄。1430年被俘，英格兰当局控制的宗教裁判法庭以异端和女巫罪判处她火刑，贞德于次年被烧死。20年后英军被驱逐出法国后，贞德的母亲说服教宗重审案子，最终于1456年为她平反。500年后贞德被梵蒂冈封圣。译者注。

之像、圣女之像，将按照您的灵感去创作……您的贞德将安放在巴黎金字塔广场上！"

其时，弗雷米埃48岁。他了解的贞德大家都了解，而且知之甚少。

这就需要潜心钻研她的传记、她的版画、她的复制品，去寻找她的面孔、她的灵魂和她的奥秘。

这个年轻少女是谁？人们说她不像个姑娘，更像个小伙子。她找到什么言辞说服了国王？她的力量、她的勇气来自哪里？她在历史上占有什么地位？

弗雷米埃想寻找一个面孔来弄懂这一切，而他在书本里找不到它。

于是他去贞德的家乡——多雷米（洛林）就地寻找灵感，那里还流传着她的传说。他力求在那里重新发现贞德的灵魂，希望熟悉那森林的气息、那天空的色彩和农民的面孔。人们看见他不知疲倦地在乡村流连、搜索灌木丛、跨越水塘，在洛林的草丛中梦想。就在草丛中时，他认为自己真的梦到了。刚才他看到圣女贞德在他100米远处经过。她本人骑在一匹栗色马上，胸膛笔挺，目光犀利，身材矫健，跨过草地消失在村庄的方向。艺术家跳站起来追逐他的幻觉，不担心这是不是错觉……

这就是她，他现在看见了她……为此，他必须把它画下来，然后雕塑出来。那是一个女青年，傲慢而紧张，跨在一匹高头大马上，向神奇的命运飘然而去。

她18岁，名叫艾梅·吉罗。就像贞德一样，她有蓝色的眼睛，匀称的身材，矫健的双腿。像贞德一样，她是农民的女儿。像贞德一样，她急着想成为某个人。以雕塑为职业的弗雷米埃先生彬彬有礼地和女郎的父母进行了长时间的商榷，他诚心诚意，想带美女到巴黎。她是他的灵感，她将成为洛林贞德最真实的面孔，因为它生长在同一块土地上。

艾梅·吉罗高兴得满脸绯红。充当大英雄的角色，这正是她梦寐以求的愿望。她知道某一天偶然发生的事或许使她远离羊群、村庄。她做好了准备，父母顺从她。

于是，她到了巴黎。

她每小时，每一天，每一周和每个月，都孜孜不倦地为主人摆姿势画画。而获得灵感的主人超越自我，在画她坚强的下巴时，他重新领悟到了奥尔良的胜利。从她那动人的嘴巴里，他听到了她回答阴险主教的声音：

"我从上帝那里来，把我送回我来的地方——上帝那里去。"

弗雷米埃是幸运的，他的贞德将永垂不朽。事实上，他获得了巨大的成功。揭幕之日，小洛林——艾梅·吉罗倒在他怀里。巴黎为他庆贺。作为再生的贞德，她此后跑遍了艺术沙龙，画家们争夺她，花花公子也一样抢她。

后来，年轻的洛林姑娘消失在首都的是非旋涡中，人们认为她利用了短暂的荣誉。巴黎淹没了她，啖食了她，吞咽了她，将她消化殆尽。

而巴黎继续抬起欣赏的头，朝金字塔广场的骑马雕像看，却忘了艾梅·吉罗——那放羊的小姑娘。

二

1909年，一位年老的妇女敲响雕塑家作坊的门。这一晚，雕塑家正在和几位艺术家朋友大摆宴席。其中一位朋友去开门，叫道：

"弗雷米埃，来了一位妇女，我想她是来要求施舍的。"

弗雷米埃回答要他给她小费。他朋友给了钱重新关好门，但来人又重新敲门。而这一次雕塑家亲自开门，他看着妇女。妇女将小费拿在颤抖的手里，一条经历了最美年华的披肩，难抵御她冬日的寒冷。

"是先生吗？是我，你不认识我了吗？"

不，弗雷米埃不认识她。他想快一点结束这事情，因为人们面对一个乞丐常会感到不适。

"你要做什么？要钱？我们已给了你。我不知道你是谁，你去别的地方乞讨吧。"

他准备重新关门，之后迟疑了一下。刚才那女人的两眼泪水把他的心扰乱了，那疲倦、苍白的面容，使他隐隐约约想起一个人。

"先生，贞德您记得吗？是我——艾梅，您的贞德。"

弗雷米埃后退，让妇女进屋，在她过早衰老的脸庞上寻找年轻时的痕迹。但他再也认不出半点。20年过去了，这20年她显然过得不幸福。20年将这个女人变成了眼睛塌陷、满嘴苦涩的可怜病人。

"贞德……"她嗫嚅着。

弗雷米埃不知说什么、做什么好。面对惊愕的朋友，他让艾梅·吉罗坐下来，给她吃和喝，听她讲那声誉低下的可怜生活。她为什么没回到她的村子里去？回到洛林、她的羊群、马和她的山谷中去？为什么她待在这个现在不能给她荣誉、只能给她提供逛坏小酒馆声誉的城市？

原因是她只能衣锦还乡。于是，人人都给她一张酒吧入场券，没人知道如何进一步帮助她，让她重新回到她来时的黑暗中、寒冷中和孤独中。

人们让她变老了。

三

她的雕塑人——弗雷米埃1910年去世，此后再无人谈起他的模特——洛林女青年，那一个曾经也相信荣誉的女青年。

1937年，在巴黎的一个市郊生活着一个孤苦伶仃的老年妇女——65岁的艾梅·吉罗。65岁的苦难，65岁吃施与穷人的饭菜，65岁的可怕孤独。

艾梅·吉罗关门拒绝接待客人。房子老旧了。为了能缴微薄的租金，她在此已独住了数年。巴黎的春色染遍大街小巷，一个静谧的夜晚降临到郊区。

　　可就在1937年5月的这个夜晚，一场特大的火灾以前所未有的猛烈，在这老房子里燃烧起来。

　　火焰吞噬了门窗、楼梯，数小时里摧毁了可怜的住宅。人们在灰烬中找到了艾梅•吉罗的尸骨。

　　她在火灾中被活活烧死。

　　她在1937年5月的一个夜晚被活活烧死，犹如贞德在1431年一个白天被活活烧死一样。

　　神奇的巧合。在欣赏巴黎金字塔广场的圣女贞德塑像时，想想这巧合吧。

　　您或许在那里会看到两个面孔！

　　圣女贞德的面孔和艾梅的面孔……或许是同一个面孔！

不要动鱼子酱①

一

　　1936年1月的一个早晨，谢尔盖·巴金斯基睡觉醒来，他不相信自己的眼睛：里海全结冰了！可是，原则上说，里海属暖海，与法国差不多处在同一纬度上。

　　这对于谢尔盖·巴金斯基和他整个渔民村来说，是个灾难。没法再捕鱼，就没法再得到吃的。而且所有的邻村都面临同一个情况！渔船全都冻在他们的小港湾里了。这是北极的一个景象。几个村子的村长立即聚集在谢尔盖·巴金斯基的周

① 鱼子酱：有红鱼子酱和黑鱼子酱之分，分别由鲑鱼卵和鳕鱼卵制成。只有俄罗斯以南和伊朗以北的里海中产的Beluga、Asetra、Sevruga 3种鲟鱼的卵，才能制造最珍贵的鱼子酱。1克最高级的Beluga鱼子酱约达数百元人民币。Beluga一年产量不到100条，而且要超过60岁的Beluga才可制作最好的鱼子酱。译者注。

围。他是村子里的权威人士，是当地鱼子酱合作社的社长。全体渔民在气候宜人的季节以捕捞鲟鱼和配制鱼子酱为生。冬天，清洗过的鲟鱼子要装桶，他们要泡在这工作中七八个月。在一般情况下，鲟鱼子要换盐水，换盐水后渔民就把桶装鱼子上交给苏维埃出口部门。因为鱼子酱是国家的财富。

当然，对渔民而言并非如此，他们从不吃鱼子酱。他们住在简陋的木头房子里，满足于苏联集体农庄发给他们的微薄工资，觉得有沙丁鱼吃就很高兴了。这天早上，聚集在谢尔盖·巴金斯基周围的村长们对他说：

"谢尔盖，海冻住了，不能再打鱼了，我们将来吃什么呀？"

他们说话的指向很明显，在农庄的库房里有12小桶鱼子酱泡在盐卤里。那12小桶，每桶至少有35公斤，留待春天上交。谢尔盖作为领导，是这鱼子酱的保管者和负责人，他立即回答：

"我不知道我们去做什么，但绝对不可动鱼子酱！"

应该理解谢尔盖。这420公斤鱼子酱属于国家，按一盒100克的零售价出售，它是一大笔财富，吃它，对渔民来说可能是严重的犯罪。渔民虽然懂得它的宝贵，但不同意谢尔盖的决议：

"你说得容易！你，是单身汉！但我们家庭，我们的妻子、孩子怎么办？你认为有人会给我们送来食物吗？做梦吧！如果里海结冻了，那全俄罗斯都变成冰了。我们需要自己摆脱困境。这是人力不可抗拒的情况：应该可以吃鱼子酱！"

但谢尔盖强烈地意识到自己对国家的责任，回答：

"我们可以继续捕鱼。既然我们的渔船冻住了，我们就把我们的村子搬到大海里去，搬到大浮冰的边缘去。大浮冰肯定中断在伊朗海岸前的某个地方。我们将重新搭建起我们的窝棚，在浮冰的边上捕鱼。

二

谢尔盖的决定不像乍看起来那么疯狂。他知道里海北边的这一部分海很浅，绵延数公里，而且海底坡度很平缓，水只有几米深。同时由于这里特别冷，冰层很坚固，肯定会持续数天，甚至数周。按理说，迁移而且步行到大海上去是唯一有效的决定。

唯一反对的意见是：那么，鱼子酱呢？拿它怎么办？谢尔盖回答绝对不能抛弃它，将它带着和我们一起走。

一周后，特别的迁移结束。几个渔民村的居民拆掉了他们的木头房子，搬走一切，步行到大海18公里处——大浮冰最后止步的地方。

他们大约有2000个男人、妇女和儿童，就这样移居到冰上！当然，装在桶里的420公斤鱼子酱也和他们在一起迁移，受到谢尔盖的严密监视。

在两星期中，人们在浮冰边缘上的海水中勉勉强强捕鱼，因为他们的船在后面18公里处困住了。他们在重建的木棚里想尽办法生活，过得很艰苦。

随后，在2月初的一个早上，一位渔民来对谢尔盖说：

"发生了两件叫人不安心的事：一是海上起了风浪，绝不可能从冰的边上捕鱼了，人们会掉到水里去。"

谢尔盖摇摇头，表示同意。

"二是太阳从西边出来了。你瞧瞧，这一点儿也不正常！……"

对这一点，谢尔盖跳起来：因为他明白，很显然，这不是太阳独自决定要从西边出来。这就是说，在晚上，一切都绕着他们转了180度。这是唯一可能的解释。大浮冰离开了海岸，他们正在漂流！步行去侦察的人很快回来证实说：2000人在里海上一块约3公里长、差一点3公里宽的大浮冰上漂流。承载他们的浮冰应该厚一些才行，但像这样可持久不了！从今以后，海结了冰，人们又不能从这个从未见过的、已变成最大的魔鬼冰排的冰岛边上捕鱼，2000人——妇女、儿童以及老人，全都面临饿死。

三

这一下，社区的主要领导围着谢尔盖，毫不含糊地把眼光投向12桶鱼子酱。谢尔盖看看他们，又看看鱼子酱桶，冷冷地说：

"倒霉。开桶吧，但先要让妇女和年幼的儿童吃！"

但是，当饥饿的遇难人群向这些奢侈食物冲过去时，有人叫喊起来！

"飞机！"

果然，救援到了。确实如谢尔盖曾经说过的那样："我们开始用鱼子酱，就把飞机叫来了。"

在他的命令下，一些男人立即就地标出了一条临时跑道，于是空中桥梁建立起来了。但是当时的轻型飞机须用两周时间，才能将2000个在地中海中漂流的饥饿者撤出来。

救援渐渐变得危险，因为大浮冰的冰块像一块皮一样变得越来越薄。到2月6日夜晚，半公里长的冰面上只剩下谢尔盖和他的12桶鱼子酱。就像一个船长一样，他拒绝抛弃国家宝藏。大家只给他留下到明日吃的食物，和在事情好转以前一瓶用来暖身的伏特加酒。

2月7日，飞机降落的极限高度太低，不能返来，救援延长了一周……

2月15日，飞机最终能回来了，但再也找不到遇难者。谢尔盖和他的420公斤鱼子酱沉到海底了？谁知道呢。里海辽阔苍茫——面积42.5万平方公里，而像科西嘉岛只有9000平方公里！

四

要找到他，就像在黑暗的隧道中寻找一粒鱼子酱。

人们逐渐放慢了寻找，但谢尔盖还活着。虽然冻僵了但还活着的他，始终带着420公斤鱼子酱待在每天分裂一点点、随水漂流的冰排上。晚上，他睡在被抛弃的一个木棚里。白天，他吃鱼子酱，因为他非吃不可。为了活下去，他不得不痛心地听任自己打开一桶鱼子酱。

在3周时间里，他日复一日地在里海中漂流，靠早晚各吃一小撮鱼子酱活命！起初，谢尔盖感觉味道好。但他认为这东西不如人们做的"干草"。3天后，他觉得吃鱼子酱什么味道都不是，甚至有点像吃集体农庄的稠糊糊。一周后，他吃得简直要发疯，说："给老爸吃一撮吧，吃——吃吧！"特别是因为吃鱼子酱，他每天只能喝半口伏特加酒。为了这要命的420公斤鱼子酱，他只拥有一升酒。

4个礼拜后，飞机终于找到了他。好险啊！当他快要进入伊朗水域时，一条从巴库出发的船靠到了他的浮冰上，在茫茫大海中进行艰苦的操作后，船员回收了由一个惊慌失措的人看护着的12桶鱼子酱，每桶35公斤，其中一桶完全被打开了。他每天大约吃300克鱼子酱，到最后吃得更少，总共约吃了9公斤。他险些因缺水而渴死，身体倚靠在剩下的409公斤[①]的鱼子酱旁！

人们再也没有听到关于谢尔盖·巴金斯基的谈论。难道他是因拯救国家财物被誉为英雄？抑或因开启鱼子酱而被判死刑？人们不得而知。无论怎样，没有人能让他再尝尝鱼子酱，这是肯定的。

---

① 　原文如此。译者注。

绰号叫"羊粪"的人

一

1941年4月上旬，当春天来临、小羊羔出生之际，一股寒流突然直卷印第安纳瓦霍人①地区。

瓦图·纳卡伊——一个40岁的牧羊人忧愁地瞧着靠他木头房子堆起的巨大雪堆。他和他的老母亲及年轻怀孕的妻子，如

---

① 纳瓦霍人（Navajo）：美国印第安民族中人数最多的一支，20世纪晚期约有17万人，散居在新墨西哥州西北部、亚利桑那州东北部和犹他州东南部。他们在与大峡谷齐名的谢伊峡谷（Canyon de Chelly）至少居住了数百年，以农作和畜牧为生，其手工艺品彩陶和纳瓦霍毛毯尤其著名。19世纪早期，西班牙人侵入纳瓦霍人地区，屠杀纳瓦霍人。1849年，美国白人又一次洗劫了谢伊峡谷。纳瓦霍人为保卫家乡进行英勇战斗。后终于被驱逐到新墨西哥州佩科斯河附近。最后，政府和纳瓦霍人签订条约，在纳瓦霍人的故乡建立了350万英亩的"保留地"。1931年，谢伊峡谷建立了国家公园，如今成了著名的旅游点。译者注。

同所有的纳瓦霍人一样，生活在俄克拉荷马州的印第安人保护地。那是一个荒凉的、半沙漠的高原地区，需要成公顷土地的草才能养活一头羊。

刮了三天的暴风雪和堆积了三天的雪后，保护地已变得死气沉沉。起初，瓦图·纳卡伊并不担心这迟来的雪，相反，雪对多石头的土地有利。当太阳融化它时，雪水渗入土地，母羊需要吃的草就会在这湿润的土地里长出来，这样母羊就会有奶喂养小羊羔。然而4月12日下的这场雪，它下得太多了。小羊羔已诞生，瓦图·纳卡伊希望有点阳光融化雪，但可惜的是，过了一周，雪继续在下。更严重的是大暴风雪以80公里的时速，朝着俄克拉荷马州整个北边地区吹刮。瓦图·纳卡伊的茅屋在雪中消失了，真正成了爱斯基摩人的雪屋。他的二十几只绵羊聚集在悬崖下一个被当作羊圈的山洞里。

洞口有一面干燥的石墙为羊群挡住暴风雪，但寒风和雪仍往里钻。绵羊怕冷地一个挨一个挤在洞里，为躲在它们肚下的小羊羔组成它们脚下的上有密不透风的羊毛顶层，下有积有几十年羊粪的另一个避难所。不幸的是不再剩有足够50只母羊吃得上一个月的干草了，它们将不能再有奶喂小羊羔。

二

最为严重的是瓦图·纳卡伊的妻子维图娜在两三天之内就要生产，他们不再有干柴生火。新生婴儿有冻死的危险。如果母羊饿死，小孩就要断奶。他母亲吃干肉没有营养，在这冬末缺乏维生素，身体太虚弱，不可能有奶喂小孩。

这就是为什么忧心忡忡的瓦图·纳卡伊转过身子，朝他的老母亲看。他母亲不过62岁，但一个印第安纳瓦霍妇女，在这般年纪就已像一个皱巴巴的老苹果。她白发苍苍，眼睛紧眯，就像在沉重的眼睑后开了两条裂缝。她刚够能看清纺羊毛，一边凑近看着，一边织美国人在旅行季节要买的纳瓦霍人毛毯。白人觉得这东西很漂亮，现在，他们向被囚禁在笼子里并化为乌有的一个少数民族购买它。

瓦图·纳卡伊之所以转身看他母亲，是因为在纳瓦霍人家里，生活很艰难，智慧是老年妇女的特权。当阿帕奇人说老年妇女是个虚弱的人时，他们的表兄妹——纳瓦霍人就用一句谚语进行反驳："强者在战斗，弱者有时间观察。"这就是为什么在纳瓦霍人看来，年老的妇女能洞察一切，因为她们已留心观察很久了。所以，瓦图·纳卡伊询问他年老的母亲：

"难道您在初春时，就已知道要下这么久的雪和要刮这么久的暴风雪吗？而且不再会有取暖的木柴和喂小羊羔的草吗？"

他的老母亲想了想，然后缓慢地对那些知道她说的每句话都算数的人保证说：

"我不知道，但我父亲知道。"

"您知道应该做什么吗？"儿子恭恭敬敬地问，"您知道需要做什么才能使您就要出生的孙子不死吗？"

老人知道做法。但瓦图·纳卡伊只要有力气，就必须赶快做。首先，她要他除一只母羊和一只小羊羔外，宰掉其他所有的公羊、母羊和小羊羔。要他解剖羊的尸体，掏空内脏，将它们埋到雪地里，尽可能久地把冻肉保留下来。

瓦图·纳卡伊听从吩咐，而且不得不躲在较能避开暴风雪的洞里屠杀羊群，还应使母羊的血和融化的雪混合在一起，浸透还尚新鲜的羊粪。他的母亲说得对。于是，瓦图·纳卡伊在堆积了多年的厚厚羊粪上挖了一个两米深的坑。在挖之前，他小心地去掉表层的新鲜粪便，将它们堆成一堆。老母亲监督他的工作，当她认为坑够深了，就命令儿子将新鲜的粪便、血和雪水的混合物摊到坑里。在那上面，瓦图·纳卡伊垫上一层树枝和荆棘，然后将剥下来的一半羊皮堆在上面，让羊毛朝上。最后，母亲命令她的儿媳下到羊粪坑里，让儿子把自己也放下去。从这躲避的坑里，老太婆发出最后的指令：

"现在，你用木棍和剩下的全部羊皮盖在坑上面，只留两个孔出气。"

当瓦图·纳卡伊在洞里忙着依靠一面干燥的石墙勉强抵挡暴风雪时，气温在整个纳瓦霍地区降到了零下15摄氏度。3万多头羊被冻死，110个印第安人——男人、妇女和儿童得不到及时救助。

三

瓦图·纳卡伊关注羊粪坑，他的夫人在坑里已开始分娩疼痛。老母亲弯下身子帮助她，她们无论谁都感觉不到坑表面笼罩的严寒。老人所知道的事是从她父亲那里学来的，那是再简单不过了：羊粪与马粪是人们所称的"热粪"，比猪粪或牛粪热得多。只要在它们上面撒点水，它们的温度就快速上升。人们在冬天从未见过这个，比如在洛林，还在前不久，人们在厨房的门前保留过一堆覆盖着雪的羊粪。雪在上面融化，使羊粪发酵，它释放出来的热量，使处在零下25摄氏度的母鸡感到欢乐。

瓦图•纳卡伊的母亲知道这做法，所以要儿子在洞底摊开新鲜的羊粪让它们发酵，混合着雪水的羊血应该帮了他的忙。那层荆棘和树枝以及羊皮在保护母亲和小孩抵御潮湿的同时，促进了发酵。纳瓦霍老人通过儿子在一个卫生空间里，极其简单地设置了一个羊粪保育箱。1941年4月14日，纳瓦霍小孩就这样诞生在一个暖乎乎的羊粪坑里，像诞生在最现代化的人工孵化箱里一样。而此时附近各地，在方圆数公里的地方，人和牲畜可能都冻死了。之后，纳瓦霍老人命令她儿子在洞口用湿柴燃起一堆火，向救援队伍发出求救信号。因为掺杂干柴的湿柴在慢慢燃尽时会产生大量烟，这对一个印第安人来说是最基本的常识。

四

但最出奇的事是老太婆命令他儿子杀掉所有的羊，只保留一只母羊及其小羊羔。保留一只母羊是为了使剩下的少量草料够一只羊吃，以便让它产奶。但为什么只留一只小羊羔呢？当瓦图·纳卡伊的儿子在羊粪坑里诞生时，老太婆按习俗用牙齿咬断脐带，然后用一根在她嘴里咀嚼过许久的羊毛绳将脐带扎紧，因为唾液能使伤口愈合。紧接着，她命令儿子杀掉最后一只母羊的小羊羔，将它肢解。于是，她把新生婴儿包在小羊羔皮里，这样让婴儿吸母羊奶时不至于被母羊拒绝。因为母羊能辨别它们的小羊羔气味。我们的阿尔卑斯山的牧羊人也懂得这个做法。

就这样，瓦图·纳卡伊的小婴儿在救援者来到之前，在羊粪摇篮里和精疲力竭的母亲、聪明的奶奶以及提供羊奶的母羊一起生活了两周多，父亲不时地为母羊投下干草。救援者发现坑里的温度是15摄氏度多，而坑外是零下12摄氏度。

瓦图·纳卡伊的儿子现在是俄克拉荷马州纳瓦霍人的酋长。为了纪念他的出生，他取名"TEEC-NO-POHI"，即羊粪的意思，因为羊粪并非那么令人不齿。我们回忆一下吧，在圣诞节的马厩里，我们总要将一个婴孩搁在干净的稻草上。爸妈拿来的这草本来是不应干净的。对小孩来说，这难道不是一头牛和一头灰白色的驴子的粪便发出的热量吗？但我们始终不能领悟教义里面的固有含义。

大象的使命

一

驻扎在加拿大森林里的大马戏团，经太平洋铁路来自美国明尼阿波里斯市。对于全团人员来说，这是一次距离遥远、道路坎坷不平、让人难以忍受的旅程，他们只受到唯一的希望的鼓励：赚取必需的钱，过几周安静的生活。

这是一个规模庞大得绝无仅有的大马戏团，是一个本世纪初将各种演出，包括假冒人类怪兽、真的野生猛虎、巨大的锁链破坏者和可怜的小丑混合在一起的大马戏团之一。

马戏团驻扎在加拿大森林边缘的温尼伯小镇，这个异想天开的想法是马戏团的经理巴特尔先生的主意。

在温尼伯镇及其地区有1000个伐木工在伐木。这1000人在一年中有大半时间与世隔绝，生活在无娱乐之中，像牛马一样干活——砍树、锯木和拉木头。

每个座位卖1美元，马戏团可收获1000美元，因为伐木工人全都会来看戏。另一方面，巴特尔先生估计，在破烂的赶集的木棚里演出能获得双倍的收入。他甚至无须做广告，伐木者之间的"达姆达姆"的吆喝声已在传送，在方圆100公里的林区回荡。

1911年夏天的最末一个周日，不出所料，与预料的相差无几，伐木工来了约1000个彪形大汉。这1000个伐木者都是些和木头打交道的粗人和北美设陷阱捕毛皮兽的猎人，他们拥入马戏团安置帐篷的镇子里。演出预定在下午3时进行，但聚会自早晨就开始了。它成了加拿大伐木工人的节日，一个巨大的、突如其来的、大家成桶地灌啤酒、到处挥拳打斗和高兴喊叫的节日。这是1000个放松身子的巨人为过快乐的一天所表现的惊人场面，其中身体最羸弱的人高兴起来，用斧头20分钟也许会砍倒一棵大树干！

数月以来，这些猛汉只是砍树、劈木头，拖着木头直奔特快列车。他们既不认识女人，也无娱乐，在冬季来临之前，他们想要的只是女人和娱乐，其他什么都不想。

二

1000个被泡啤灌得酩酊大醉的人大喊大叫，在马戏团的有篷马车之间散开。他们仔细察看笼子里的老虎、大象、熊、小丑。他们拍掌欢呼一切，玩弄一切，大把大把花钱。马戏团的经理巴特尔先生搓着手，觉得他错了。将近下午2时，一些伐木工像蜜瓶的苍蝇一样麇集在赶集商人的临时木棚旁，因为那里有供发泄的东西。

一个配备一个喇叭的矮个子男人一边向观众大吹大擂，一边介绍一个叫赫尔克里的巨人。这赫尔克里滚动着他那惊人的二头肌，表示不用5分钟看谁能把他打倒，而且使他双肩着地。竞争对手众多，投注者在伐木工中间进行。很快，几下拳头解决争论，然后获胜者在欢呼声的拥戴下爬上马戏团的圆形演出台。那人叫亚瑟·勒让蒂，高1.9米，重110公斤，偌大的躯体上长着一颗十足的山羊头。赫尔克里的身体和他同属一个模子，但赫尔克里有技巧，有市集格斗的经验。

战斗开始时，有二十来人在呐喊，接着来了100人，此后来了200人。后来，他们相互践踏，爬上二轮马车观看。很快，在如此这般的嘈杂声中，不再知道谁在鼓励谁，谁在赌谁。

在拳击台上，什么拳都允许打。赫尔克里举起亚瑟，把他当成一个粗俗的球。亚瑟辱骂赫尔克里，并高兴地喊叫着朝赫尔克里的肚子冲过去……但几分钟过去了，谁也没有赢。格斗者鼻子流着血，双眼紧闭，就像驾车飞跑的马一样口吐泡沫。但5分钟后，小个子裁判轻快地敲响了锣，宣布战斗结束，并以略带刺耳但很坚决的口气宣布赫尔克里获胜。于是，一股埋怨的抗议声从无数人的心胸中迸发出来，认为赫尔克里没有赢，没任何人倒下，而且伐木者不同意打斗的时间，5分钟对他们不合适。照他们的意见，这时间滑稽可笑。但小裁判坚持裁判结论，而且像疯子一般地敲锣！因为他不愿付20美元的赌金。这也不是付钱的问题，而且他从不用付钱，因为赫尔克里总是赢。于是，他声称赫尔克里赢了，因为他没有倒下。

他的讲法相当在理，因为赌注是要在5分钟把大个子打得双肩着地。因此这正直的小裁判有理。但为了这微不足道的20美元，他太冒失了。因为他的固执掀起了一场真正的动乱！不知是谁抢走了小裁判的锣，而且它被十来个伐木工抢来抢去不见了。于是没了锣，打斗在台上台下再次爆发开来，因为大家对一致的分歧都不认同……

三

马戏团的经理巴特尔先生感到灾祸降临，叫人敲锣宣布马戏演出开始，而且派了跑道上的几个人去恢复秩序。但枉然，愤怒的伐木工人掉转身子攻击新来的恢复秩序的人。于是，这次吵架变成了一场对垒战，一边是加拿大的野蛮人，另一边是该死的美国佬。一边是1000人，另一边是二十来人。气急败坏的巴特尔先生让马戏团的主力部队出击，即他的空中杂技演员、手技演员、表演平衡木的演员和其他丑角演员，共72人投入战斗。即使是好莱坞大导演塞西尔•B•戴米尔也不可能导演得比这更精彩。

赶集商人的临时木棚被打得碎片横飞，嗜酒的人将他们的啤酒桶砸碎飞到另一些嗜酒的人头上。人们操起一切可做武器的东西：叉子、小木棍、钢丝、锤子和铁锹等乱打。企图制止骚乱的骑警队仅有的中尉被拉下马，伴随他的6个人被铁棍痛打了一顿。

打架的人群现在占领了马戏团的帐篷，一根桅杆在危险地摆动。接着，另一根也在动。绳子松了，巨大的篷布在摇曳，犹如一个巨大的飞行物飘了数秒，很快，在1000个愤怒的伐木工的强大推拉下塌下来。突如其来的灾难并未平息任何人，恰恰相反，双方人员继续盲目地厮打。而且，一种十足的疯狂蔓延到伐木工，其中绝大部分是喝醉了酒的人。其他的人因害怕也大打出手。这是一场名副其实的大破坏。最糟糕的是，四分之三打架的人甚至不知道为什么自相残杀。此时逃到一辆有篷马车底下的巴特尔先生突然看见喷出大火，大火不管你情愿与否迅速蔓延，吞噬帐篷和沿着木棚奔跑。而温尼伯的一切全是木头，且森林环绕着镇子，如果火烧到树林，将不会有一个活着的人出来报告灾难。

而且，已有窒息和被踩死的人，人们在他们身上继续斗殴。巴特尔先生朝火车站方向逃，那里有装马戏团牲口的车厢。因为一个绝望的不顾一切的念头升上他的心头——把牲口放出来，放出真的猛兽来平息打斗的人。如果任凭战斗如此发展下去，几分钟后将不再会有活着的人。因此，他必须做点事，不能无所作为地让他们的人被打死。

巴特尔沿着铁路溜跑。他打开兽笼，吆喝着让受惊的、多疑的、从来没有人为它们这样打开门的牲口出来：六只狮子、两头猛虎、两头豹子、四只鬣狗、一些狼和白熊，在巴特尔的鼓动叫唤下它们投入了战斗。

四

刚开始，感到意外的伐木工和它们对峙着，因为他们人多并不害怕。他们用长矛、铁叉、铁锤、铁棍武装起来迎击猛兽，而且他们发出的嘀嘀隆隆的吼叫声强过野兽……巴特尔看见狮子像猫一样逃走了，老虎在人潮面前后退，一只豹子被10个人同时用脚践踏。一个伐木工一拳一拳地单独和一只鬣狗战斗。无人知晓战斗结局，因为人和动物被人群踩扁了，吞没了。那儿成了地狱。巴特尔看见一个衣服被撕破的小丑、一个吓疯了的走钢丝的女演员、一位哭泣的小伙子到处乱跑……伐木工现在朝他们挺进，他们想摧毁一切。马戏团、小镇、节庆变成了世界末日。

于是，巴特尔想到最后可以做的事，那是最后的手段、最后的办法。这个办法和1000个愤怒的伐木工的庞大人群一样骇人听闻。这个办法重以吨计：大象，有五头大象。它们圈禁在那边，在另一帐篷下，和赶象人待在200米以外。人们听到它们在紧张地嗷嗷叫。

巴特尔先生飞跑。这是他最后的机会，即使这机会是疯狂。必须要赶象的人下决心，必须猛攻伐木者的队伍。

第一头大象坚起象鼻慢慢服从了。于是其他大象跟随。身着印度服的赶象人高高地坐在象脖上，发出咔嗒咔嗒的简单语言，驾起7吨重的皮毛。五头7吨重的大象以40公里的时速向前冲，在稠密的、惊慌的、无法逃遁的人群中踩踏，将他们无情地碾碎。

怎么抗击这些啥都伤害不了它们的、被陌生人率领的庞然大物？毫无办法。这一次，伐木工人在疯狂中后退了。但太晚了，排成一行的五头亚洲大象在5分钟内所能践踏的东西让人不寒而栗。

因此，必须认真清点一下在温尼伯镇的死亡人数。很久很久以后，巴特尔先生本人被加拿大法院判处死刑：他在1911年夏天的一个星期天，有意识地无视1000个野蛮的伐木工人的生命有罪，放掉大象致12人死亡和100多人受伤应受到惩罚。

在温尼伯镇，几个当时是小孩的老人还忆起大象的使命。人们有时向聪明的游客讲述此事。

飞 毯①

一

1971年1月1日，在美国俄亥俄州克利夫兰的一间装有毡子门的精神病医生的诊所里，父亲和儿子对峙着。父亲霍华德，45岁，儿子米歇尔，14岁。

父亲对精神病医生说他为什么认为把儿子给医生带来是适当的，因为一段时间以来，米歇尔很好斗。他睡不好、吃不好、穿不好，说话和回答问题很糟糕，无法和他一起生活。

"从何时起？"精神病医生问。

父亲思索着，而儿子却回答："从父亲把我从外婆家接出来。这也是他要讲的！"

---

① 飞毯：在所罗门王和阿拉伯民间神话传说中，有一条厚厚的毯子，能带着人在天上飞起来，在天上遨游。译者注。

　　父亲蹙蹙眉头，提示医生即使在他面前，他儿子的好斗性已到了什么程度，尽管如此，依然可通过补充一些重要的细微差别来证实这种反映：米歇尔是他的独生子，自两年前他夫人去世以来，他把儿子寄养在外祖母家。而今年他重新结了婚，想把儿子重新带到身边，自此做什么都不合他的意。他回复他岳母说，儿子让他很费劲，他行为像个坏蛋。讲了症状后，他等待医生诊断。

　　精神病医生诡谲地摇摇头，他明白了。天哪，这多么简单！他让父亲出去一下，在他舒服的诊所里悄悄地询问孩子。米歇尔的说法是什么？专业秘密，父亲不会知道它。但诊断会表明。科学家会做出全部详细的、谨慎的职业解释：

　　"先生，很显然，小孩子患了情感上的神经官能症。为了让你懂得我的意思，我将它暂时称为'父亲官能症'。我不会给您上一堂课的，但您放心，一种精细的精神分析法将查明一切，一周要检查一次。您来我这里看病做得对……患情感神经官能症的人越年轻，越是好得快……"

　　这样父亲就放了心，摆脱了全部责任。因为杰出的专家说得对，米歇尔是神经官能症。如果他回答不好，这不是他的错，他将因此非常高兴不受责备，而且可以重新回他外婆家度假。只要不忘记每星期一要做一次小小的精神治疗就行。

　　实际上，米歇尔对此满不在乎，他只看到这一切的一个好处，那就是将回到外婆家度假。

二

外婆莎拉是个了不起的外婆，是个75岁的杰出的老太太。自从失去丈夫又失去女儿后，多年来她一直独自生活。然而莎拉外婆却不是一个忧愁的外婆。她对生活中的一切充满激情：小孩、鸟、猫、人、音乐、风和雨。她钟爱她的小外孙，敞开胸怀欢迎他来度暑假。他们一起度过的岁月无论对他还是对她都非常精彩。她失去了女儿，孩子他失去了母亲，他们在不幸中重新聚在一起，相依为命。他们毫无病态心理，相反很友爱，他们一起快乐、聊天，组织二人诗会。外婆总是对女婿说："这男孩需要温存和梦想。他是我的小宝贝，是我的血脉，我比您更了解他，您只是他父亲而已！"

今天，莎拉外婆和小外甥亲热一番后，看着站在她正对面的女婿说：

"孩子有什么不好吗？"

女婿讲了精神病医生的观点，同时叹息着赞同医生的意见。

"什么乱七八糟的！"外婆说。

但女婿坚持说："有必要进行精神分析，这是真正的神经官能症。米歇尔必须每周一次坐到精神病医生的长靠背沙发上进行检查。"

好啦！好啦！外婆生气了，满脸通红。

神经官能症，她的小外孙？照这么着，全美国人都患神经官能症了！

对14岁的一个小孩进行精神分析，是因为小孩失去了妈妈和他外婆不适合他吗？她太幼稚和什么都不懂吗？而她在小家伙心里，她处在妈妈的位子置上还不够热心吗？这完全是欣喜若狂地发现心理分析和精神病学的弗洛伊德以来，那些专断的精神病医生测量美国人的无意识的愚蠢行为！这绝对不行。米歇尔不会患她称作的"该死的警察精神病"。让他们双双都安静些吧，他们心里很清楚，没有这200美元的精神分析调查费该如何生活？

外婆叫米歇尔：

"小伙子，什么东西能使你高兴地改变你的想法？"

"坐飞机旅行！"

"好，就这样！"外婆决定，"明天我们就出发。既然是坐长沙发还是坐飞机？那就坐飞机吧。再见，亲爱的女婿，我们将会寄明信片给您！去问问您的精神病医生好吧，他是喜欢黑白照片还是彩色的？"

三

外婆决定的事就是她使他下决心的事，他们出发。因为外婆有钱。她和她丈夫在这个到处是工厂、位于现在被污染的伊利湖边的克利夫兰市工作了一辈子。他俩是一间乳品店的店主。外公去世后，她继续独自经营。现在她75岁了，银行里有数千美元的养老金。因此，她的养老金，将来就是米歇尔的。

当天夜里，外婆莎拉就去银行取出一些美元，用现金买了两张飞往纽约的机票——从那以后，他们将好好瞧瞧。第二天，他们飞过大西洋，按照旅游指南，他们选择阳光之城特拉维夫。

米歇尔热爱飞机。他觉得从天上俯瞰大地和看它存在的问题没什么可怕的。外婆和外孙讨论问题，在午餐托盘里捞油水，扭着脖子看舷窗，谈天说地，就一朵云彩谈哲学。一到达目的地，他们又高兴出发。

"其实，"外婆说，"这不是重要的旅行之目的，这是自我旅行，是放逐心情。我们重新出发？"

"重新出发！"米歇尔非常高兴地说。

他们几乎不花时间去喝水、寄一张明信片给爸爸，就掉头横跨大西洋，又回到他们的出发地——肯尼迪机场。

就这样，他们开始了为期56天的自1971年8月7日至9月3日的奇怪经历。

外婆莎拉决定的治疗方法大大地优于心理医生的治疗法，她成了她外孙会飞的外祖母。她和他在一起，在同一架来回飞越大西洋上空的波音飞机上，在纽约和阿姆斯特丹之间，度过或几乎度过了不间断的56天。

他们甚至不再在护照上盖印戳，这没有用，在地面上办手续让他们浪费时间。他们宁愿在机场内度过数小时的等待，航班一宣布就重新出发。"上我们的飞毯。"老太太说。外婆只同意在对航班时刻有绝对需要时才住宾馆。在这种情况下，他们双双住进靠近机场的阿姆斯特丹的弗罗默宾馆，而且总是住103号房。

但是，这种停留是特别的，大部分时间，他们生活在空中，在空中睡觉、吃饭、聊天、欢笑。大地离他们遥远，天空是属于他们的。时间在昼夜流逝。外婆花费了全部现钞，为这56天、在纽约和阿姆斯特丹之间的160次旅行，花费了7000万旧法郎。唯有一次，焦急的父亲到俄亥俄州机场去看他们。外婆去清空了银行账户。父亲刚来得及呼叫和看见外祖母和外孙向他愉快地用力挥手时，嗨！他们又出发了，朝着飞往纽约和阿姆斯特丹的方向飞走了。

四

在该航线的飞机上，机组人员提出问题，这位白发苍苍、戴玳瑁眼镜的老太太和她那个长发飘飘的英俊小伙子每天总是坐在那里，坐在他们的每个航班上，真是奇怪。人们甚至想他们是在做不正当生意。海关搜查他们，当然无结果，他们笑嘻嘻的。

对海关提出的每个冒失问题，外婆都微笑着回答，而米歇尔却说：

"我们之所以回到这里，是因为外婆忘了关水龙头！"

现在，他熟悉驾驶舱如同熟悉自己的口袋一样，但他从没长久离开莎拉外婆。他们聊天，聊什么？聊些无关紧要的事，聊天气情况、鸟、大海和云彩。很显然，米歇尔坐在这飞毯上的样子比坐在精神病医生的长沙发上快活多了。外婆不谈神经官能症，谈生活。他们手牵手地爬楼梯，横穿飞机跑道，高高兴兴地系上安全带。在56天中，他们在大西洋上空飞了160个来回，飞了约80万公里。米歇尔聊得开心，吃得好，问题回答得好，他提着外婆的行李箱，帮助外婆就座。

9月3日，在阿姆斯特丹弗罗默酒店103号房，他帮助外婆躺下去死。从阿姆斯特丹去纽约时，外婆的心脏再没有跳动起来。最后一次旅行成了单程。米歇尔守候了外婆一整夜，第二天，他通知酒店老板，办理手续，打电话告诉爸爸，取消他如往常一样本应从事的旅行——某航空公司22时出发、从B出口登机的514航班。他长大了，像大人一样行事了，他沉浸在巨大的悲痛中。

在等待父亲期间，他撵走想要他讲述和外婆莎拉一起旅行56天的故事的记者。

"让我安静些吧……请。"他还补充了一个"请"字。

"你好吗？"父亲问，"我很担心，一个像你这般年纪的孩子处在这样的情势中这太疯狂了。"

"行了。"儿子回答，"您不必担心，精神病与这里面的事毫不相干，让我们永远一言为定。现在我们可以回家了。"

梦魇成真①

一

1945年8月18日，如许多士兵一样，詹姆斯·普里姆罗斯刚才收到了复员的命令。

作为派遣到美国太平洋部队的英国皇家空军上校，他离开他在伦敦郊区里士满的小住宅已有5年。

詹姆斯·普里姆罗斯是在马尼拉收到这个命令的。在回到英国之前，他举行了一个小型鸡尾酒会，庆祝这一事件。当他和一小群美国空军朋友闲谈时，他背后有人讲的一句话一下子打断了他的谈话。他刚才非常清楚地听到有人这样说：

"您认识詹姆斯·普里姆罗斯先生吗？嗯，他昨天在一次飞机失事中死了。"

————————————

① 原著名：《明天会死去的人》，译者注。

这种笑话能煽动一个男人，他就枉为英国人，尤其是当说话的人坚持说下去时。

"可怜的上校，我想他是住在里士满。"

普里姆罗斯做了一个请原谅的手势，转身站到莱金斯——一个英国皇家空军指挥官，即他的一位朋友面前。他看着他，激动地让手中的酒杯掉到地上粉碎。

他的面色由红变紫，最后他脸色大概会变蓝，如果上校不无顾忌地拍拍指挥官的肩，以明确表示他与这鬼魅之事没打过交道的话。

"你瞧瞧，莱金斯，不要这样激动，相信我，这样更好些，首先对我更好些。"

指挥官转动着惊愕的眼睛，最后终于说出话来。他请求原谅，说很抱歉，并重新说：

"不！我想说的是见到你很高兴，最后见到你真是愉快之至……"

被要求说明原因的莱金斯，说前一天晚上他做了一个梦。在梦里，一切都是那样清晰，触手可及，致使他一觉醒来，认为那是真实的再现。

有人给指挥官重新倒了一杯酒，他的尴尬让人看了难受。

"给我详细地讲讲这事吧。"普里姆罗斯说，"我对你的故事非常感兴趣，这种垂死的事是不能讲给所有人听的。"

于是，莱金斯简洁地描述了这事故。

这事故发生在可怕的暴风雪清晨，在充满黑色礁石的海滩上。飞机不得不灾难性地降落，大海卷起狂澜，在礁石上爆炸。

"什么型号的飞机？"上校问。

"一架道格拉斯飞机。"

普里姆罗斯嘘了一口气。

"我在飞机上吗？"

"是的，与另一个穿便服的男人和一个女人，当然还有机组人员。这是一个可怕的故事。"

"没有幸存者？"

"没有，飞机散架了，着了火。我突然惊醒了。"

上校对莱金斯的肩膀友好地打了一拳：

"好吧，老朋友，您将我的飞行推迟了一会儿。其实，我今晚才乘道格拉斯飞机出发去上海。承蒙美国驻菲律宾空军司令官的关照，机上只有我一人，当然是和机组人员在一起。"

大家笑谈此事，莱金斯指挥官继续表示歉意。喝了最后一杯酒后，普里姆罗斯上校回到宾馆收拾行李。

二

当他在等吉普车送他去军用飞机场时，看门人给他送来一封通讯，美国驻菲律宾空军司令官的秘书摩根请他帮忙：

"先生，《每日镜报》战地记者克拉克先生急着回伦敦，将军问您能否同意在道格拉斯飞机上带上他。您看可以吗？"

怎么好拒绝这个，当然他很愿意。但突然间一个人影在他眼前显现，那克拉克是由他夫人或一个女秘书陪同吗？

"他独自一个人吗？"上校问。

"是的，他一个人。"

尽管上校不信迷信和超自然现象，但詹姆斯·普里姆罗斯突然发现自己宁可信其有。

"好吧，让他20：30到机场美国空军办公室吧。"

在约定的时间里，上校身着便装认识了《每日镜报》的记者，那是一个可爱的年轻人，普里姆罗斯立刻庆幸自己获得了这样一位讨人喜欢的旅伴。

办完启程手续后，两人登上道格拉斯飞机。机舱在他们身后关上了，但几乎马上又重新打开了，美国空军警察局的一个宪兵出现在飞机上。

"请原谅，上校，请问您的确是去上海吗？"

"肯定。"

"基地指挥官问您是否愿意捎带明天一定要抵达上海的一位医生，那医生误了飞机……"

面对普里姆罗斯眉头皱起的脸，宪兵急忙补充说：

"当然，如果这不打扰您的话。"

当上校还在犹豫可否同意时，一张最迷人的面孔镶嵌在舱门上。

"我很抱歉强加给您我的到来。"

这是个三十来岁的有着金黄卷发、笑容满面的女人。普里姆罗斯先生能做什么呢？他能制造什么理由拒绝她呢？何况克拉克已经异常灵活地帮助她登上了飞机。在这一刻，上校很想说出真相，讲述莱金斯的梦，然而他又怕被耻笑。他不想说给愿意听而不迷信的人。于是，上校帮助那妇女坐定。一会儿后，道格拉斯飞机除了机组人员外，带上三个穿便装的人——两个男人和一个女人起飞了。

三

第一段航程非常顺利，乘客半睡半醒，沉浸在马达的轰鸣声中。

之后，机长罗森上尉走到上校身边，拍打他的肩膀。他手里拿着一份气象报告。

"先生，天气很坏，我们将试图绕过障碍物。当然，我们将会有些颠簸。"

作为航空兵的老手，普里姆罗斯朝无线电广播收到的气象指示瞟了一眼。其实这没有什么了不起的，但这必不可少的绕行将会丧失宝贵的时间，而且无任何说明这绕行将足可避开龙卷风。

"我们不能从障碍物上面飞过吗？"

机长指出，他们已经处在5500英尺高空，而且在飞机上没有氧气。

道格拉斯飞机开始绕行。一个小时后，需要面对的现实是，如果想在上海着陆的话，必须在大气强烈的震动下穿过。

机长命令束紧安全带，飞机冲进云层。在4小时里，犹如进入地狱一样，飞机不停地从一个空气洞里穿入另一个空气洞。两个乘客病了，只有上校经得起考验。然而，他不时地，不情愿地透过舷窗向外瞧一瞧，预备看见雪和礁石。因为现在他们愈是向前走，他愈认为莱金斯的预兆梦正在变为现实。

四

飞机顶着暴风飞行，飞行高度愈来愈低。它现在正在云层下飞行，大家清楚地看到黑云在翻滚。突然下雪了，而且到了黎明时的海岸。机长罗森走到乘客面前说：

"我们再没有汽油了，需要马上着陆！大家都到后面去。"

"何必呢？"上校心里想，"不会有活着的人。"尽管如此，他还是服从命令。他解开安全带，站起身来，突然一惊：

"你在那里干什么，你？"

在机舱尽头，在一块篷布后面，在通常存放货物的地方，一个年轻的印第安人蜷缩在那里，全身颤抖着，嘴里嘟哝着一些含混不清的语言。一个地下乘客！当机长催促乘客在机舱后面位置集中和进行自我防护时，普里姆罗斯先生将他身边年轻的印第安人推向前。罗森机长将毯子分发给大家用来当作软垫抵抗冲击。

上校帮助年轻人躲避。一个巨大的希望刚才从他心中升起，他们不再是三个穿便服的人——两个男人和一个女人，而是四个穿便服的人。这样，莱金斯的梦里就出现了破绽。道格拉斯飞机，暴风雪，礁石，大海，机组人员，一个女人，好吧……但我们却是三个男人。

机组人员过来和乘客聚在一起。舱门大开，罗森机长独自操纵飞机，让飞机高速着陆。

飞机进行第一次冲击，接着进行另一次更猛烈的冲击，响起一片震耳欲聋的声音。然后静下来，死一般的寂静。

"快出去！"

普里姆罗斯重新表现出他上校的派头，命令：

"必须赶快离开，飞机有爆炸的危险。"

机长在操作中昏厥过去了，他的腿折断了。大家将他拖出来，刚好在飞机着火前将他抬到一块礁石后。而在那边，詹姆斯·普里姆罗斯以无限感激的心情，看着年轻的印第安人。

人们不相信迷信和不相信超自然真是徒然，有些巧合令人困惑不解，特别是当梦以差不多的细节，以梦魇的形式成真时。

寻找女儿

一

　　老里卡多拉着他的两轮大车到城市酒店前，停在停车场的小汽车中间。

　　他非常震惊，已好几年没踏足博洛尼亚城①了，快10年了，那还是在战争前。

　　他甚至难寻到去市政厅的路。现在，他要和一个警察发生争执，警察不许他把大车停放在小汽车的位置上。

　　里卡多滔滔不绝地解释说他去市政厅请求办理市集演出证，并出示了他的街头演员证书。

　　里卡多是一位木偶戏业主，他的主要演员和布景安放在大车里，剧本装在里卡多的脑袋里，总是演一样的故事：一个女

---

①　博洛尼亚：法国和意大利著名边境城市。译者注。

的，两个男的，其中一个是富人，另一个是穷人。

里卡多的台词背得相当好，使故事演绎得动人心魄，而且台词随着他的心境而变化。但主题只有一个：女的抛弃了穷人，跟着富人跑了，她是被诅咒的。

警察和里卡多之间的争论持续了一刻多钟，最后他不得不移开大车，因为像他这样的穷人常常是没有理的。

而且很明显，对里卡多来说，今天是有麻烦的一天。他感到博洛尼亚市政大厦的所有行政人员为他的一些小事而一致对付他。

这会儿，他的身份证既然过时了，他就应返回22号窗口办理，而在22号窗口，办事人员却向他要出生证。于是他返回27号窗口，然后又到12号专供流动小贩的窗口。

幸好，对出生于博洛尼亚的里卡多来说，在不停的等待中大约用两个小时终于解决了问题。考虑到全面情况，这也是合理的。

于是，他获得了新的出生证，上面写着：里卡多·泽里，1882年10月8日出生于博洛尼亚，街头演出艺人，居无定所，鳏夫。

直到如今，里卡多在其出生证上写的是已婚。对行政部门来说，就算他的妻子和另一个什么人跑了，他也无任何身份变化。为什么叫鳏夫？里卡多重新排队要求为他解释奥秘。而人们向他解释，在重新办证和核查记载的批注时，人们发现他的妻子于1949年2月5日突然死了，就是说，在两年前，在法国的佩皮尼昂死了。就是这样。

里卡多40年来未见到他的妻子，成了鳏夫。他哭，蹲在市政厅大堂里的石板地面上哭。他不是哭他的妻子，而是哭他的女儿。他的妻子40年前带着她仅有几个月大的娃娃跑了。

当他随便在每个村子和城市进行长途旅行时，他向左右行人询问是否有人认识一个名叫卡尔勒塔·泽里的妇女。他认为她待在意大利某个地方，心想总有一天会和她重逢。他日复一日等待，深信不疑。

但如今，他在哭泣，如果孩子的母亲到了法国，如何能找到小孩的踪迹？即使她向孩子承认她存在一个流浪汉父亲，他没有她的地址，甚至不知道她是何面目，怎么能找到她？

市政厅的人看到老里卡多哭泣，很同情。他对他说："您知道，在社会关系一栏的记载中，有一个关于您已故妻子的地址。这个地址可能不再有效，但谁知道呢？"于是，里卡多手里捏着一张写着法国某个地址的字条走了。

二

对于耍木偶戏的老里卡多之外的任何其他人来说，办事可能不会那样复杂，写封信或做一次旅行就可能解决问题。但写信，里卡多不识字；旅行，里卡多没有护照。在那个年代，意大利不会发护照给他这种人。他甚至无权跨越一处边界，只能勉强瞭望边界另一边的云。

里卡多还是去了邮局，付了100里拉给代书人。

他付100里拉是因为信要写得很长，而且为了写这样一封信，他简直需要向写信人讲述他的一生。而那个被顾客的不幸感动的代书人在十分同情之时，也不会忘记加倍要钱。

在这封信中，里卡多阐明他是女儿的父亲，他哭泣和寻找她已40年。他希望她健康，祈求圣母玛丽亚在他死前至少让他见到她一次。这一切，成了老里卡多的情感表达和代书人的文采表现的复杂混合物。里卡多将信投入了邮箱，而且他决定无论发生什么事，不再离开博洛尼亚。因为他提供了市政厅的地址，他就更放心了。而他是个居无定所的人。

时光荏苒，过去了许多日子、许多星期，准确地说过去了七周。

里卡多不再希望会收到回信。但信却来了，贴着怪模怪样的邮票，来自远方。

"从南非来！"人们对他说。

市政厅的人非常荣幸地给虔诚得像做弥撒的里卡多读信。

是他女儿的信，是她写的。女儿说她母亲死时确实说过她父亲，并要她去找他，而她也尝试过，但无人给她意大利的地址。

里卡多的女儿表示，她将路过欧洲做一次旅行，提议在文帝米利亚火车站见他。因为他不持有护照，不能到境外旅行。她还说她将会发一封电报告诉他何时到达那里，如果里卡多同意会见她的话。

里卡多花200里拉寄了一封电报到南非，再付50里拉给代书人，请他端端正正地写好电报，包括极为复杂的地址。

这封付费昂贵的、写得很拙劣的电报说：

"以圣母玛利亚的名义，你给我写信吧，文帝米利亚火车站酒店。你父亲。"

里卡多取出大车，将它搬上火车，放到一节车厢里，第二天到达文帝米利亚，住到车站酒店里，焦急地等待回音。他几乎花费了全部里拉买了一套西装和一顶新帽子，因为他不想显得很寒酸。

多年来，他用木偶在意大利自南至北的所有村庄中讲述的故事就是他的故事。他的妻子有一天跟着一个泥瓦匠富人跑了。她带走了小婴儿，从此，他再没有见到她们任何人。有时，如果里卡多愿意的话，故事让人笑；有时，如果他需要的话，故事让人哭。

三

三周后当回电最后来到时，老里卡多·泽里简直高兴得发疯了。因为电文说：

"我将坐星期四首班车抵达文帝米利亚。"

里卡多不知道首班车是什么首班车，是哪里来的首班车。车站里的人告诉他首班车有十几趟列车。于是从星期三晚上起他就等在车站里了。

来电附后说:"我穿一件灰色大衣,提一只黄色手袋。"她女儿一切都想到了。里卡多驻扎在车站的大堂里,尽可能预先告知所有的人,对车站的每个工作人员他都讲述他的故事。他告诉站长、铁路工人、海关人员。对于每辆车,不管它来自哪里,他都急急忙忙冲进车厢里,上前和所有的妇女搭讪,即使和那些不穿灰色大衣、提黄色手袋的妇女也交谈,他是那样害怕错过女儿。

随着旅客络绎不绝地出来,可怜的木偶戏的表演者——里卡多在文帝米利亚车站里转来转去。看热闹的人聚拢起来。这一次,里卡多不用木偶讲,而是拿出信给大家看和讲述。说他有一天如何娶了一位漂亮的博洛尼亚洗衣女并和她生了一个女孩,那女孩如何漂亮、美丽,好似出自童话中的仙女。他后来说来了一个叫利佐的坏泥瓦匠,那家伙很有钱,可耻地勾引了他年轻的新娘。他甚至想采取强烈的措施,像在戏里一样,要求增加一场决斗,而他甚至尚未交战就让美丽的妻子和漂亮的小孩走了。因为他没有钱,也不够狡猾,而且清楚地知道这丝毫改变不了事态的进展。

在每次讲述中,故事一次次改进,一次次加工。里卡多和受感动的听众每次都冲上开进文帝米利亚站的火车。

他首先感动了全候车室的人,然后吸引了站台上所有感到烦闷的人。此事在站外也传开了,许多人都来看怪物一样的里卡多,来分享他的欢乐。一位记者事先得到站长的通知,偕同一位摄影师来了。随着时间的推移,在这个1951年9月星期三至星期四的夜晚，观众不断壮大、壮大，他们汹涌而来，好像上帝要显灵了。

四

当从法国开来的早上7点30分抵达第1站台的首班列车远远出现时，观众至少聚集了1000人。

里卡多·泽里和仰慕的人群朝车子冲去，因为他们已冲过别的车子，而且每个懂得意大利语的游客都知道发生了什么事。旅客一个个涌出来，最后出来的是她。一位待在后面的女人，站在月台上，身着灰大衣，晃动着黄色手提包。她高挑个儿，棕色头发，四十来岁，好像在找什么人。

无数的人同时从胸腔里迸发出巨大的呼喊声："那是他女儿……他女儿！"

意大利著名影星——女神索菲娅·罗兰①要是在文帝米利亚下车，仰慕她的人也许不会比这更热烈！

年轻女人的样子显得很惊讶，然后不好意思，之后不高兴。老里卡多正如他曾想象过的那样不敢冲上前去拥抱她。年轻女人伸出手，里卡多恭敬地握住它。因为那大衣非常高贵。

会见在站长办公室进行，交谈有点别扭，因为观众在门外

---

① 索菲娅·罗兰（Sophia Lozen）：1934年生于罗马，意大利著名演员，以性感偶像崛起，成为战后最成功的国际影人。1992年获奥斯卡终身成就奖，被誉为世界上最具自然美的人，意大利永远的女神。

期待会见结果。应该有一个结果，这是显然的、正常的、必需的。这样一个故事结果无论好坏，都会引起轰动。一切都要为此而集合在一起，即一部令人扼腕的电影剧本、一个能引起联想的背景、一群热情的观众、一个值得称道的主角，都将集中在精彩的一场戏里：《父亲40年来未见到他女儿》。

40分钟刚过去，生于利佐、嫁给南非工业家的卡尔勒塔·内克尔重新坐上了去日内瓦的火车，在那里没有人特别地在等她。这是第一辆从文帝米利亚开出的火车。

站台上站着一千个失望的人和一个像木偶一样内心欲哭无泪的人。因为故事没有结尾。

齐柏林飞艇①

一

　　1916年1月31日，威廉·伯顿登上停泊在多佛尔港的阿尔伯特国王号拖网渔船的甲板上。他对自己的命运感到很满意。他三十来岁，是一个漂亮的小伙子，肌肉发达，甚至是身体强健的人，而且也是个不值得人怜悯的人。在他那个年代，与他同龄的朋友在法国战壕中或多或少都死了，而他未被征兵。因为即使在战时，也不是所有健康的人都被招募。那些从事国家生活必不可少的一项职业的人避开了入伍，其中一些渔船老板就是如此。

---

①　齐柏林飞艇：是一种硬式飞艇的总称，是德国著名飞船设计家斐迪南·冯·齐析林（F·zepplin）伯爵在20世纪初期制造。一战时被德国用作致命的空袭武器攻打英国，英国一度对它毫无办法。译者注。

威廉·伯顿下令准备设备出航，他要去北海捕鱼数天。当他的渔船出海时，他心里在想："但愿不要碰到德国人。"因为威廉是个一点也不喜欢麻烦的人，可是一个大麻烦正好在他上面6000米高空酝酿产生。在那上面的苍穹中，一艘德国L-19型号飞艇正飞过北海。在艇上，合乎规章制度的全体艇员接受艇长乌戈·卢安克的指挥。乌戈·卢安克是个漂亮的男子汉，三十来岁，同他手下的所有人员一样，勇敢、充满活力。

飞艇是今日博物馆的物品。它属于航空史前的东西，有点像恐龙。如同恐龙一样，成了它们巨大的牺牲品，消亡了。

但人们特别容易忘记的事，是这个装置上的生活条件。飞艇在1914年至1918年间第一次世界大战中易受到可怕的攻击。为了保护自己，它们只有一个办法：注意飞行高度，尽可能飞得最高。在那高度，飞机无法飞到那里，大炮打不到那里：6000米高。这是个安全的保障。但同时，这对飞艇人员来说真是个痛苦的折磨。在那高度裹上比如到极地探险的保暖衣服，即使在盛夏，也会冻得要命。

需要很大的勇气和与众不同的好身体，才能当飞艇的机组人员。

二

1916年1月31日，身着保暖衣服的艇长乌戈·卢安克和他的飞艇人员在北海上空缓缓向前飞。艇长很忧心：天气异常寒冷，大概低于零下30摄氏度。缺氧使他和他的人员，难受得可怕，他们憋得满脸通红，眼球突起，呼吸困难，要通过晶莹的冰粘住的嘴唇呼吸。乌戈·卢安克知道，在如此寒冷之时，他手下的人不是唯一受损的对象，机器也一样，而且更严重……早上6时，飞艇的第一个发动机骤然停止了，它无法抗拒冰冻。半小时后，第二个发动机也转不动了。一会儿后，悲剧降临，稳定系统开始受阻。巨大的机器只剩下一堆不受驾驶和无法控制的一堆铁家伙，徐徐向北海坠落。

最后，L-19型飞艇像一朵巨大的白莲花趴在水里。幸运的是，在这1916年12月31日早上，大海格外平静、光滑，恰如一面大镜子。

艇长乌戈·卢安克和他的14位艇员费尽全力爬上轻轻漂浮着的庞大飞艇龙骨上。他们满怀信心地等待救援。北海是人们经常来往的地方，一艘德国船定会前往收容他们。但如果那是英国或法国船，就倒霉了，他们将成为俘虏，但总算得救了。

三

早上9时10分时，英国拖网渔船阿尔伯特国王号的船主威廉·伯顿突然一惊。大海寂静，天空晴朗，可是在正前方，有一个巨大的白色云状物贴在水面上。

阿尔伯特国王号船主朝这奇怪的云状物驶去，在靠近时看见一些小黑点在白色云状物上晃动。起初，他不愿相信这东西，后来不得不承认，这确实是德国的一艘飞艇及其艇组人员。

10分钟后，阿尔伯特国王号到了距漂流物几十米的地方。飞艇艇长乌戈·卢安用流利的英语和渔船老板通话：

"您可以给我们派一艘救生艇吗？"

威廉·伯尔顿看着这些落难者，他们是些德国人，而他从未想过要碰到他们德国人。在这种情况下，他做出了最坏的反应：害怕。

"我不能。你们人太多，我没有位子……"

乌戈·卢安克船长紧紧抓住巨大的白色飞艇，满怀信心地说："不，你们有位子。我们只有15人，我们将会待在甲板上。"

威廉·伯尔顿摇摇头："不不，你们对我们来说人数太多了。一旦上船来，你们就把我们俘虏了。再说，不管怎样，你们是德国人。"

乌戈·卢安克站起来，直走到飞艇的顶端，将右手放到胸脯上："我向你们发誓，我们愿意做您的俘虏……我郑重其事……我们没有武器……"

但威廉·伯尔顿不听他的，再也不听，他不愿找麻烦。要知道，他在那里是为了捕鱼，不管怎样，是官方要求他继续干这一行的。那么他与这一切有何关系？这不是他的事。他，不是士兵。他会回到多佛尔报告军事当局。这是他的责任，别的什么都不是。他干脆下令："掉头！"

拖网渔船重新发动机器，在行驶中，进一步靠近飞艇经过。德国人在那里，离他们只有几米远。有几个德国人跪下来恳求，另外一些人摇晃着他们拥有的毫无用处的马克——钞票。船长乌戈·卢安克提高嗓音，压住他手下人的叫喊声，始终用同样无可挑剔的英语说：

"以团结互助的名义吧……我们是您的俘虏……以人道的名义吧……您没有权力这样……"

几分钟后，渔船老板威廉·伯尔顿重新平静下来。人们再也听不到叫声，白色家伙消失了。他们重新可以去捕鱼了。之后，他们只须去报告。

四

人们从飞艇扔到海里的瓶子里的信息，知道了飞艇的最后结局。他们一小时接一小时地讲述了他们垂死挣扎的情形。英国渔船走后不久，一场暴风雨降临。最后的信件签上乌戈·卢安克的名，他非常冷静地说：

"1916年1月31日下午4时，飞艇仍浮在海上，指望救援。要不，只有靠万能的主了。吻我的妻子和我的孩子。"

威廉·伯尔顿回到多佛尔港，报告了当局。港口指挥官在冷冰冰的寂寞中先听了他的报告，然后干脆对他说：

"先生，我希望您永远不要有一天自身碰到困难。如果您发生此事，而且恰好您被一只德国船只收容，我不愿设身处地为您着想。"

果然，威廉继续捕鱼没多久，在遇到飞艇不足两月后，即1916年4月25日，阿尔伯特国王号渔船在北海被一艘德国战船击沉。威廉和他的全体船员被救起，成了俘虏。

在那一天，大概没任何人设身处地为他着想。然而，他只是羞愧得半死。作为俘虏，他受到很好的待遇，且战争一结束便回到了他的家乡。

他带回去的是永受责备的良心。

最接近天堂的地方①

一

在法属波利尼西亚小岛上的海滩上，有两人驾小船出海。他们出生在这个名叫莫皮蒂的珊瑚岛上，至今从未离开过它。他们是两兄弟，哥哥30岁，弟弟29岁。

他们自童年起就一起生活在莫皮蒂岛，在那儿过着贫穷的生活，因为在该岛没法种什么重要作物。他们是在同一天结的婚，每人都有妻子和一些孩子。老大有6个孩子，弟弟有4个。但1954年6月22日这一天，他们决定离开莫皮蒂岛，去60公里以外的波拉波拉岛。那是人间乐土，有可耕种的土地，两兄弟决定去那儿安家种西瓜。但由于这实在是冒险，而且开始时将很艰苦，他们决定只他们俩先去。

---

① 原著名：《既无鲜花又无项饰》。译者注。

于是，他们乘一条7米长的小船离开潟湖，穿过滚滚波涛，尽可能远地向他们的妻子和孩子发出信号：

"回头见！……回头见……"

这次起航，既无鲜花，也无项饰：这不是从塔希提岛①坐邮轮出发，而是两兄弟乘一条小机动船，远离贫穷的珊瑚岛。他们随身携带的全部食物就是一瓶水和一些西瓜……他们吃掉西瓜瓤，将剩下的西瓜子播种到波拉波拉岛。60公里算不了什么，而且大海风平浪静！小船上有两台发动机，他们是那样有信心，既无须带帆，也不用带桨。哥哥名叫特马努哈，弟弟叫纳图希语。

夜幕降临，当莫皮蒂岛消失，眼看着要靠近夕阳下的波拉波拉岛时，他们看见了一条鲨鱼。这鲨鱼跟着他们，尾随其后数米远。它大约有两米长，已是条大家伙。但它在那儿没什么可令人担心的。相反，弟弟对哥哥说：

"等它靠近，我们就用鱼叉叉到它，给我们做鱼干！"

因为两兄弟携带着一把长刀做成的鱼叉，与一根长棍子的棍头牢牢捆绑。而且，他们善于使用它，即使是使用在一条鲨鱼身上！只要将鱼饵漂到水上，鲨鱼就会匆匆来吞。由于它嘴

---

① 塔希提岛（Tahiti）：大洋洲东部法属波利尼西亚社会群岛的最大岛屿。这里四季如春，物产丰富，海水幽深、天蓝，因环境秀美而被称为"最接近天堂的地方"。岛民管自己叫"上帝的人"。20世纪60年代，美国电影《布恩蒂船长的反叛者》向全世界展示塔希提岛的美妙风光后，游客涌入如潮。塔希提人肤色暗红，体态健美，性格豪放，能歌善舞，尤善草裙舞。他们头戴花冠，套上鲜花颈饰。译者注。

朝下，在鼻之后，它翻身时常亮出白白易脆的肚子，只要善于用叉，两手臂一使劲就能叉到心脏所在：如果瞄得准，鲨鱼勉强一挣扎，立刻就死亡。

但两兄弟没有鱼饵！必须有一块肉才行！或者需要鲨鱼靠近，但它敬而远之，总是跟在小船两三米远……

于是，他们放弃了叉鲨鱼，只吃西瓜度日。

二

当小船的第一台发动机发生故障时，离波拉波拉岛只有十来公里。直到那时，第二台发动机还未转动过，因为他们留着它应急用，而今，尽管他们费尽力气，它就是拒绝启动。两兄弟谁也没有足够的技术了解和修理故障。夜晚来临，他们唯一可做的就是随水漂流，希望第二天一个渔民打鱼时发现他们。

但第二天，他们再也看不到地平线。起风了，他们漂到了大洋中，再也见不到一只帆影，尤其是只剩下了一个西瓜！至于那瓶水，大部分都空了。相反，他们看到他们的同伴鲨鱼自前一天起始终还跟着他们。由于现在小船在风中慢慢漂流，它也放慢了速度。有时，它似乎有点焦急，游过小船，绕着小船转，但它始终离小艇只有数米远，处在鱼叉能及的距离之外。

昼去夜来，他们再没什么喝的、吃的，唯一剩下的是他们要种在波拉波拉岛上的瓜子。他们一粒粒嗑着瓜子继续在太平洋中漂流。第三天，下雨了，两兄弟扭干打湿的衣衫、裤子，将水收集到瓶子里。这样拧了好几次，也只能收满半瓶。

一周过去了，他们节约吃瓜子维持了两天。这时，弟弟纳图希语首先开始衰竭了。他对哥哥说：

"我感觉不好了！"

很快，他神志不清。如果特马努哈感到还有足够的力气可做的话，他本可以叉到这条跟随了他们两周的鲨鱼！最终把它拉到船上，这样就可以救命了。首先他可以让纳图希语喝它的血，然后将它切成一块块肉将它们晒干。

三

有时，鲨鱼靠近小艇不到两米。消瘦、衰弱的特马努哈孤身一人待在船上面对弟弟的尸体。而鲨鱼始终待在那里，在等待。它似乎一开始就在等待他们中的一个将另一个扔到海里！但特马努哈仍保持清醒的头脑，他比弟弟更具反抗性，而且对将他兄弟的尸体当作食物扔给那始终等在那儿的，且肯定是它给他们带来不幸的该死的畜生很反感！

特马努哈和他的弟弟只差一岁。他们一起长大，一起玩耍，相亲相爱，他们一起工作，有共同的愿望。他不可能有目睹鲨鱼两三口将弟弟的尸体吞下去的做法的想法！但在太阳底下晒了一天后，出于显而易见的原因，他不可能总将弟弟的尸体留在船上。他心里十分清楚，他自己大概也只能活两三天了。但在此期间，他必须处理好弟弟的尸体，因为他再也受不了了。于是在将纳图希语的尸体放到海里之前，他试图远离鲨鱼！他费尽最后力气用鱼叉拍打水面，威胁它，咒骂它。

但毫无用处，鲨鱼的鳍始终在那儿出现，它潜下去或重新浮出来，总是离船两三米，准备随时扑向尸体。特马努哈瞧瞧兄弟的尸体，又瞧瞧鲨鱼，于是，他突然明白了应该如何做。不管怎样，他兄弟已经死了。无论如何，鲨鱼将会吃他！于是，他抓起船里的一根绳子绕着尸体从腋下把它绑起来。然后，他准备好鱼叉，只留下一米长的绳子，他把兄弟的尸体推到水里！

白光一闪，鲨鱼猛扑过来。它翻转身，肚皮朝上！特马努哈抬起双臂，鼓起最后力气，怀着对这畜生的满腔愤怒和仇恨，最终将鱼叉叉进了他知道的那心脏的地方！

于是，被突然一击，鲨鱼当即死亡。

这样，也只好这样，特马努哈让兄弟的尸体在蓝色的海水里漂走了。

四

精疲力竭后，特马努哈开始重新喘过气来。然后，他利用鱼叉和绳子，费了好长时间的努力，冒小艇数次被打翻的危险，最后将两米长的鲨鱼拉到了艇上。他剖开鱼肚，开始喝它的血，然后用鱼叉的刀刃将它的心脏全部切成一小块，吃了些。到了第二天早上，他恢复体力后，将切成一块块的鲨鱼脊肉放到太阳底下晒，就像人们晒鳕鱼那样。

就这样，他坚持了150天。每次下雨，他都通过拧衣服把水收起来，用来吃鱼干！或者用一块鲨鱼干当鱼饵捕新鲜的鱼吃。

1954年7月6日，即6个月零6天后，特马努哈看见了一个珊瑚岛。他在小船被珊瑚碰碎之前就跳到水里，被距他出发地莫皮蒂岛2000公里的萨摩亚群岛的马努哈居民救起。他体重从83公斤降到42公斤。

9月13日，即在他出发七个月后，特马努哈被一架军机送回塔希提岛，最后乘坐帆船回到莫皮蒂岛。

很多年后，特马努哈最终去了波拉波拉岛，按照他最初的愿望在岛上播种西瓜，以此养活他的妻子、六个孩子以及他弟弟的寡妇和她的四个孩子。他把这一切都告诉他们，而每个人都懂得他们将来都有可能做同样的事。必须用死去的人拯救活着的人。因此，波利尼西亚人——纳图希语被宣布死亡，既无鲜花，也无项饰。

被显示过圣迹的女人

一

当马德莱娜·贝尔坦有气无力地在街上走过时，有谁注意到她？她低头走路，好像想躲避人的眼光，却没有人想看她……

马德莱娜·贝尔坦30岁，但她也完全可以说是20岁或50岁。她属于人们说的看不出年纪的人，大概是因为她长得太丑了……这不是因为她相貌上有一种特别的令人不快的东西。她丑，是一种面无光泽、不可言状的丑，如此而已。

实际上，她在她那个省的小城里过得很好。那是一个不热闹、在这1924年夏天毫无生气的城市。那个城市什么都没发生过，就像她的人生一样，默默无闻。

至于讲到马德莱娜·贝尔坦，还真有一件奇事。

她过独身生活，也不工作。几年前，她失去了双亲，父母的遗产够她过活。她甚至无须靠找朋友谋生或从事一项职业。从一开始，好像命运就注定她要一生孤独。

但如果有病，这一切就毫不管用了。她从未治愈过她的老结核病和一连串的后遗症，它们随着年深日久，只能日益加重。病集中在腿上，上面布满了无法治愈的伤口，使她痛苦万分。走路对她来说是一种折磨，而且在某些日子里，她甚至不能离开房间。

于是，马德莱娜•贝尔坦到她唯一可待的地方中避难：宗教信仰。她以她可怜的三十来岁年纪，做基督教教理宣讲夫人已经数年。当她的腿能支撑她时，她会整天待在本堂区教堂里照管书籍。

神父全力支持她，鼓励她忍耐和期待一个更美好的世界。贝尔坦小姐知道，可惜没有其他解决办法，她对这样一个世界毫无希望。

二

然而有一日，神父在做完弥撒后对她说："小姐，您应该去伦敦，在那里人们获得了出乎意料的医疗成果。"

马德莱娜•贝尔坦思索了很久。她既害怕这遥远和艰难的旅行，也害怕将要接触到的所有人，她一直是单身过的……

神父的提议慢慢被她重视，她做出了决定。

他帮她登上了火车。三天后，神父看见他的一个信友极其激动地跑到教堂里来说：

"神父先生……贝尔坦小姐！她发生一个奇迹！我刚才打电话给伦敦的一位女友得知的……她能走路了！"

是的，这是个奇迹。在小城里，消息很快传开了，真正引起了大轰动。从未发生什么事的城市，最终发生了一件大事。什么大事：一个奇迹！在1924年那时候，人们对马德琳·贝尔坦很可能罹患精神与身体医学之类的疾病毫无概念。对他们来说，她用少许时间就变成了比市长、省长更重要的人物，比主教更受尊敬：她是个圣迹显灵治愈的病人。

三

为此，一周后，当马德莱娜·贝尔坦从伦敦回来时，几乎全城的人都到车站欢迎她。在欢迎队伍的头排，在市管乐队旁边，理所当然地站着市长和主教大人。火车减慢了速度，停下来，圣迹显灵的病人出现了。

一股巨大的欢呼声立刻响起来，盖过了乐队的起奏声。贝尔坦小姐轻快地从车厢踏板上跳下来，一个小姑娘急忙上前给她献花。她捧着鲜花似乎不明就里的样子……她看着那人群，那黑压压的月台。人们第一次从她可憎的面孔上看到了一脸笑容。

马德莱娜·贝尔坦站在那里，晃动着胳膊，高兴得眉飞色舞，喜气洋洋。

现在，市长致辞。她像是在梦里，听到市长讲的只言片语："这是我们城市的光荣，光荣惠及我们每个人！"

不，这不可能！市长先生在所有的人面前正在谈论的人不是她。但不，正是谈她。她的名字就像诗歌叠句一样不断被提起："马德莱娜·贝尔坦……贝尔坦小姐……马德莱娜……"

现在，主教大人走向她，握着她的手，长久紧握不放开。他拥抱她，激动地、情感四溢地、尊敬地与她讲话……

马德莱娜·贝尔坦在欢呼声中穿过人群。她不再知道是在向谁笑。人们拥挤着亲近她，从四面八方呼叫她的名字。人们好像把请求她简单地看他们一眼当作一个巨大的恩典。

是的，这是个奇迹，而且它完全超出了单是治疗腿的意义。她，这个无名的、无足轻重的人，成了全市人民的光荣。现在，大家都认识她、赞美她、爱她。

现在，需要摆着姿势让摄影记者拍照。

"笑一笑，贝尔坦小姐……往这边看，小姐……"

需要回答文字记者的提问。有些记者甚至来自巴黎。巴黎，那是她从来不敢去的地方。对她而言，那是个神秘的、难于进入的地方。而现在人们却从巴黎为她而来……

第二天，更令人惊讶的是，至今只读一些虔诚书籍的马德莱娜·贝尔坦小姐却购买了本地区和首都的全部报纸。这些报纸到处是"卢尔德市的圣迹显灵的人""一个神奇的康复者"等大标题。尤其是，她的照片刊载在头版，她过去为之羞愧的、无人关心的面孔现在在那儿微笑。

她在设想，这一刻所有在看她的读者都在说："你看见了吗？这是马德莱娜•贝尔坦小姐……"

她刚才一下子从平庸的人变成了名人，从无名氏变成了知名人士。

日月飞逝，日常生活重新开始。但在她的本堂区教堂里，现在有数十人，数十人等在那里看她。她迈着敏捷的步子走进教堂。

生活多么美好！人们多么可爱！

每晚，马德莱娜•贝尔坦小姐做着甜蜜的梦……

四

过了三个月。现在，报纸不再谈她了。新闻很任性，它不断需要新的头条新闻。在她那个城市，人们对她已习以为常，她经过时不再回过头去看她，不再急忙上去和她握手。于是，贝尔坦小姐重新开始低头走路了。

就在此时，第二次事件轰动了这个小城。

1924年圣诞节前不久，一条新闻爆炸了：一个可耻的家伙刚才散发了用粗俗的字眼谩骂马德莱娜•贝尔坦小姐的特别恐怖的匿名信。不但她自己亲自收到此信，市长、主教大人和市里的重要人物也都收到了。

报纸又重新提起贝尔坦小姐。现在，她能习惯回答问题，而且能坚定地揭露所有那些不相信奇迹的人，和为此毫不犹豫地破坏一位正派女人的荣誉的人。

当然，警察进行了一番调查，但调查毫无结果。匿名信仍继续了一个月，谩骂始终凶猛而粗暴。之后如同它们突然出现一样又突然停止了。但此事搞了很久后，媒体报道以厌倦这单调无味的社会新闻而告终。媒体只不过偶尔用一些花边新闻提及它。

又过了几个月，小城市恢复了老样子，贝尔坦小姐重新变成从前的她：一张陌生的面孔，一个看不出年纪的女人。美丽的东西能使人年轻，也能使年轻得而复失，但丑陋与生俱来，与死同往，永远没任何人关注她。

然而，人们又将谈起贝尔坦小姐，而这一次是在可悲的情况下谈论的。

1925年4月14日，行人在离教堂不远的人行道上找到了她。她流了许多血。在送她去医院前，她从容地说："有一个人攻击我，我看不到他的脸，他用刀砍我。"

于是，马德莱娜·贝尔坦小姐再一次成了报纸的头条新闻：《可恶的谋杀——攻击圣迹显灵的人！警察干什么啦？》。

警察茫然不知所措。因为医生检查受害人的结论，无论如何都令人尴尬："伤口非常轻微，不过是些抓伤。她可能是自己用力把自己搞伤的。"

于是，人们到贝尔坦小姐家中搜查，发现和匿名信一模一样的信纸，在吸墨纸的垫板上，人们不难读到匿名信残存的内容。在警察盘问下，贝尔坦小姐崩溃了："我不愿人们忘了我，我希望人们像从前一样继续关注我。"

她企图笨拙地解释她的行为动机。痊愈后，她这个平凡的、默默无闻的、不可思议的名人感到非常突然。但当她逐渐回到默默无闻的生活时，她感到她需要这种荣耀。她曾在荣耀中品尝，在不知不觉中陶醉。她需要不惜任何代价要人们继续谈论她，需要人们继续在报纸上看到马德莱娜·贝尔坦的名字和她的照片，让人们在马路上认得她和向她回过身……

长期以来她准备过匿名和献身生活。但自刚讲的事发生后，这已不可能。她最终活下来，不愿再死去。

司法机关对马德莱娜·贝尔坦是仁慈的，只是在原则上课以罚金。这事发生在1925年，从此以后，人们再也不谈论她。

总之，真是见鬼了

一

1931年1月31日，莫德·杰斐逊给邮递员开开门，邮递员有礼貌地问她：

"您是杰斐逊太太吗？"

"是的，我是杰斐逊的遗孀——杰斐逊太太。怎么啦？"

"因为有一张汇票给您，请在这里签字。"

真是奇了怪了，谁会给莫德·杰斐逊寄一张汇票呢？并无任何人欠她的钱呀。莫德只有一些远亲，而且她只有每季度末才领取遗属养老金。她上次的养老金汇款已于12月31日抵达，下一次的将要在3月31日才到。这张汇票是她一点也没想等到的呀。

"这汇票是多少钱？"

"100美元，夫人。"

"100美元？谁会寄我100美元？让我看看汇款人的名字吧！"

邮递员拒绝道：

"夫人，对不起，请您先签字，然后我把汇票给您。"

莫德·杰斐逊满怀困惑地在收据簿上签了名。邮递员交给她100美元和签收回执。她查找汇款人地址，却不见其地址。但收款人确实是莫德·杰斐逊，不可能存在错误。收款人地址也是她的地址：费城宪法大街173号。

莫德·杰斐逊白费劲寻找，这100美元是个谜。她没有孩子，没有借钱给别人，她因此莫名其妙。

由于莫德·杰斐逊是个诚实的人，而且此事让她忧心，于是第二天她去邮局服务窗口做说明。然而很少有人从这个窗口长时间地讲述这种事。窗口的女营业员对她说：

"夫人，请听着，您已领到了100美元是吗？这好呀，那您还抱怨什么呢？如果没有寄款人，我不可能编造出来呀！您应该最了解谁会寄钱给您！再说，这个窗口通常是给未收到汇票的人来询问的，没有窗口给那些收到了一张汇票的人来抱怨！……再见，夫人，问您家人好。下一位！"

莫德·杰斐逊是一位矮小、平和、不好争执的寡妇，人家这样说也就算了，于是她平静地慢慢地回了家。她替那位邮局女职员向她的猫问了好，因为猫是她唯一可以转问好的"人"。然后，她自言自语地说："这100美元，我要把它收好。搞错的人会发觉的，会来要回的。"于是，在猫疑惑的目光下，她将这100美元放到蛋糕盒里。她等着。

等了一个月，应该说不满一个月，因为2月28日的一声门铃声记录了这一日子。她打开门，啊，邮递员！

"请进，邮递员先生，小心猫。我猜您为汇票而来的吧？我很清楚。您知道，我把钱保存起来了！毫无疑问，肯定有人想起这笔钱了！我去拿给您，请只等一分钟，我把它搁在厨房里了。"

但邮递员拦住了她：

"不，夫人，我不是来要求您退钱的，您错了，我是又来送您一张汇票的！"

这下子，莫德·杰斐逊生气了：

"我跟您说，这事说到底是个错误。我不认识任何会寄钱给我的人！这一次是多少？"

"100美元，夫人，和上次一样。您签不签收呢？由于总是没有寄款人的地址，如果您不签收，一年之中，这钱就等着报废。之后，它就变成国家的了。您可以先领取嘛！"

莫德·杰斐逊又一次自言自语地说："确实如此，我有点儿笨。暂且保留这钱也好，等日后再说。"莫德是个生活俭朴的寡妇，在美国也有一些生活拮据的遗孀，尤其是在1935年。她丈夫以前是个工人，她每季度只有一份微薄的寡妇养老金。她已六十六岁。总之，她同许多美国人一样是"拉着鬼尾巴"过日子的人——生活艰难。

　　所有这些都说明她有一定的优点，在猫变得无所谓的目光下，她把新的这100美元和先前的100美元一起存放在蛋糕盒里。

二

　　而汇票连续不断寄来。在3月31日、4月30日和接下来的日子里，每月底都看到邮递员和那100美元汇票的出现。而且始终无寄汇人的地址。但四个月后，莫德·杰斐逊心里说："哎，见他的鬼吧！蛋糕盒里已有400美元了，我来动它一点点看。这不会持续，有人将会向我讨回，但我会用我的养老金补上，我从中只拿取一点点儿……"

　　于是，她从里面拿了一点钱，如同偷了一块蛋糕。她拿了100美元，用了10美元。在猫厌恶的目光下，她羞耻地把找回的余钱放回蛋糕盒子里！

　　此后，不可思议的事继续着。一月月过去，莫德·杰斐逊夫人每月继续收到没有寄款人地址的100美元。

　　凡事有个尽头。第一，蛋糕盒里已开始爆满。其次是因为莫德·杰斐逊生活艰难，她在那堆美元中已开始抠出一些"窟窿"，这可不仅仅是为了能盖得上蛋糕盒子。总之，她心想，这是见鬼了，反复见鬼了！她讨厌去弄明白，为什么一定要弄明白呢？证据就摆在那里，在票子中。

　　就这样，莫德·杰斐逊开始慢慢地将这神秘的100美元纳入她每月考虑的小预算中。起初，她希望这些美元停止寄来，但半年后，出乎人之常情，她期待这些钱不断寄来。于是她用这些钱逐步改善自己的生活。这每月的100美元相当于那时的400~500法郎，使她能在"煮熟的菠菜里加点黄油"——吃得好一点。何况一个工人的寡妇没钱买黄油，煮熟的菠菜总是有点干。

这样一年年过去了，日本人打来了，战争爆发了。莫德•杰斐逊每月继续收到这神秘的寄款人匿名的100美元！战争结束了，她的猫死了，新的一只猫来了，汇款还是接踵而来，积聚起来。确切地说在1935年到1957年的22年中，莫德•杰斐逊每月都收到100美元。有好一段时间她不再问这是为什么了，有好些时间她不再把那些钱放进蛋糕盒里了。

三

1957年2月23日时，有人敲她的门。

23号可不是送汇票的日子。莫德•杰斐逊迈着碎步走到门口，她现在已88岁了。她打开门，看到两个穿黑衣服的人。

"请进屋，先生们，我得把门再关上，因为有猫。"

两位黑衣先生非常小心地向这位年迈的老太太解释说，他们是纽约一家事务所的代表。1935年，他们尚未接管的这家事务所当时执行了一位名叫托马斯•米利甘先生的遗嘱，这先生在制鞋业里发了大财后去世了。

其中一位先生问：

"夫人，米利甘鞋业对您毫无意义吗？不，就像对大家有意义一样。只是这事如何对您说呢：1934年，米利甘先生死时将他的遗产传给他的继承人，但其中有一小部分遗产属于赠送。他委托这家事务所作为遗嘱的执行人，每月将100美元交付给一个名叫莫德·杰斐逊的女士，直至她离世。这个女士在他青少年时，似乎曾对他有过亲切'关怀'。"

另一位黑衣人也面有难色地问：

"夫人，您从未亲切'关怀'过一个叫托马斯·米利甘的先生是吗？"

莫德·杰斐逊已88岁高龄，已过了遇事易怒的年纪，她平静地说道：

"先生们，我只是对我丈夫给予过您所说的亲切'关怀'。我丈夫是个电焊工，他23年前从脚手架上掉下来死了。除了他，我一直保持严肃认真。当然，有时候，我也为此遗憾。不过，我从未认识你们的托马斯·米利甘先生。"

两位先生严肃地随声附和：

"我们完全这样认为，莫德·杰斐逊夫人。您瞧，碰巧的是在这22年中，前事务所把您和一位住在波士顿的莫德·杰斐逊夫人混淆了。由于我们是刚接管事务所，对一切进行了检查，于是我们发现了错误。因此，事实证明，您在22年中非法地246次领取了按月支付的100美元的款项。据此，您必须偿还24600美元！利息还不包含在内……"

莫德·杰斐逊看着猫，对它说：

"您听到了吗？巴瑟扎德。当初你不在，这是真的，我从未对你讲过。"

巴瑟扎德瞧着它的女主人，它金色的眼睛满是茫然。莫德叹了一口气说：

"先生们，在蛋糕盒子里我余下上个月的8美元，仅此而已。如果你们想要，我可以交给你们。至于其他的钱，我已88岁了，只有这套小公寓和每季度的寡妇养老金。你们只管对我提出诉讼好了，我将会死在这前头。我丝毫不是反对你们，但一切都考虑好了，你们听着，我的猫和我，我们要对你们说：'这真是见鬼了！'"

在吞下这句又软又硬的"真是见鬼了"的话后，两位先生在新来的猫漠然视之的眼光下摇着头走了。

四

这事在美国报界引起巨大反响。因为另一个莫德·杰斐逊夫人——那个真正关怀过亿万富翁的夫人被找到了。她始终活着，已72岁，在一下子得知自22年前她每月本可以收到100美元后，便大吵大闹，要求立即连同利息全部收回这些钱。

于是，乱成一团麻的司法战斗开打了，彼此反唇相讥。正巧有一位想为自己做广告宣传的年轻律师找到了两位莫德夫人，说服他们聘请同一位律师，即是他。他对她们说：

"在这案件中，你们不要对着干！让我来处理吧！"

她们果然让他处理了，诉讼结果如下：

第一场官司：一家法院认为有猫和蛋糕的莫德·杰斐逊夫人有理。她无须偿还钱款。因为这笔钱既非一笔贷款，也非一笔付款，而是一份馈赠，没任何人要求她偿还这笔钱。无论她是否值得拥有，无论她是否亲切"关怀"过已故的亿万富翁，都丝毫改变不了这一案件。

第二场官司：美国税务机关起诉莫德·杰斐逊未申报22年每月100美元的收入。因此，要求她补交这笔数额的30%的所得税，再加上10%的罚款，还要加上罚款的利息，每年按10%计算。但一家新的法庭再次判莫德·杰斐逊胜诉，说她不必对一份礼物交税。因为据第一次判决，这笔钱是一份礼物，而不是收入。

最后一场官司：第三家法庭宣布莫德·杰斐逊（和她的猫）不欠任何人的钱，因为这是事务所自己弄错了。因此，它要对莫德·杰斐逊及其亲切"关怀"负责。因此，这家事务所也被判支付后者共26400美元，以及按10%计算的22年的利息，准确地说即29000又40美元。为此，一个已故的富翁给两个孤独的老妇送上了双份惊喜：

一个是因承认了其"关怀"。

另一个只因说了"总之，真是见鬼了"！

这不是（有一点儿）一回事吗？

·

睡觉的小女孩

一

　　在一艘黑白相间的航行在雾中的大邮轮上，一个小女孩在睡觉。这是7月25日，在离加拿大不远的美国东海岸的海面上。这艘邮船是当时世界上最大、最漂亮的邮船之一。不管怎样，它是意大利最现代化的轮船。它是崭新的、不沉的，不会燃烧的轮船，如同四星级酒店一样豪华。所有的杂志都这么说。

　　小女孩三岁半。正如人们说的那样，头一觉她会睡得很酣。现在是晚上11时。她妈妈大概将近9时就把她放到床上。可能是因为小女孩睡上铺，她妈妈不得不通过梯子让她爬上去。小孩总是愿意睡船形床，睡上铺：这更好玩，必须爬。因此，应相信母亲是睡下铺的，必须这样认为。否则，怎么好解释将要发生的令人惊奇的事？

　　大邮轮在雾中以40节，即70公里的时速破浪前进。对于一个重30000吨的铁家伙，在海上，这速度惊人。它也许应行驶得慢一些，因为它是在浓雾中航行。如果没有雷达，它也许会慢行，但它有一个超完善的雷达。船长为什么还要担心呢？在这一地区游弋的船都有雷达。因此，它们相互能远远看见，即使在雾中也能回避。

　　就在几分钟前，雷达显示有一条从相反方向来到的船。在雾中，它将从继续以74公里的时速向前冲的意大利大邮轮的左侧通过。意大利船上有575名船员，载有1134名乘客，其中包括54舱睡在她妈妈上铺的小女孩。这不是一间最豪华的船舱。它没有朝海的舷窗，而是面向内部的一条纵向通道。因此，它从邮轮侧面与一间十分宽大的较贵的舱房分开：强调这一细节，是为了部分地解释将要发生的事。只部分地解释，是因为要发生的事是绝对闻所未闻。

二

　　意大利大邮轮船长在雷达里看到那条迎面开过来的、将要从他左边穿过的船靠近了。他用无线电通知它，不是为了告诉它"注意，您穿过我们会靠得太近，请离开点"。没任何理由用无线电讨论这事，这应该由雷达来指挥。但雷达显示，对方的瑞典船足以从左边通过，因此没有理由担心，而且两边的无线电正在用英语闲聊："您好，纽约现在的天气怎么样？"等等。

瑞典船也是条漂亮的邮轮，比小女孩睡觉的意大利邮轮小，没那么豪华。它来自纽约，载有460位乘客，有206位船员。它在雾中以18节的速度向前进。它的船长同样不担心什么，他在他的雷达上看到意大利邮轮一步步从他的右面越过。

这里有什么东西错了，必须反思一下。两条船就此反向而行。意大利船长在他的雷达上看到瑞典船将从他左边穿过！为此，瑞典船长也应在其雷达上看到意大利船将从他左边穿过！当你和一辆汽车相交，而你在开车时，你在左边！两辆车相交时，彼此都应出现在对方的左边！按理说，这是两条邮轮应该发生的事情。但是莫名其妙。如果意大利船长看见瑞典船要从他左边穿行，而瑞典人，他看见意大利船要从他的右边穿行，这绝对不可能，或者说其中一个船长后来在撒谎，说那些不可能、不应想象的事。或者说人们常称呼的两个雷达之一的"基准线"——表示船头到船尾的那条轴线，完全是假的。

在这一点上，我们永远也不会知道真相。不管怎样，双方在闲聊的无线电丝毫都没讲这反常的事。全都因为两位船长在雾中都相信自己的雷达，认为这事相当正常。

于是，这两艘大船用雷达彼此看到，用无线电相互交谈，一方直奔另一方。两艘邮轮的乘客和水手加在一起，共有2375人，其中一条船1709人，另一条船666人。他们一些人猛烈地冲向另一些人。两船以相加的速度58节，即107公里的时速在茫茫大海中即将相撞！

三

　　在两条邮轮上，许多人正在跳舞。每一条船都有它的管弦乐队。另一些乘客正在睡觉，就像意大利船的住在54舱的小女孩一样。此时已深夜23时，对于一个三岁半的小孩来说，她至少自两小时前就应开始睡。

　　至于睡在下铺的妈妈，想必也睡了，除非她开着一盏小灯在阅读。这些我们永远不得而知。在这间舱房里，只有她和她的小女孩。小孩的父亲在纽约，他明天早晨将会到码头迎接她们。

　　现在是23时7分。两条大船彼此相距两英里，即不到4公里。它们以相对时速107公里彼此冲向对方，现在离相撞仅剩两分钟，意大利船上的小女孩始终在酣睡，就像发生在这个年纪的小孩身上那样沉睡，尤其是当海风使他们困倦和他们已玩了一整天时。

　　意大利船长突然惊跳起来，他丝毫不明白，在雷达屏幕上，瑞典船始终出现在左边！但现在在雾中，他看见一艘船闪着漫射光往右边开来！这真是发疯了。那船不仅往右边来，而且朝着他们开来！意大利船长后来不管怎样都是这样说，他就这么解释为什么他将他的船推向左边，避开瑞典船！

　　但谁会相信呢？瑞典船长说的正好相反。他说看见意大利船往左边来，他觉得很正常，因为在海上必须这样交叉而过！但他看见它还是靠得太近些，因此，就如航海规定的那样命令它不要靠近，推向右边。与此同时，意大利船却推向左边。在54舱总在妈妈上铺睡觉的三岁半小女孩正处在右舷船头，即船头右侧。就在她睡觉时，瑞典邮轮为穿过冰山而加强的艏柱就像山嘴一样，以巨大的冲力冲进了意大利右舷船头。艏柱穿过第一批舱房，冲碎了两个水密舱壁，差点儿冲入54号房。3万吨的邮轮由于突然的冲击慢慢地被抬起，其船头再掉到海里。

四

令人惊愕的事发生了。在最后关头，瑞典船长让机器后退，这显然是太晚了。而且碰撞后让机器全速后退，将意大利右侧船头的艏柱拔了出来！船首后退，将从下沉的意大利船舱里扯下来的扭曲的废钢铁带了出来。在这扭曲的一块废钢铁上，一位水手瞧见一床铺上睡着一个小女孩。在床铺稍低处，还有一个血淋淋的女人身体在平衡。水手急忙冲上去首先抓住了那一动不动的小女孩，将她递给他的同伴，同时也尝试去抓那妇女的身体。但太晚了，妇女的身体滑走了，掉到了海里。无论如何，那是小孩的母亲，因为那肯定是她，她已经死了。

于是，瑞典水手转身看他的同伴，在不可思议的事情面前，两人目瞪口呆。被瑞典船首带过来的、睡在意大利邮轮54号舱的三岁半女孩全身毫发未损，甚至无擦伤。但这还不是最令人惊奇的，最令人惊愕的是她始终在睡觉，甚至尚未苏醒。神奇的童年睡眠让她独自躲开了灾祸，但至少让她经历了这场恐怖。

　　第二天早上，意大利安东尼亚·多里亚号①邮轮——就是它，在14艘救生船中间沉没，其中有法兰西号救生船，它救起了753人和瑞典斯德哥尔摩邮轮。后者艏柱损坏了，但未处危险中。在斯德哥尔摩号睡觉的三岁半小女孩醒了，立即用意大利语喊叫妈妈。

　　她妈妈在前一天晚上肯定对她说过："好好睡觉，宝贝，明天见！"

---

① 安东尼亚号是意大利航运的一艘大邮轮，1953年做处女航，1956年与瑞典斯德哥尔摩号相撞后沉没在波士顿外海，轰动世界。它成为远洋班轮粉丝圈最为津津乐道的邮轮之一，据此还拍成恐怖电影《幽灵船》。

曾经有个年轻姑娘

一

　　埃莱娜·吉莱遇到的事几乎是难以忍受的强暴行为。

　　有些强暴行为必须讲，因为它们可以作为样板，使我们直面自己，直面自蒙昧时代起我们是什么：是人，他试图要笨拙地定义正义和社会、男人和女人、好与坏。

　　埃莱娜19岁。这是一个名门之女，家教应该使她成为聪慧和与家族教育相匹配的人。

　　人们告诉埃莱娜，她是一个女人，应该顺从她父亲，也许有一天应该顺从她丈夫。人们也告诉她，仅仅作为一个女人，她没有全部权利，但特别拥有缄默的权利。请女权活动家别跳起来，这种事是发生在妇女几乎和猎犬一样自由的时候。

二

这是布雷斯地区布尔格乡下的一个夏日，埃莱娜在路两边是她父亲田产的市镇道路上散步。她的连衣裙很鲜艳，其肤色也很鲜艳，她以平静的步伐，在十字路口与一个男人交叉而过。

她没有注意散步者的面孔，她觉得他在40岁与50岁之间。对她来说，此人已很老了。不管怎样，他不很吸引人，她没任何理由注意他。

这是一位像她一样非常自由地在路上散步的人。

但那人停了下来，在路中央挡住了她。于是，埃莱娜试图从旁边通过，没多看那人一眼。当一个路人变得献殷勤并坚持献殷勤时，最好快通过。而这人很殷勤，比殷勤还殷勤：自命不凡，确信他男人的权力胜过过路的女人。

他衣冠楚楚，既非流浪汉，也非精神病人，既非杀人犯，也非弱智者。但他卖弄风姿，自以为很漂亮。无论如何，他自以为了不起。因为当埃莱娜试图越过他时，他从容地转过身，抓住她的胳膊。于是短暂的斗争变成通常的绝望。埃莱娜央求男人不要碰他，但她愈央求，他愈是不当一回事。她愈是挣扎，他将她的胳膊抓得愈紧。

当埃莱娜壮着胆子朝着其实是偏僻的道路呼叫时，男人掴她的耳光。在他家里，这个历史上不会留名的男人是可敬地出名。在他家里，这男人也许是个丈夫或一位父亲。如果有人像他对待埃莱娜一样对待他家一位妇女，他大概不会容忍他，可能会杀掉他。

但在这里，在偏僻的道路上，却是另外一回事。他觉得打人是终止抗争最有效和最简单的办法。因为他想要这个女人，即使她不想要他，他也想占有她。厚颜无耻的行为本来只能待在家里。她那样漂亮的人，是不会走出房子的。她不会独自在小路上散步，这是她在挑逗人。像逐猎是有些规则的。那男人这么想，怎么不会猎杀一个愚蠢地从他眼皮底下经过的猎物呢？

过了一段时间后，道路重新变得寂静无声。在夏日的尘埃中，一个细心的观察者可能发现了直通到小树林中的脚印。

就在这里，在这小树林中，埃莱娜苏醒了。她一下全明白了。

那男人断然采取预防措施，将她打昏，以免她再叫喊。

这对埃莱娜——城市里的高贵资产阶级、高级官员、企望能和最富的人结婚的小姐来说是多么耻辱。

在这点上，女权主义者为什么不抗议，因为我们那时处在女孩的婚姻唯命是从的时代。

三

然而，埃莱娜是勇敢的。重新整理一下自己的头发和护理自己受伤的面孔后，她慢慢地回到父亲的家。

大家惊慌地看着她的面孔，她却半哭半笑地讲述她想爬一堵小墙却掉了下来。人们相信了她。相信她是因为埃莱娜是个理智的、诚实的和正派的姑娘，从不会说谎。只有耻辱才能使她掩盖如此严重的事件。

更严重的是数月后，当埃莱娜刚刚庆祝完她20岁生日后，可怕的事变得明显了，埃莱娜怀孕了。

怎么办？承认全部事实？绝对不行，太晚了，没有人再会相信她，这一下，她的一生彻底完蛋了。将不会有人承认她是因为怕人说闲话而自杀。这时候，闲话会走向反面，说"她只好这样说，如果她不这样说，她就是通奸"。于是，在这个故作高傲的城市，如果她拥有一个孩子而没有丈夫，她会很快成为大家的笑柄，她向谁去求救？

在恐慌中，埃莱娜去请教一位据说是生活不道德的女人，她"懂得，知道、晓得应该如何做"，同时埃莱娜为此花钱，花了许多钱。

埃莱娜搜集起她的小珍宝，一些首饰、少量钱，为度过这煎熬人的、痛苦的余生而如此受辱。后来，她被告发了。

被告发是因为她未付足够的钱和因为她太富有、太漂亮。她被检举和被带到审判重大罪行的法国迪戎地区大法院面前。在法庭上，好说教和鄙视人的法官将其罪状昭示于光天化日之下。

那里有资产阶级和教母、贵族和教长，每个审判者都准备判决她，而且判她……死刑。

四

死刑？那是什么时候？是1604年，现在是指出这一年的时候了。

直到那时，埃莱娜·吉莱的故事可能是让人记起晚古时代习以为常的事。那时候，除了死亡，一切都可以用过去同样的方式进行。

这是讲述埃莱娜·吉莱事件的根据。而且还有另一个根据，是这个故事的结局，这结局正如1829年出版的由迪戎法院附近的领班律师皮格诺特根据当时的档案写的一本古老的法律书写的那样：

埃莱娜·吉莱——布雷斯地区布尔格城堡的王家总督的女儿，因此被判死刑。

负责斩首的刽子手，用斧头砍埃莱娜的头两次，没有让她死成，于是他把此事托付给他的老婆。

刽子手老婆将埃莱娜拖到绞刑架的一角，用一根绳子套住埃莱娜的脖子，尽力弄死她，要么勒紧她的脖子，要么用脚踩她的肚子。

其后，刽子手老婆看看白费劲，就拿剪刀朝埃莱娜的胸和脸戳了好几剪刀，最后用绳子将她拖到位于绞刑架旁边的教堂里。瞧着这可怕的场面，观众冲上去，从折磨她的刽子手里将埃莱娜抢了过来。

在国王路易十三的赦免下，埃莱娜奇迹般地带着伤存活下来，后来在一间女子修道院里结束了余年。在修道院里，她有幸看到免除她死刑的国王信件。

就这样，埃莱娜被一个想看到她死的人从死亡中拯救了出来，被一个想判她死刑的国王从耻辱中救出了性命。

在这个独一无二的人物——二十来岁的年轻姑娘身上，集合了至今还困扰我们现代社会的三个问题：性侵、流产和死刑。

她为此载入了我国的司法史。这是1604年的事。1980年，强奸仍然是社会的一个大祸害。它仍然导致堕胎，而且无司法干预，有时制造死亡。

谣　传

一

德雷福斯先生在美国奥尔良开了一间妇女时装店。他的小商店位于市里一条中心街上，而且那条街聚集了绝大多数服装店。德雷福斯先生是个以色列人，其实不叫德雷福斯，但这名字使人想起与他无关的法国一个著名事件。于是，德雷福斯就成了这商人的名，以便使他能充分地隐姓埋名。

1969年5月底，德雷福斯先生很揪心，他无法解释他的营业额甚至是灾难性突然下降的原因。这种下降几周前就已开始，而且在继续加剧。顾客的表现很奇怪。女购物者好像很匆忙，她们逗留时间最短。一个妇女用5分钟挑一条裙子已不常见，而用10或20分钟就更不可思议了。

这天晚上如同每晚一样，德雷福斯先生准备关门。一位女顾客姗姗来迟，德雷福斯先生感到她有什么事要对他说，但又不敢。他试图让她放松，但她仍犹豫。他坚持，于是她打开了话匣子，把一切都对他讲了：那可是一件不可思议的、几乎是不可想象的事！

在奥尔良市，几周以来，人们传说，卖成衣的犹太商人从事白人妇女贩卖。他们索性在试衣间捉拿女顾客，将她们麻醉、捆绑起来，从秘密通道带到卢瓦河，那里有些船等着她们。从那里，这些年轻的姑娘被运送到中东或别的地方。

这一切都是站不住脚的，但女顾客的态度是明确的。这是在全奥尔良人中瞎讲的，而对营业额下降和顾客的表现，却没有其他解释了。独自待着的德雷福斯耸耸肩，他对这荒谬的事的第一反应就是嗤之以鼻。

二

但就是在第二天，第一个电话打来了。在电话的那头，是一个粗俗的得意扬扬的男声：

"喂，德雷福斯先生，您好像有些新鲜货是吗？这个我感兴趣，寄给我50公斤好吗？要有漂亮的金黄色头发的、漂亮的红玫瑰色的！"

而接下来的日子，电话铃响个不停：

"您好！德雷福斯先生，您真的要为一条裙子免费提供一次去塔吉克斯坦旅行吗？"

"嗨，德雷福斯先生，您的小娘儿们，品质优良，至少……"

这一下，德雷福斯先生明白了，这太严重了。他去找街上的同行——那儿绝大多数都是像他一样的犹太人，得知他们处于同一情况。他们都一样接到匿名电话，并且女顾客惧怕进试衣间。她们为什么要进试衣间？再说，既然她们不买东西。所谓的危险得发抖，那是肯定的。

德雷福斯决定采取行动，他去找警察投诉。接待他的警察分局局长知道了情况，刚才甚至对案件立了案，他在案卷封面写上：《绑架——假设的案卷》。因为这一切肯定都是假的，全都是假的，案卷之所以被存放好是为了了解情况。恰好在1969年整个5月份，在奥尔良市及其地区又未发生过一宗失踪案。这对数十万居民来说甚至完全是特殊情况。

警察分局局长记录了德雷福斯先生的控诉，但承认他无能为力。对于这种既无受害人又无罪犯、正在搞乱城市的案件他能做什么呢？这不是警察的一项工作。他们不能逮捕一些言论、给一些声音戴上手铐，将一个谣言关进牢里。

三

1969年5月，正在奥尔良发生的事叫作"一个谣言"。那么，"一个谣言"是什么东西？这个直接来自中东，然而10年前才在我们一个大城市发生的事是怎样的表现呢？

对人们所称作的"奥尔良谣言"有数个学术研究。它们一致认为，这个不可思议的谎言是自发的。它既不是哪一个爱讲笑话的人或一个有恶意思想的人发起的，也不是任何一个团体制造的。在奥尔良事件中，人们没有找到任何一个字据，哪怕一份传单、一张布告、一篇诬陷文章。什么都没有。一切都是口口相传。

今天，人们有理由认为，谣言是从学校和从女子公立中学开始的，是那些温情脉脉的少女制造了奥尔良谣言。肯定是无恶意的，且没有不可告人的思想。大概有一天，一个有点心理失衡的年轻女孩把这种事告诉了她的一个小同学。而这种事在各个国家和每个时代几乎可以一字不差地重新找到。毫无疑问，因为它表达了女性本质上的恐惧：贩卖妇女。

在事件之初，奥尔良谣言纯粹是年轻姑娘的无稽之谈。那时肯定与犹太人无关。后来，谣言不胫而走，传给一些人，又传给另一些人。它不断膨胀、扩大，每个人接过来时又往里添油加醋——加入他未被满足的愿望、他的恐惧、他的怨恨、他说不清道不明的内心。谣传慢慢地充实了每个人言辞动人的边角料。这太容易了，太舒服了。谣言所过之处，人们用它来减压。谣传成了一个巨大的垃圾箱，人人都往里面扔脏东西，很快就被装满了。它成了全城人的公共垃圾场！

四

"那么，您知道他们贩卖妇女是如何进行的吗，亲爱的夫人？……他们通过给她们注射一针氯仿麻醉针……"

"他们那些人组织得很好，我可爱的先生。在他们的小商店之间，有一个完整相通的地下网络，这是我表姐告诉我的……"

昨晚，有5个妇女消失，今天会有15个，不久就会有100个妇女失踪……很快，犹太商人接到的就不再是放肆的电话，而是威胁，等待的是行动。

警察分局局长说得有理，警察无能为力。应换一个打击谣言的办法，用他们的武器会制造比谣言更多的声音。一些人应该讲话，向其他人解释这不是真的，从一开始就全是假的。于是，在奥尔良，行动最后组织起来了。6月上旬，一个反对诽谤的委员会成立了，集合了各原籍国和各种政见人士。委员会与家庭、学校校长、教授和所有在舆论中有某种作用和权力的人对话。在15天时间中，一个签名运动收到数千人签名。

现在，官方对事件采取措施。卢瓦尔行政长官要求市民不要相信这些荒唐话。7月4日，内务部长雷蒙·马塞兰发表一个同一内容的声明。

这一次，谣言中止了。被侮辱的犹太人收到了对他们表示的大量同情。现已故的奥尔良大主教里奥贝大人在当时一边发表声明，一边对这事件做了最后的结论：

"我不能对这类发生在我负责的教区的事件无动于衷。我更不能无动于衷的是，20年来，600万犹太人因他们是犹太人这唯一理由，在一场丑恶的、有组织的反对他们的宣传后，在欧洲死去。

"不能低估在奥尔良刚发生的事的严重性。据此理由，相信这些刚散发的卑鄙无稽之谈不仅是反犹太人的行为，而且是反人类的行为……"

五

今天，德雷福斯先生如同大家一样生活，他的生意运转正常。因此可以认为，奥尔良的谣言是反常的、极可怕的，但是孤立的事件。而且在国家最高权力机关发表声明后，人们明白了。

然而不，一点都不。谣言的生命力很强，如果人们从某处驱逐它，它又在另一处出现！

仅几个月后，同样的谣言都以同样不可预测的、自发的、荒唐的方式在法国其他两个城市——亚眠和迪南传播。那里，有人还在控告城市商人从事贩卖白人妇女的事。那仍然全是假的，绝对是假的。

那么，下一个城市在何处？下一个谣传在何时发生？下一个牺牲品在哪儿？

　　有一天，一个邻居将谣传告诉另一个邻居，另一邻居跟着又讲给另一邻居……墙壁成了应声虫和蠢话的喇叭。谣言就是这样的家伙：一个人类胡说八道的喇叭。

一个超乎寻常的错误

一

男犯人提了一个问题，自从他被关进这牢房17年来，从未提过问题，但他今天提了一个。

看守看着他："米勒，监狱长传唤你到他那里去。"

米勒抬起头，显出一副懒洋洋的样子，他总是这副样子。可他是个年轻男人，23岁时被判刑，到现在已40岁。看守们把他划为让人放心的一类，他从不惹是生非，从不提出异议。

但据大家的意见，米勒自判决以来，头脑已变得简单。对待看守和回答问题，头脑应该简单些好：

"不，我不是被传唤。"

但看守对此已习惯，近15年以来他就认识米勒，认为这个犯人不正常。

"好吧，米勒，你跟我去好吗？"

他一边以亲切的语气这样说，一边记得对米勒永远不要耍权威，永远不要向他确定什么东西。

果然，米勒站起来。他心不在焉地抚平自己的裤子，瞧瞧自己的双手，好像怀疑它们是否干净一样，说：

"我去。"

二

在正常情况下，看守应给他戴上手铐，领他去监狱长办公室，但米勒对人无害。监狱长在此已工作多年，他详细了解他的每个囚犯生死攸关的履历。从昨日起，他甚至牢记了米勒的履历，反复阅读过上百次：弗雷德里克·米勒，因谋杀他叔叔、婶婶和他们的孩子，于1948年5月11日被判无期徒刑。被害者三人是他唯一的亲属。

案发时，弗雷德里克·米勒是学经济专业的大学生，他对他的行为全部供认不讳。如果德国没有废除死刑的话，他23岁时就可能已被绞死。

但距此17年后，站在监狱长面前的他已是面容憔悴目光茫然的40岁的人。

在他的卷宗里，无任何记录他是疯子，无任何医学检查显示他不正常，监狱里的精神病医生在判决他时会晤过他三次，只提出过唯一的意见：当事人是个异常脆弱的人，表示不堪内疚。他永远不想为自己辩护，而这是绝大部分杀人犯想做的事情。

监狱长说："您好，米勒。"

米勒回答："您好，先生。"

现在，监狱长不知说什么好，他本来宁愿由一个律师来负责这第一次的会晤。但由法院指定的曾为米勒辩护过的律师，17年后再无法找到。这样，需要他面对面人对人地直接对他说事情，然后由犯人自行选择一个律师。

监狱长摸摸自己的喉头——因为这太难说话了，尤其对米勒。他面对这张阴沉的面孔和这双忧愁的眼睛说：

"米勒……您被判无期徒刑已有17年又一个月。我有责任通知您：几个月后您将获得自由……"

米勒吃惊地看着监狱长，但他的回答并不是人们所期待的那样："您为什么对我说'您'？"

多年来由于他常被称作"你"，他为这个不寻常的称呼"您"感到意外。现在，"您"好像是唯一的东西穿过他的脑袋，自由的词并不能使他惊讶。

"米勒，你没有明白我的意思。我刚才说的是，你将获得自由……你懂吗？……"

他因被重新称作"你"而放了心。米勒说："我懂。"

长时间的静默笼罩着监狱长的办公室，看守的眼睛在额头上快要鼓出来了。他不明白，无论什么样的囚犯在面对这样一个消息时都会高兴得跳起来，他或许会问为什么、什么时候、怎么样……但是米勒呆坐在那里，两手交叉垂在膝盖上，沉思不语。过了好长时间，他反复说：

"我明白，我明白。"

这一下，监狱长站起来，伸出一只友好的手搭到他肩上。他剩下要宣布的事实在是最困难的，他担心因犯的反应：

"你没问我为什么我们放你自由，米勒？"

米勒否定地摇摇头，然后补上一句："我不知道为什么，先生，这不是我决定的，而是您。"

好啦，应该结束谈话了，很显然，这个人有点失去理智了。天知道他一旦被释放，将会变成什么东西。

三

为了掩盖困境，监狱长重新回到他的办公桌，向米勒宣读行政主管部门的重要文件的条文：

监狱长先生：

鉴于监狱档案材料第3027147号关于米勒事件的下述案件笔录摘要，请您为上述指出的犯人办理出狱证的手续。最终的释放命令将在十几天后为您核准。从现在起，您负责通知犯人米勒对于1948年他被指负责的行为被推定为无辜，他在确定真正的杀人犯罪的新诉讼中，有权作为要求刑事损害赔偿的原告。

　　在这特殊的案件中，请您：

　　1．尽一切可能将犯人从被判无期徒刑区转移到临时单间牢房里。

　　2．告知他有关的权利，允许他希望的所有探访。

　　3．告诉政府主管部门他将为昭雪程序选择的辩护律师的姓名。

　　米勒听后什么都没说，但他感受到了巨大的冲击，在他眼里有什么东西在颤动。他险些站起来，然后在座椅里克制住了。

　　监狱长继续说：

　　我概括一下案件笔录，米勒：有一个人因人检举被逮捕了，若干物证在他家里找到了，尤其是首饰和钱。他招供了，表明你是无辜的。考虑到犯案时你的声明，基于你为自己的无罪辩护过，新的预审加快进行了，这个人的诉讼已经结案。你有权要求赔偿损失。对于17年监禁的损害赔偿数额会是巨大的。

　　监狱长所没讲的事是，政府主管部门嘱咐他对这个恶劣的审判错误要严守秘密，尤其要避免新闻媒体钻进这个案子里。同时，政府主管部门要求监狱长立即就米勒的反应和他的意图提交一份报告。

　　政府主管部门害怕了，害怕极了，像这样一个错误会动摇比司法部的墙壁还要厚的墙壁。人们期待一场新闻运动和米勒为取得舆论同情而发表一个声明。或许他将写他的回忆录，将他的故事卖给电影制片厂，获得一笔钱财。

他被关押了17年，从23岁时关起，40岁才释放。政府主管部门甚至对此不敢道歉！

人们想象一下，那些法官、陪审员、警察和一个预审法官来看米勒时，对他说：

"请原谅我们，我们搞错了，错误是人为的……"

在这种情况下，大家都会害怕，甚至是监狱长。在面对米勒的态度面前，他们会提心吊胆，担心犯人会跳起来扼住他们的喉咙！

四

但米勒的做法是，他站起来，有些发抖，眼睛朦朦胧胧。他用恐惧得发抖的声音和对自己使出最大的劲似乎要付出代价一样说：

"我明白了，他们说我是无辜的。但是，现在他们说这些已毫无用处。我不想他们说这事，我不想离开这里。他们把我关进牢子里，他们应该留住我。如果他们错了，这不是我的错。我曾经尽力对他们说他们错了，而他们都说我错了。我对此毫无办法。我记得我喊叫，我说我不再有痛苦，他们说我疯了。而我也一样，我认为我是疯了，我疯得不再知道我是不是无辜的了。但现在这要干什么？什么都不要做，这什么都变不了。这对我来说是一样的。我愿意待在这里，仅此而已。”

“但米勒，这是绝对不可能的。你自由了……你将出去……如果你觉得病了，人们会替你治疗，但你必须出去！”

“如果我出去，我还会叫喊，而且还会病……我不愿出去……我不愿意出去……我不愿意出……求求您……我不愿意出去！……”

这就是为什么这件事除了在一些专业杂志上进行了通报外，在德国没有引起人们纷纷的议论。因为无辜者弗雷德里克·米勒只是离开他的单身牢房，进到一个精神病医院的病房而已。他在那里治精神病，由政府主管部门负担费用。这17年的牢狱留给他的一切全部化为乌有。但他不喊叫，也没病痛，只要没有人，永远不要和他谈自由！

一位绅士难还债

一

梅塞施米特飞机进入了视准仪中心，乔治·劳的大拇指就要按下他开动的喷火式飞机的机关炮按钮。突然，什么都不见了：德国人灵巧地一躲闪，消失了。

"这家伙很难对付。"乔治·劳心里想。

他尚未结束想法，在一声可怕的爆炸声中，飞机的仪表盘被打得粉碎。刹那间，他看到对手从他的左边飞过：他是怎么打到我的？

但此时不是问问题的时候。他的喷火式飞机恰似一块石头往下坠落，必须跳伞。乔治·劳拉开驾驶舱，翻身跳到空中。当他挂在降落伞下往下降时，梅塞施米特飞机转身朝他飞来。

"他想干什么？"乔治·劳心想，有些发慌地想。少有飞行员会向一个不幸的对手开火，可谁能料到呢？

德国飞机只是来向他致意的。为了这样做，它左右摇摆着翅膀，随后消失在云雾中。空军中，即使在最糟糕的战争年代，无论盟军还是德军始终保持这一骑士风度。

二

对于乔治·劳来说，这次返回基地远不如打胜仗。新兵蛋子因受骗上当而难受，尤其对号称有13次胜利记录的乔治·劳来说更是如此。从第二天起，他亲自在授予他的喷火式飞机上，用油漆画上由他名字首字母构成的图案——从机头两侧伸出的、好似他胡须那样的两种黄色胡须，替换了另一标志。当他驾机升空时，脑海里只有一个念头：重新找到对手报仇。他首先注意的是在前日同一个地方巡逻，而梅塞施米特飞机也又一次出现。它身上也有一个本人名字首写字母缩写的图案，乔治·劳在上次跳伞降落时来得及识别它，那是画在机头上的鲨鱼牙齿。

一开始，乔治·劳驾机向对手冲过去，对手直往地面钻，消失在一朵云中。乔治·劳一边追，一边察看四周。当他保持警惕回转身时，梅塞施米特突然出现在他后面，向他连发射击，将他的喷火式飞机的升降舵摧毁。他的飞机发了疯一样往下栽，乔治·劳不得不再次跳伞。

这一次，他不是着陆在地上，而是在远离英国海岸的海面上。当他将救生圈充上气让自己浮起来时，他看见他的对手回身向海岸线飞来，再次在他上面俯冲。他连续三次进行这种操作，目的很明显，就是向在此水域经常巡游的英国巡逻艇表示他的存在。完成任务后，德国人左右摇摆着飞机的翅膀，消失在空中。不久后，乔治·劳被英国皇家海军的快艇打捞到船上。

三

两天中损失了两架飞机，在基地，冷嘲热讽爆发开来。可怜的飞行员听到议论，尝到各种滋味，他比任何时候都更需要重新找到对手，将他打下去。这是个荣誉问题，必须击落它，要么自己去死！

第二天，在同一个地方，乔治·劳又一次找到了梅塞施米特。这是最后的战斗。就像昨天和前天一样，德国人避开他猛烈的攻击，消失在一朵云中。这一次，乔治·劳不再让自己受骗，而是向下俯冲追赶对手。梅塞施米特再次消失，又重新出现在喷火式飞机上面不远处。乔治·劳看见它向自己冲来，心想完了，他第三次置身于这鬼一样的人的摆布中了。但是德国人从离他几米处掠过，没有射击。乔治·劳本能地追击他。他为什么不射击？唯一可能的解释是：他的机关炮出了故障。这可是个好机会！在驾驶舱里，德国人举起手臂表示他无能为力。这在片刻之中，一场内心斗争在乔治·劳脑海里进行。那个第三次本可无情地把他打下去的人就在那里，就在他的机关炮射程之内。但他无能为力，被解除了武装。战胜没有危险的人是不光彩的胜利……当然，但无论如何，战争就是战争，在每次战斗中，机会占据重要的地位。这一次，运气转到有利于英国人的一边，另一方倒霉了。于是，乔治·劳按下电钮，开动了机关炮。顷刻，一股黑烟从刺向地面的由喷火式飞机陪同的梅塞施米特飞机里冒出来。在这个高度，乔治·劳心里想，他再也无法迅速跳伞。而这更好。如果他的对手在这样一个战斗中死亡，无人能证明他的做法是可耻的。很显然，乔治·劳已后悔自己的行为。他原以为自己是一位十足的绅士，这一下水平降到了最低点。不一会儿，梅塞施米特触地着火。

四

这事结束了，飞机报销了，由于敌人的飞机凑巧掉在离基地仅数公里的地方，乔治·劳降下飞机。吉普车把他带到了现场。一群农民和士兵与燃烧殆尽的德国飞机保持距离，远远地站在那里。乔治·劳问：

"飞行员呢？"

被问的军官翘起下巴指着一小队全副武装的士兵。士兵中间站着一个个子高大、头发金黄、面容黝黑的人。他拿眼睛直视劳：

"是您把我打下来的吗？"德国人用无可挑剔的英语问。

还未得到回答，他大大地微笑着补充一句：

"我以为在英国皇家空军里尽是些绅士呢！"

乔治·劳低下头，觉得两记耳光不会比这更有效。德国人长长地吐了一口气，最后说：

"那又能怎样呢？这是战争。"

这一刹那，乔治·劳想去死。他听到自己结结巴巴地说了一句可怜的话"对不起"，然后走开了，他感到自己很恶心。

但很快，乔治·劳重新振作起来。他做过的事不可能重来，但他可以最大限度地改正。由于他的关系和名望，他会使羁押的对手好受些。他去看望他，给他带去食物。很快，康拉德·穆勒明白，乔治·劳对自己的行为是多么悔恨。为了表示原谅他，他接受了他的友谊。

后来，乔治·劳成功地将康拉德·穆勒从战俘营里接出来数小时，带到自己家里，将他介绍给在基地不远处开酒吧的妻子玛格丽特。一场牢固的友谊将两人连接起来，直到有一天，乔治·劳在一次去法国执行任务时失踪为止。一天早上，基地指挥官来告诉玛格丽特："有人看见他的飞机在他能够跳伞之前触地坠毁了。"

五

战争将要消亡。德国人投降后，康拉德·穆勒被释放了，由于他还继续和玛格丽特保持着联系，他去拜访她，然后命中注定，他们结婚了。这符合情理，也许是乔治·劳的最后心愿。后来，玛格丽特和康拉德在伦敦买了一个酒吧，取名"乔治酒吧"。生活继续进行。

1948年，一位男人走进酒吧，要了一瓶啤酒。在为他服务时，康拉德感到一种奇特的心烦袭上心头。在反光镜里，他注意到这个陌生人的脸上有一道长长的伤痕，那嘶哑的嗓音几乎要使他跳起来：这可能吗？不，这绝对不可能，乔治死了，确实死了，他就埋在靠近法国里昂的军人公墓里。去年，玛格丽特和他还去过那里。乔治·劳的名字就刻在那白色的十字架上。

康拉德试图和陌生人交谈，但徒劳，陌生人用单音节字眼回答他，当他最后冒昧地指着砍伤他脸的伤疤问：

"是战争的结果吗？"

对方否定地摇摇头，回答："不，在路上。"

康拉德稍稍放下心，继续和陌生人交谈。后者对康拉德信任，最终也稍许放松。他是在德国为美国人干活。他路过伦敦，过去他在这个社区住过。这是一个有点伤感的旅程。他甚至告诉康拉德他的名字。他叫阿兰·斯米特，生在雅芳河畔的斯特拉福镇，与莎士比亚同乡。

正当他们闲谈时，玛格丽特走进酒吧。当她发现来人时，康拉德偷偷观察她的反应。但她在陌生人身上稍停留一下后，便把眼光移到了别处，毫不吃惊。康拉德回到账柜上，完全放了心。此时，陌生人向大门走去，又高兴地返回柜台，说：

"请原谅我，我忘记付账了。"

当他找钱时，康纳德感到一种莫名的烦恼重新攫住了他：

这不可能，他认得这眼光！当他呆在那里不知说什么好时，陌生人收起他的钱，向门口走去。在开门时，他回转身，以世界上最自然的态度说了这样一句让从前的德国飞行员陷入无限沉思的话：

"一个绅士永远难还账。"

康拉德·穆勒去雅芳河畔的斯特拉福镇做了一次认真的调查，那个叫阿兰·斯米特的人确实出生在这地方，但他四年前在诺曼底的空战中丧生。

陌生人再也没有踏进过乔治酒吧。一年后，康拉德离开了玛格丽特，回到了德国。一个阴影溜进了他们之间，阻止他入眠。这个阴影有一张让香烟划过一道伤痕的脸，好似一个绅士的幽灵在变换。

在天地之间

一

在加勒比海地区的波多黎各的首都圣胡安大道上，人山人海。自数小时前开始，妇女、儿童占据了人行道，侵占了马路，阻塞了交通。在通常如此热闹、嘈杂的大街上沉浸着一股巨大的、死亡般的气氛。

人群抬起眼睛，朝一座大饭店10层高楼上的一个人影看。刚不久，他们还看见那人轻松地、微笑地从他们中间走过，那是伟大的走钢丝者卡尔·华伦达。没任何人能看得出他已73岁。他身体颀长、优雅，明亮的蓝色眼睛和银灰色的头发依然迷人。他向欢呼的人群招手致意，匆匆走进饭店。现在，他身处最高处，坐在一个阳台的栏杆上。在他面前，一条长长的钢丝绳一直伸展到90多米远的另一饭店的10楼上。

卡尔·华伦达的剪影在蓝天中。从楼下，人们只能看清他黑色的裤子和白色衬衫。1978年3月22日，天气格外晴朗。但自早晨开始，北风刮起，走钢丝的行程也正好自北向南。波多黎各人熟稔此风，它的特点是当人们料想它刮得最小时，会突然狂风大作。

卡尔·华伦达在楼上待了10分钟，他聚精会神。偶尔，一阵狂风摇曳着钢丝，钢丝开始在抖动，发出悦耳的呼哨声。

人们仍然希望他放弃打算，因为很显然，他绝不可以在这样的风中走过90米。他应该知道，只要一阵风，他就将无可挽回地从10层楼上掉下来。

卡尔·华伦达直立在阳台上，下了最后决心：他慢慢地伸出右脚，踩到钢丝上。他在想什么？为什么在73岁年纪，在经历了非凡的职业生涯后，他还觉得需要向死神挑战？他已挑战那么多次了。冒今天这样的风险，还能给他带来什么？

卡尔·华伦达迈了一步。他站在钢丝上，风没有刮。他手握平衡杆，腿挺得笔直，向前进。

二

他自57年前就在这一根紧绷的绳子上行走。16岁时，他第一次开始表演。他站在那最高处，以往的事无疑一一涌上他的心头。

从一开始，他就表现出令人称奇的大胆，希望比别人表演得更好，更具危险性。1920年，他骑单车第一次在钢丝上穿过。几年后，他发明在肩上背着他的弟弟走钢丝，同样史无前例地奠定了这一节目：他在绳中间停下来，向前弯下身子，把头贴到钢丝上，手脚叉开。自此该节目成了经典节目。

在那时，观众朝他发出一片喝彩声，因为他胆特别大。57年来，欢呼声成了他生命的一部分，他怎么可能忘记，怎么能没有它？观众喜欢他，抚慰他的心灵，是那些青少年使他能够安然入睡。相反，每当观众表现冷淡时，晚上，他在床上辗转难眠。

57年来，在鼓掌声中他为了这个在拿生命做赌注。今天，他73岁，为了这个，他要在波多黎各的天空任凭不可预料的、致命的风摆布。

现在，华伦达已走了二十来米。风总是那样平静，真是奇迹。钢丝下面的人群开始有了信心，他将摆脱困境。他遇上了一个好时机，只要他快点走。但那目的地的小平台似乎还很遥远，离走完绳索尚差很远。

三

1956年，卡尔·华伦达51岁，那时他在美国进行一次热闹而隆重的巡回演出。如同往常一样，他在疯狂的冒险中想走得更远。他发明了一个以后没有人再敢表演的节目：七人叠罗汉。四个人手拿平衡杆，他们左肩上扛着一根长长的金属杆。

另两人伸直腿站在这杆上，肩上扛着另一金属杆。在此杆上的第三层，平稳地放着一把椅子，一个女人微笑着站立其上。

那男的是他的儿子、侄子和兄弟，女的是25年前和他结婚的华伦达夫人，是他的搭档。叠罗汉是个了不起的成就。

但一天晚上，在纽约一个马戏团的帐篷下，当他们叠罗汉走到半路时，发生不曾预料的事故：停电。突然，全马戏团处在一片黑暗中。一开始，观众大喊大叫，然后默不作声。走在前头的卡尔·华伦达对其他人说：

"别动，千万别动！"

在寂静和一片漆黑中，他们就这样伸直腿等了一刻钟。腿在重压下慢慢变得不可忍受，手在平衡杆上抽搐疼痛。后来，灯再次亮起来。他们缓缓重新起步，一直走到钢丝的末端。于是欢呼声爆发开来，发出一阵疯狂的、震耳欲聋的喝彩声。观众，突然从神经紧张和难以忍受的焦虑中解脱的观众，冲上去围着他们，将他们举起来欢呼胜利。

现在，卡尔·华伦达正走在波多黎各圣胡安大街上的钢丝上。观众兴奋到了极点，因为人人都觉得他已抵达最难点，再无法后退，需要一直走到底才行。如果此时刮起风，那一切就完了。

这也许是卡尔·华伦达在30米高处所想的一切——如果他想的话。不管怎样，老练的走钢丝者懂得观众的一切反应。他知道观众的兴奋之情在他一直走到绳子中心时将不断高涨，然后会降低。刚开始，初步走时，观众尚未达到完全恐慌。在走最后数米时，他们开始放松下来，提前松了一口气。

但在绳中心时，这是最重要的时刻。观众的目光无论前后再也看不到基准点。走钢丝者孤身一人，人们只看到他的身体剪影在柱头或天空的背景上。此时是造成幻觉的时候，是完全孤立的时刻，头脑停止不动了……

卡尔·华伦达放慢了步伐。他几乎要停下来，好像要延长这一时刻——他胜利和光荣的时刻。他知道下面观众的嘴唇都喊干了，胸透不过气来。成千上万双眼睛入迷似的盯着他。他处在行程的最高点，处在天和地、生和死之间。

卡尔·华伦达继续前进，朝对面饭店靠近。在那里，阳台和人群在向他招手。北风始终没有刮。自他开始尝试以来，一直风平浪静。

叠罗汉是走钢丝者所有事件中最冒险的节目，曾在悲剧中终止过。卡尔·华伦达不可能忘却这一点。在又冒生命危险的这一刻，他应该想到这一悲剧。

那是1962年在美国底特律。自数场演出后，他的外甥迪特作为四个底层人员之一，表现出神经过敏的迹象。那天晚上，他一边开始不连贯地晃动着平衡棒，一边喊：

"我支持不住了，支持不住了。"

于是他倒了，拉倒了全部人员。迪特和另外一个外甥当场摔死，他儿子马里奥终生瘫痪。叠罗汉停止演出。

四

　　现在，卡尔·华伦达离目的地20米。当人群开始松口气时，突然又倒抽一口冷气。一阵狂风冲进了大街。下面的观众本能地抓住自己的帽子，而在上面响起奇怪的音乐叮当声。钢绳像一根小提琴的弦一样颤抖。卡尔·华伦达弯下腰。借助平衡棒，他想校正空气气流使他失去的平衡。他银灰色的头发向后飘着，衬衣的领子像旗帜一样迎风哗哗作响。

　　在下面，人群喊："蹲下！蹲下！"但卡尔·华伦达不放掉平衡棒，身体越来越向前佝偻，他总企图恢复平衡。

　　但悲剧发生了。狂风停止又突然刮起，卡尔·华伦达一惊，来不及校正他的平衡棒，便失去平衡掉下来。

　　人们看见他离开了钢丝，开始掉得慢，然后掉得愈来愈快，就像掉下的一块石头。

　　他手里始终握着平衡棒，身体砸在一辆出租汽车顶上，再弹起掉到马路上。

　　卡尔·华伦达死了，几乎是慢慢死去的，坠落是他最后的演出。

　　人群混乱不堪。同样的问题被重新提起："他为什么要这样做！他想表现什么？"

　　总而言之，也许什么都不是。也许并不是对热烈的欢呼声不可阻挡和对观众的激情不可抗拒的需求，促使他于1978年3

月22日最后一次登上钢丝。也许他已隐隐约约感到这次考验对他而言太艰苦了，正因为如此，他才这么做了。

73岁的卡尔·华伦达大概想立下最后的功勋：走钢丝而死。

贫穷的绅士

一

约翰·普列尔是英国绅士固有的类型，在任何情况下，他的毛发系统都受人喜爱：他有一绺棕红色的卷曲得很好的小胡子，修剪得很可爱、很得体，他做的头发适合戴大礼帽或圆礼帽。他有条件这样做，因为他是个理发师。在两个顾客之间，他经常是这边梳梳，那边剪剪，而且轻轻地、轻轻地抹一点润肤露。这是他故作姿态。

而对于其他的事，则另当别论了。时装店的西服、衬衣和丝绸领带都不是他应有的。因为约翰·普列尔很穷，他位于伦敦周边地区的小理发店很少有顾客，只能让他刚够生活。

尽管如此，除了衣着外，这丝毫成为不了他与上流社会的区别。总之，约翰·普列尔是个完美的穷人，这是地道的绅士固有的特征。

　　但一个贫穷的绅士在真的特殊情况下，是如何表现的呢？

　　1920年，约翰·普列尔独自在理发店里读报纸，等待着可能的顾客。他一页页地浏览，读到第三页时，嘴里不禁发出声："天啦！"这在他嘴里常常是对某事强烈感兴趣的表示。刚才，映入他眼帘的文章是伦敦警察厅发出的寻人告示：

　　　　我们寻找安格斯·肯齐，34岁，身高6.2英尺，头发花白而茂密（但失踪后他会染发），胡髭和连须胡浓厚（但他会剪掉），眼睛淡蓝，鹰钩鼻。特殊标志：上颌有两个金牙齿。此时，他可能待在伦敦地区。安格斯·肯齐因谋杀利物浦一名首饰店人员而成为罪犯……

　　接下来，告示是特别恐怖的杀人描写。告示最后说："对于帮助逮捕罪犯的任何人给予一千英镑的奖励。"

　　约翰·普列尔在遐想，告示中的一句话令他印象深刻："可能让人染了发……可能让人剪掉了胡须……"，他在理发师的地方会做出怎样的反应呢？罪犯肯定已要求那理发师实施这项工作。很难说。他肯定不会胆小，但因此会成为一位英雄……尽管是一千英镑，但也是一笔不小的数目。用这一千英镑，在理发店里他能做些事：买些较舒服的椅子，变一下门面……

　　他还可能剩下相当多的钱，为自己买一套真正的西装，就像上流社会的人穿的那种西装。

二

约翰·普列尔被他的门铃声吵醒，回过神来，刚才一位顾客进来了。他立即察觉到那顾客有一头稠密的金黄色头发和非常浓厚的胡髭、连须胡。他急忙迎上去，帮他取下外套。

来人三四十岁的年纪，举止粗鲁，声音盛气凌人。

"能给我染发吗？……"

约翰·普列尔用响亮的声音回答：

"当然，先生，这也是我的专长……"

其实，他已有数月没给人染发了，但特别希望账单的金额接踵而来：八先令十便士——三杯普通酒的钱。

顾客让自己本来很硬的声音变得软和了一些：

"您知道，我的未婚妻不喜欢我的金黄色头发……因此我想染褐色也许不错……"

约翰·普列尔给他系上白色围裙：

"我想深褐色对你非常合适，先生……"

顾客有点悻悻地补充一句：

"我的未婚妻也不喜欢我有胡髭和连须胡……"

理发师立即赞同，因为顾客对此答应额外付三先令：

"你有一个方方正正的下巴，没胡须肯定好看些……"

为了在气氛中增添一些愉快情绪，他补充一句：

"啊，女人，为了使她们高兴，我们有什么不能做的呢？"

顾客对这传统的见解只是淡淡一笑表示赞成，但约翰·普列尔还能看得到他上颌的两颗金牙齿……金牙正处于那极弯的鹰钩鼻之下……

三

他开始理发，为此又发现一件怪事：顾客的头发不是自然的褐色，而是叫人已染了发，而且肯定就在最近。事实上，这些头发有些是棕色，其他是白色。因此，他的头发是灰白色的……当约翰·普列尔朝镜子瞧一眼时，他心里在默默思忖：哦，那眼睛也是浅蓝色的……

于是，约翰·普列尔强自微笑着。在困难的情况下，微笑是必需的，这样可以缓和一下气氛和考虑问题。

安格斯·肯齐——警察要寻找的杀人犯，在伦敦及郊区的所有理发店之间选择了他这小小的理发店，这已是事实。现在最重要的是采取必要的行动。

乍一看，他或许可以强行用这种或那种做法将一千英镑收入囊中。比如，刚才他可以紧握剃刀抵住对方的喉头，以坚定的口气说："举起手来，安格斯·肯齐……"

但如果安格斯·肯齐不举起手呢，如果他进行反抗呢？……约翰·普列尔没有感到自己正在割他，他不能割一个顾客，那是他不应该做的。而且，他清楚地知道他没有能力割死任何一个人，哪怕是一个罪犯。

罪犯……报纸文章的细节现在又让他想起罪犯来，特别是想起对受害人伤势的描述。记者说，安格斯·肯齐是一个罕见的野蛮罪犯……因为他有6.2英尺高，是一个真正的庞然大物，他只一拳就可能击昏受害人，然后将受害人结果。他只有在所有剃刀之间进行选择了。

顾客生硬的问话声将他吓了一跳：

"您在想什么东西？"

在镜子里，那人的眼光紧张地盯着他。约翰·普列尔对他的静默不语表示歉意。通常，理发师会和顾客讲话，这种不寻常的沉默应该表现出了怀疑……必须随便讲些什么缓和一下气氛才行……体育运动……对，就说这个，这是个无关紧要的话题，始终受人欢迎。

"我在想那倒霉的板球赛……英国队无缘击败澳大利亚队……"

顾客咕噜一声，当作同意。约翰·普列尔觉得他放松下来。应该继续控制他才行，不要使他怀疑……于是，他开始评论比赛，他独个儿讲，一边刮胡须……突然，顾客在中间插话打断了他……

"您听说过一名在逃的罪犯吗？"

约翰·普列尔暗自大吃一惊，他表面上做出有礼貌、感兴趣的表示。自我控制始终是他的主要品质之一：地道的绅士。

"不，我真的没注意到……"

顾客观察他的细微反应。他搁在白色围裙下的右手轻轻地动了一下，肯定是在伸向他的口袋。

"一个男的杀了利物浦一个首饰店的人员……您肯定知道的……它登在所有的报纸上。"

约翰·普列尔对自己不知情表示痛惜，但顾客坚持认为他知道：

"依您看，您认为他能脱险吗？"

问话有命令和威胁的口气。必须立即回答才行，不能讲错。而约翰·普列尔在这类事情中从来不会措手不及。

"若问我的感觉，小伙子已越过大陆那边了。这时候，他应该正在巴黎消遣时光……"

这下，顾客全放松了。约翰·普列尔感到自己摆脱了危险。

他一边谈些其他的事，一边尽快结束了他的工作。顾客对剪的发型和染发表示十分满意，酬谢他足够的小费后，走了。

四

约翰等他完全消失后，也走到街上，做了对他来说非同寻常的事：他叫了一辆计程车。无疑，车程要花他三四先令。但这一投资，对赚取一千英镑来说完全值得。

"去伦敦警察局，请……"

对着警察，约翰·普列尔极其平静地讲述了他刚才做的事。

　　"我想，先生，当你知道安格斯·肯齐从今以后在他整个脖子上有绿色的头发时，这会便利您的工作。对，为了染发，为了要得到深浅不同的颜色，我应用了我混合的几种颜料。在当时的情况下，我用了白色和金色的。当然，我小心避免在镜子里对他显现出结果。"

　　几小时后，该警察在伦敦的大街上逮住了肯齐。走过的行人都转过身来十分惊奇地看他通过。

　　约翰·普列尔将一千英镑奖金打进口袋里。用这笔钱，他最终给自己做了一个真正的绅士衣橱，让他的理发店变得现代化，重新油漆了门面。当然，是刷成绿色的。

库佐米先生的良心

一

库佐米先生是个普通的日本人——司空见惯的类型。正如每个日本人一样，库佐米先生在太阳旗下打仗，那是20世纪40年代在新几内亚的丛林里打击澳大利亚人。

之后，库佐米先生从这次战争中归来，他在许多观点上再也不是一个普通日本人。

他失去了半个肩膀、一叶肺，手榴弹的残片散落在他的骨骼中，造成了各种无法弥补的损失。他唯一的运气是在日本大溃败前受的伤，这使他能够老老实实地被禁锢在日本一家军队医院里。那时，原子战争的风已吹过他的国家，他孤身一人靠着一笔微薄的抚恤金和他寿终正寝的父母的养老金过活。库佐米先生40岁，处于不惑之年。他有时间反思自己的一生，因为他再无任何事情可干。

但是，库佐米先生回顾什么呢？那是一个可怕的过去。

二

丛林——新几内亚的丛林沼泽地充满着蚂蟥，被蚊子包围着，被鳄鱼围困着，到处是毒蛇。那是我们星球上最糟糕的地狱之一。

在地狱里打仗，需要魔鬼一样的人。在这一时期，库佐米先生就是这样一个魔鬼。他是一个神枪手。在这个没有前线，没有对垒战的战争中，需要潜伏着打仗。当日本人前进、澳大利亚人后退时，库佐米先生负责只需一枪就干净利落地射杀他能打到的对方营地里的所有人。

为此，人们安排他进行长时间潜伏。当他这样肃清约100米远的荆棘丛林后，后续部队就前进，继续前进。

别动队里有三个神枪手，库佐米先生是无可争议的最好射手。神枪手同时也负责验明他的每个牺牲品的身份。比如，库佐米先生射倒一个匍匐在矮树林中的澳大利亚人后，也必须爬到他那里找到他的身份证或军人牌号。然后，将对方死者的准确名单，包括身份登记情况用传单散发到澳大利亚阵营。这是一个简单的挫伤敌人士气的妙计。

1942年7月，库佐米先生潜伏了17次，带回他的战利品。1942年8月，他多潜伏了11次。在同年12月前不久，他将39个澳大利亚人的死者记录在案。他的枪从未发生过故障，因为他保养得很好，就像他精心保养的那把有时用来最终完成他工作的刀一样。

这是战争，库佐米先生因工作效率而赢得奖章。他不想、不看，他潜伏、射击，带回一个个受害者的人名，丢下一具具尸体，然后重新开始。

他其余的生活以蚊子、炎热和在红树林和乌木树之间熬夜，以及收听日本电台老生常谈的不断发布每日胜利的公报为生活节奏。

但这阻止不了日本人碰到麻烦，日本岛已被美军包围。

这一次，1943年整一年，库佐米先生没再向前推进。他在丛林中央兜圈子，但他继续以同样的方法瞄准射击，就是说射击得很出色，而且始终在记录。他射杀了47人，接着射杀了50人，接着53人。

这太残忍了，但他记录着，就像打猎一样。他通过反光镜计数，因为他每射击一次，就有一个人倒下。这是无意识的，自动的。于是，库佐米先生记到了53人。当然，他只记录倒在他远射程步枪面前的靶子，对其他的丝毫不知情，也不知射杀了多少。每当有人手端一挺机枪射杀或投下一颗手榴弹时，人们不会去算细账，因此，库佐米先生没有计算其他的。

现在是他射杀的第54人。

大约潜伏40小时以来，库佐米先生什么也没得到。有人替换了他，他去睡了觉、吃了饭，之后重新潜伏，依然一无所获。

这不累吗？或许他觉得首次看到了灌木丛里一个"人"……好像是一个人，不会是一个有害的动物吧？不管那是什么，库佐米先生等待着，他没瞄准。那人好像受了伤，或者去找一个受伤的人。但他是从哪里出来的？他大概是藏匿或昏迷了数小时后，就这样一下子从库佐米先生观察了许久的矮树林中冒出来的。

最后，库佐米先生像往常一样用肩抵住枪瞄准，之后又重新松开手。这很奇怪，他最终没有射击那人。那人好像在逃窜或放弃了战斗，想去别的地方。或者他认为战斗已结束，他受了伤，想找一个避难所。库佐米先生最终决定不射杀那人。但他后面的军官看他两次瞄准两次又放下，心里很不安，匍匐到他身边。军官看到了那人，命令库佐米先生射击。库佐米先生不动，军官用力拍着他的肩，从牙缝间发出咯咯声：

"射击！"

这是库佐米射杀的第54人。按军官的命令，他还是开了枪。他向被杀者悄悄爬过去，像往常一样记下那人的身份证号码。或许他这次瞄得不准？或许那人只受了伤？那里有威仆的军人牌号C20.B250，除了他的死，别无其他。

三

这就是库佐米先生的过往经历，是他在一个已醒过来的日本，带着他的伤痛和徒劳无益的心情游逛时重新回顾的事。但库佐米先生不再有肩膀、肺和国家，应该说也不再有荣誉。

他也强烈地感到在和平年代他将活不到老。

1946年，随便修复一下身体的库佐米只想重新反观他的一生。

1947年，他进行调查，库佐米调查研究他的一个内心思想。

1948年，他始终在调查，1949年、1950年，库佐米最终结束了他漫长的调查。

这种调查很艰难，因为没任何人相信他的举动，尤其是澳大利亚军事当局不相信。人们对他这一想法甚至感到怀疑。一个日本人要寻找一个在战争中死去的澳大利亚人的家庭，这是为什么？直至1950年5月的一天，他来敲澳大利亚城市佩思一穷人区一间公寓的门。

日本人哈腰说：

"太太，您是威仆军人的寡妇吗？我不远万里来看您。"

威仆的寡妇由她第二婚的生活拮据的孩子们供养。她回答说：

"是的，我是他的寡妇。"

库佐米先生重新鞠了一个躬，请求她原谅他羞耻地活着出现在她面前。

于是，他解释他对他杀害的第54个人——威仆的死负有责任。这责任让他难以忍受，决定将他的全部财产——相当于2000澳元的钱送交给死者的寡妇。至于他，他将耐心地等待死亡，满足于他完成的既定任务。

　　威仆的寡妇接受了库佐米先生的馈赠。他返回他的祖国日本，不久后，在没有人拾起他的良心碎片中死去。

小伍长

一

在1917年5月—7月之间的大叛乱中，277名士兵被军事法庭判刑。其中，250人被豁免，27人被处决。

一天，一个被判刑的小伍长倒下了。

在1917年的第一次世界大战中，在法国凡尔登战役①某地，一个法国步兵团——不如说其残余部队瘫倒在森林里，他们因疲惫不堪、寒冷、饥饿、肮脏和绝望而崩溃。

---

① 凡尔登战役：在第一次世界大战中，德军欲占领法国西北部的要塞凡尔登，以打通通往巴黎的大门。战役之初，德军进军顺利。法国将军贝当在危急时刻接手坚守凡尔登要塞的重任，以战略防御替代战略进攻，并提出著名的防御口号"他们不会通过"。在初期的进攻战中，法军因严寒、军供不足和盲目进攻屡遭惨败，从而激起兵变。贝当接手后严惩了兵变罪魁祸首而宽恕了大部分参与者，并改善伙食和休假制度，缓和了士兵的不平心理，最终取得了胜利。译者注。

在一位顽强的军官无数次命令下，他们从德国人手里刚刚重新夺回一小块山头。那是数周以来彼此争夺的同一块小山头，是没完没了的拼死捉迷藏的同一个对手。今日，小山头落到德国人手里，山头上布满了机枪；第二天，小山头又重新回到法国人手里，小山头挖出了新坟墓。

1917年5月28日黎明，小山头重新被法国人占领。这一次，法国人无比英勇。这一下，他们可以睡觉、吃饭、喝水和洗澡了。这一下，他们终将获得一年前他们就期待的休假了。因为接防部队来了，另一个团——一些新兵经过两天的行军，在晚上抵达了。

有三个战友紧靠着一棵大树倒在地上，他们是让、路易斯和马尔塞尔，分别是20岁、30岁和38岁。他们在打呼噜，这是他们的第一反应。打呼噜好，活着才打呼噜。让是个20岁的小伍长，1914年他17岁时自愿参军，是一个非当兵不可的志愿兵。

战争之初，他目睹他父亲、母亲和12岁的弟弟被德国人枪杀了，他们的房子被烧毁了，庄稼被踩踏了。因为他躲了起来，所以活着，成了孤儿，而且已17岁，于是他在洛林加入了抵抗阵线。

可是战争已持续了三年，最后的一年没休息过。1917年是厌战的一年、泄气的一年和发疯无助的一年。让饿了，强烈的饥饿将他饿醒。然而，灰心丧气的炊事员面对责难用一些唠叨当饭菜来请他吃饭：

"每人一块饼干，丢掉了杯子的没有咖啡……下一个！"

小伍长火了，看着他正对面的炊事员，愤怒地朝着树吐了一口：

"请用另一种口气和我说话，懒鬼，否则我会把你的头塞进脏水里！"说完，他重新靠着大树。

这一切将很快结束，期待许久的休假就要向他们宣布，军官已许诺休假。军官还许诺他们能够洗澡，但是没有水池，没有水，没有肥皂，食物也没有运到。于是，无数次夺取小山头的50个士兵背着小包相互紧靠着、等待着。

人们只能看到他的眼睛，余下的身子全是脏的。他们胡子拉碴，灰尘满面，饥肠辘辘，可怜巴巴。

但他们眼里充满希望，期待宣布撤退，获准离开这个地狱。

二

时间一点点过去，这里那里处处低声抱怨，然后人们真的鸣叫起来，最后开始抗议。

在小伍长的带领下，一小队士兵走到团指挥官面前。现在是下午5时，人们仍毫无宣布。发生什么啦？大家重新听到了远方的枪炮声。为什么让他们待在这里，待在草后面？为什么团还不调动？而他们呢？他们的休假呢？

军官是个坏脾气："暂无休假，我等待命令……"

如果是等待命令，这还有希望，小伍长和他的伙伴再次回到他们的树干旁。

晚上6时：发出战斗准备信号，军号声、嘈杂声、点名声，全体立正。"我们"回到那里去！怎么回事，我们回到那里去？

是的，"我们吗"？回到哪里？

回到那边，回到小山头那块地方，因为德国人又占领了它！

一阵巨大的埋怨声从109步兵团士兵中响起……我们？要我们回到那里去吗？但我们是从那里来的！我们是重新从那里来的，我们！

为什么不是别人去？换防部队呢？它是用来干什么的？它在那儿干啥的？换防的！

小伍长后面跟着路易斯和马尔塞尔，数十双眼睛注视着三个人一起向军官走去。让说：

"我的中尉，这绝不可能，我们再无能为力，应该是他们去那里。我们——我们在等着休假。不管怎样我们有权休假是吗？我们是从什么时候开始等待的？"

但中尉收到了命令，而命令是要回那里去。他拍着小伍长的肩以随和的姿态表示说：

"去吧，伍长，加把劲，冷静些，你们将会有休假……你们的休假……下一次吧。"

"集合，集合！"

士兵们面面相觑。小伍长看着军官：

"不，我们不去……不行，派换防部队去！"

"伍长，是我来发命令！"

"没有命令？您完全疯了，没有人会下这样的命令……您没看到我们快累死了吗？您派换防部队去吧！"

军官明白，如果要避免这场冲突，他需要做最低限度的解释。现在已有太多的士兵在造反，到处在谈论叛乱。于是，他说换防部队不了解被109团重新占领又重新丢失的阵地，这需要109团再回到那里去，只有它才能很快肃清那山头之敌。

好，我们瞧瞧，109团在这布满德国机枪的小山头上损失了30多人……您以为109团了解它就能够不费吹灰之力把敌人肃清吗？

小伍长立正站着，坚定地重复：

"不，我的中尉，我们不去！我们完全不在乎您的山头，完全不在乎，您明白吗？我们不去！"

小伍长发怒了，狂怒了。他饿疯了，累坏了，绝望极了。他说不去，反复说不去！

当军官朝他走去时，他当着同伴的面，猛烈地推开军官，把他推倒在地。一阵轰轰的赞许声伴随着小伍长的行动。

军官气得和羞辱得满脸通红，爬起来抓住小伍长，用力将他向前推。

随后的一切很快发生了。小伍长用双拳猛击军官，挣开身子，拔枪直指着他。其他人迅速扑上去阻止他射击，将他拖开。小伍长疯了，但事情结束了，反叛行动只经历了短短的三分钟。

军官喘了一口气，威胁地尖叫着，召集他的士兵：

"逮捕他和他两个同伙，把他们关起来。送军事法庭！"

三

这下严重了，因为军官拥有严厉镇压叛乱的命令。大家在悄悄议论：军事法庭办事迅速，军队士气崩溃，任何叛乱行动很快会受到惩处。

小伍长逃不了被惩罚，支持他行动的两个战友也躲不开干系。而此时的其他人重新向小山头发起冲锋，那里需要再死些人。三个士兵等着上军事法庭。他们无须久等。6月1日，起诉一小时后，军事法庭判决叛乱的伍长让和他的两个同谋——两个士兵路易斯、马尔塞尔死刑。

第二天，路易斯和马尔塞尔由死刑减为终身服苦役。但小伍长的案卷，连同死刑确认和一个著名的签名——贝当①司令官的签名，从陆军部批回。贝当有赦免权，共和国总统鉴于军队的严重形势让他履行这种职责。

现在，只有他能够给予或拒绝赦免。而他不想知道小伍长是法国最年轻的志愿兵之一。他不想知道小伍长在1914年失去

---

① 　贝当（Henri Philippe Pétain，1856—1951）：法国陆军将领、政治家，也是法国向德国投降议和的维希政府的元首、总理。在第一次世界大战的著名凡尔登战役中，在危急时刻，他带领法军与德军作战，转危为安，被认为是民族英雄。而在二战中，因向德国议和战后被判死刑，后改判为终身监禁，老病死于狱中。他集民族英雄和叛徒于一身。

了家庭，作为一个成年男子已战斗了三年；不想知道小伍长现在只有20岁，他只是发疯了一分钟而已，他疯是因为他不再相信说大话的风气：

"我们会让他们……"或"你们打进德国人的防线就像刀切牛油"。

他疯还因为人类的抵抗力——一个20岁的男孩的耐力是有限的，何况他已经历了那么多。

处决定于6月6日进行。

6月5日，陆军部长保罗·潘勒韦在贡比涅召开由贝当主持的秘密军事法庭会议。

潘勒韦尽力争取特赦，这是他的职责。但他和贝当将军就两份案卷白白地争论了数小时：一份案卷是一个反叛者的案卷，他结了婚，是两个孩子的父亲，是骚乱的煽动者。而另一份案卷是小伍长的案卷。小伍长是个好士兵，没有不良记录，17岁参军，打了三年仗，是个孤儿，他的家庭有悲惨的光荣历史……足够小伙子抵罪！

但贝当执拗不妥协。

不，需要一个样板：叛乱在重新扩大，这小子打指挥官，他想杀死军官！

但他没有开枪……只是威胁……他太累、太失望、太年轻……他20岁，只有20岁！

不！

凌晨一点，行刑前夜，部长无法入眠。至凌晨两点，他再次拿起电话叫醒大人物——执拗的司令官贝当，央求他开恩。现在还来得及，还剩下两小时。

如果需要一个样板，判处另一个够了，那一个有坏记录，是个公认的叛乱煽动者，为什么要杀两人做样板？

处死一个足够了，别杀小伍长！

不！

如果小伍长还有父亲、母亲、兄弟的话，他也可能不会在1917年6月6日死去。而且统计数字证明，孤苦无依的叛乱者被赦免的是少数……

小伍长没有运气，德国人枪杀了他唯一的运气。

四

6月6日清晨，在洛林某处，行刑队的12个士兵，咬着牙，绷着心，开了枪。小伍长作为儆戒的样板倒在他们面前。

人们学习历史时在小心翼翼地回忆他。

他叫勒费弗尔，以下是他写给司令官贝当的信：

> ……请原谅我犯的错误，同时我请我的战友们理解我牺牲的意义……我希望他们永远不要被拖入那些无纪律的行动……愿我在如此恶劣的条件下流的血，让我们在统一纪律的意志中团结起来，以此为法兰西的胜利做出贡献。
>
> 109步兵团伍长　勒费弗尔

逃　兵

一

1943年，美国密歇根州，有一天，底特律下了一场比任何时候都要寒冷刺骨的暴雪。

艾迪·斯洛维克和他的妻子安特瓦内特回到一工人区的两间小屋里。艾迪23岁，长得有点腼腆。他双手捧着一棵圣诞树，待会儿要把它装饰在壁炉前。这是一位戴着金属镜框眼镜的小个子。他忧愁、脆弱，有点冷漠和驼背。大概就因这个原因，他没有和别人一样去参军，可他已到了当兵的年龄。美国自两年前就处在战争中……但艾迪没有入伍，因为军队不要他。艾迪没有受过很好的青少年教育。当他的移民父亲失业时，即1929年经济大危机后，艾迪就开始流浪，偷盗。问题不大：就是偷些小摊上的水果、超市的口香糖。但他被逮捕，并被判刑。多次进过感化院，甚至监狱。众所周知，谁偷了一个鸡蛋或一个橙子，就被认为可能会打劫银行。因此，当战争爆发时，艾迪被评为4f少年，就是"不受欢迎的人"。

几乎在同时，他遇到了他生命中的女人安托瓦内特。这是1942年。在这一年，他们结了婚。为了安托瓦内特，艾迪改变了自己的生活。为了她，他决定去工作，在汽车制造厂找到了一份工作，那是底特律的重要生产活动。

今天，自私自利的，也许是胆小的艾迪·斯洛维克庆幸自己没有去打仗，他不时出神地看着他的军籍簿，唯一的兴趣就是读用大字号写的对他的评语：入伍不合格……然后，他关上放"生活和安宁证书"的梳妆台抽屉。

二

艾迪和安托瓦内特来到家门前，发现门垫子上有一封信的白斑点。艾迪放下圣诞树，将信拾起来。官方的信封上印着美国国徽，信上说："请您于1944年1月3日到征兵中心做入伍检查……"

艾迪不明白为什么，他傻乎乎地向妻子唠叨："不管怎样，我是被征兵退回来的人……"

艾迪不明白，自1941年起事情发生了变化，美军打算在法国登陆。为此，他们需要所有的男人，即使是那些不那么出众的人、退伍的人，像艾迪·斯洛维克这种人。

1944年1月3日，艾迪拥抱和告别他的妻子去了征兵中心，那里的人说他适合服兵役，于是，他立刻被派往得克萨斯训练营。

说艾迪·斯洛维克不喜欢军队是委婉的说法，他实际上厌恶它。他很快就厌恶军装、武器和纪律，士官们的勇敢和优良的热情气氛令他沮丧。

从入伍的第一天起，他就只有一个打算、一个萦绕在脑际的念头：不间断地给妻子写信。开始每天写两封，之后写三封，后来每天写五封。很简单的信里表示他拒绝军事生活、害怕打仗、渴望回家。说同样的话，害怕同样的事，反反复复地写。

1944年1月26日，他写道："亲爱的，没有你我完蛋了。我想我会遇上一大堆麻烦。军队的生活一点也不适合我。食物倒人胃口，干活很愚蠢。我宁愿去任何地方挖下水道。我感到是多么、多么孤独。"

他和他的战友相处得很好。不过，他动不动就拿他妻子的照片给他们看，让他们有点受刺激。

"你们看……这是我妻子安托瓦内特……她很漂亮，哦？……"

但他很和蔼，总是自愿做杂务，从不抱怨。他只是将害怕和怨气说给安托瓦内特听。

他的长官也很喜欢他，只斥责过他一次，但骂得很凶，说他是个坏士兵，甚至是个很坏很坏的兵。但艾迪事先告诉过他们。他对他们说：

"我不愿打仗，我是个胆小鬼。这不是我的错，我就是
这样一个懦夫！如果你们派我去打仗，我肯定是枪一响就会逃
跑……我害怕战争。"

在训练打靶时，艾迪·斯洛维克是全团得分最差的。1944
年3月6日他给妻子安托瓦内特写信说：

"亲爱的，我刚从靶场回来，我很痛苦。当轮到我时，我
好害怕。每次射击我都瞪着双眼，吓得都要跳起来。自然，每
一次我都打偏了。你大概想看看我的总分吧……好极了。我不
想成为一个好士兵，我希望他们开除我，我想回我们的家。要
是回不了，我会发疯的……"

三

但艾迪·斯洛维克最终还是没有让军队开除。1944年8月20
日，在底特律做极短暂的休假和艰难地横渡大西洋后，他抵达
法国。斯洛维克开始打仗了。

艾迪在诺曼底奥马哈的一个可怕的海滩上登陆，他胆战心
惊。从那儿，他和他的中尉及十来个战友去埃尔伯弗。

在带他们去的卡车上，他吓得瞪大眼睛看着战斗景象。这
地方是数周前最野蛮的战场之一，景象令人惊心动魄：田野中
散布着车子的残骸，四脚朝天的羊和马，这里那里到处是捅穿
了肚子、打断了手脚的士兵和烧焦了的尸体。艾迪试图闭上眼

睛，捂住鼻子，但为时已晚。他只有惊恐万状的想法：逃跑，逃跑，不惜一切代价逃跑。

一进埃尔伯弗，卡车在一阵猛烈的轰炸下被炸着了。当硝烟散尽后，中尉清点士兵：少了一个人，少了斯洛维克。

艾迪·斯洛维克逃走了。他是因害怕和胆小而逃的，因为他是个胆小鬼……大家都知道他……他曾事先告诉过他们，枪一响他就会逃。但胆小的字眼不存在，在军队里不存在。胆小的替代词就是逃兵，士兵怯阵就犯战争罪。

艾迪在法国乡下没走多久就遇上加拿大的部队。他向他们解释，说他在他们团里走丢了。于是，加拿大部队收留了他。加拿大人的任务是组织军需物资的后勤工作。艾迪高兴极了，在这里，至少他不用打仗，于是他自荐当伙夫。他在诺曼底农场兜圈子，搜集食品、给养。他那和善的带点傻气的漂亮微笑显得那样亲切，让人们给了他要求的一切：奶、蛋、土豆等。晚上他做蛋糕，煎鸡蛋。由于炊事工作做得好，士兵打起仗来好受多了。

日子一天天过去。艾迪·斯洛维克自很久起就从弹盒里抽出全部子弹，将他仔细卷起来的妻子的信换上去。他不时从里面抽出一封信读。当和德国俘虏擦身而过时，他把自己的香烟给他们抽。

艾迪在打仗，他打他的仗，打一场没有枪的仗，带着子弹盒里的情书和给敌人的香烟打仗。他只在这里打仗。艾迪·斯洛维克既非随军神父，也非护士，他是个士兵，而士兵应有打仗的责任。1944年9月8日，即半年后，加拿大人几乎是不情愿地把他交还给了在比利时罗切拉山重新见到的艾迪的部队。

四

突然间，艾迪重新回到了军营，见到了士兵、军装和枪支。在那里他知道他将不可能重来。因此，一走到审问他的军官面前，艾迪拔腿就跑。他就这样，就在军营内，像疯了的牲口一样逃遁。

当然，他未跑多远就被关进了监狱。但这正是他愿意的事，求之不得。监狱虽然不很舒服，很阴森，但子弹打不进去，不会有杀人和被杀的危险。

在监狱里，不会有仗打。

在监狱里，艾迪数着日子。他至少有这个把握：在美国从来不曾枪毙过一个逃兵，从1864年美国南北战争以来已有80年从没枪杀过。他的一切风险，即使被判死刑，也会在战争结束半年或一年后被释放。

1944年11月11日，艾迪·斯洛维克在军事法庭受审。而他的律师无计可施，无法为他辩护。他逃跑两次，第二次就在军营内，这是明目张胆的挑衅。陪审团的评判就是大家预料的：死刑。

回到监狱后，艾迪向艾森豪威尔将军提出赦免请求。这请求信写得既拙劣又真实。他表示他厌恶战争，承认自己胆小，最后请求原谅。

艾迪很平静，他的律师对他这样说：这是一个程序，一个简单的程序。自战争开始以来有48个开小差的士兵被判了死刑，但他们全部被赦免了。

1945年1月23日后，赦免请求信被送到艾森豪威尔的总师令部，参谋长将信呈送给艾森豪威尔，耐心地等待，希望他签字豁免。

但艾森豪威尔陷于沉思。形势令人担心。自从德军在阿登高地发动反攻以来，美军士气处于最低点。这几个月来，人们对孩子们说战争结束了，但他们无数的人继续被杀。因此，我们要做点什么事，必须有个样板。

此时恰好有人将一个逃兵的赦免请求送交给他。艾森豪威尔做出决定，就算那逃兵倒霉吧，他当着吃惊的参谋长的面说：

"士兵斯洛维克要尽快被枪决。"

1945年1月31日，艾迪·斯洛维克被告知可怕的消息。他被军车拉到了上莱茵省一个偏僻的名叫圣玛丽雷农场的院子里。那里已有些军官、一位神父和行刑队的12个士兵。艾迪平静而尊严。人们料想他会顶不住。但不，他勇敢地走着。在人们用布蒙他眼睛之前，他将一封给妻子的信交予神父，只简单地对神父说：

"神父，请您告诉我的战友。艾迪·斯洛维克不是一个胆小鬼，不管怎样，今天不是。"

为什么今天不是？也许是因为他自己的死。对于他的死，他是作为胆小鬼和懦弱者而死，在他看来，一项惩罚比别人和他自己在这场任何战争都要表现的灾难中的死更容易接受。

艾迪胸部迎接了12发子弹，没哼一声。他在给他妻子的信里曾说："在我死前，我是多么害怕。"

裸 婴

一

一个婴儿被遗弃在一个教堂的台阶上，这是本世纪初的黑色传奇故事，再没人相信它。今天，可能不会再有人敢用一个丢弃在一个教堂台阶上的婴儿着手写一个故事。

应该大胆写它。

1975年9月30日，弃婴就搁在那里，搁在瑞士一间教堂的台阶上。两只手趁着夜色，刚才把他丢在教堂前的广场中。但他不哭。通常，每个弃婴都会哭，通过哭，吸引好心人发现他和照管他。这婴儿不哭，也不动。有人把他安放在一个矿泉水的纸盒里，用一块莫列顿双面呢包着。人们只看得见他露出的细细的、圆圆的、绷得紧紧的小鼻尖和两只紧闭的、皱巴巴的眼睛。

这个刚生下来的40厘米左右的小男孩闭着嘴巴不作声。然而，天气很冷，一阵秋风剧烈地摇曳着树木。在这很晚的时分，行人稀少，现在已过了午夜。而小孩始终不哭不闹。如果他继续保持静默，则毫无被发现的希望。他为什么不作声？他应该饿了、渴了或冷了。他闭着双眼，对这不友好的外部世界毫无乞求。这样一个逆来顺受的小孩存在吗？

二

一辆小汽车刚才几乎就在教堂的对面停了下来，两个年轻人从车上走下来。女的穿一件新奇的连衣裙，男的穿一件无尾长礼服。在分手前，他们在马路上溜达。他们会发现那纸盒吗？不会的。一个纸盒是再平常不过的东西了，今日许多人把它当作垃圾箱。谁会想到一个垃圾箱会装有一个婴孩？

年轻姑娘没想到过。她一边笑着，在台阶上跳着，一边向她的白马王子抛着最后的媚眼。这个教堂有10级台阶，女孩跳到第5级，接着跳到第7级，最后跳到第9级。出于好玩，她用尖尖的薄底皮鞋尖踢了一下纸盒子，纸盒在碰撞中勉强抵挡了一下，无声地挪动了几厘米。

这里面会有不害怕的小孩吗？……

然而她看到了纸盒里白色的东西，最后，她注视着，走向前，弯下身子，难以置信地发出啊的一声。

男青年也走过来，双双吃惊地弯下身子瞧纸盒里的婴孩。

从来没人想过有一天他会发现一个弃婴。弃婴是传说中的事。

这大概就是为什么两个年轻人把这小孩看成一个怪物。在关心小孩情况之前，他们对所发生的事感到震惊。年轻姑娘犹犹豫豫地摸摸小孩的鼻尖，拉拉小孩冰冷的手，忽地害怕起来："他死了！他全身冰凉！"

她的男伴大着胆子更靠近地查看小孩，耳边响起那轻微、细弱的声音，那声音使他不寒而栗。于是，他们端起纸盒子，飞快地将它放进汽车里，飞快地、飞快地冲进最近的警察局。但一位警察对找到的婴儿不知如何处理。他无法讯问婴儿来自哪里。婴儿刚生下来，不可能讯问他。他出生才只有几个小时……再说，据初步观察，婴儿的状况令人担心……

三

婴儿始终搁在纸盒里，但已穿上了制服披风，放在一辆急救警车里，向一间大医院冲去。它鸣着喇叭，响着警笛进入医院。但小孩始终不吭一声。

此时在警察局，警察仔细记录了两位年轻人的陈述、发现小孩的时间，一个巡逻队被派到教堂区巡逻。人们永远不知道，有人可能被看到提着一个纸盒，或许人们看到了某个人在教堂阶梯周围转悠。通常，丢弃小孩的人会守候着，看谁负责拿走了包裹。

但到凌晨一点，调查无望。在医院里，在晚上，小孩是唯一看急诊的人。一群值班女护士和医生在观察小孩身体情况。

小孩始终双目紧闭，这很正常：他从母亲肚里出来仅在数小时之前，就是说在1975年9月30日近7时。这将是他的临时生日。这是个早产儿，大约8个月大，除了一件莫列顿呢盖着身子外，他赤身裸体，脐带被手扯断。在将他放进保育箱前，一位外科医生为他施行了救护，然后为他洗澡和消毒。

生孩子的母亲大概是独自生产，独自应付。她的小孩甚至未得到常有的护理……现在小孩最终恢复到了20世纪小孩的状况。他面色苍白，嘴唇发绀，小拳头攥得紧紧的。医生将他放进人工保育箱，开始对他进行身体检查。

当医生对他的心脏、肺、主动脉、大脑进行X光检查和测试他的反射时，赤条条的小孩躺在保育箱里就像睡在矿泉水纸盒里一样，始终默不作声。他任人搬来搬去，摇来摇去，洗澡、梳头，一声不哭，一声不哼，甚至不发出任何不安的声音。给他注射血清时也未能让他打破静默。

他体长42公分，瘦瘦的，手指长长的，头发乌黑锃亮，体重只有2.3公斤。但他给人留下深刻印象。

诊断的结果让人担忧，小孩在难产中遭受到痛苦，呼吸伴有轻微的杂音。医院里的任何医生都无法断定他可怕地生存下来后是否会存活。

肺炎好似老虎钳一样钳住他的两叶小肺，只有高烧才使他苍白的面颊微微泛红。

四

　　时间流逝，始终不出声的裸婴在和生存做斗争后，又和死亡做斗争。第二天，10月1日，警察扩大调查范围。无论在产院还是在救济院，调查没用，因为很明显，小孩不是在这些地方生的。警察只能坚持不懈地询问社区的人、商人、教堂神父、医生。莫列顿双面呢没携带出厂标记。小孩可能长得像他父亲、母亲或他叔叔，但谁能料到？没任何人。

　　10月2日，裸婴始终在死亡线上挣扎，而且始终沉默。医生越来越焦虑。必须给小生命注射大剂量的抗生素，而他又拒绝任何食物。一滴滴血清代替母亲的奶输进他的身体。他高烧不退，大滴大滴的汗珠在那因痛苦而皱起的细小额头上沁出。"小摇篮"大概支持不了他第三天的痛苦日子了（因纸盒的原因，人们称他为"小摇篮"）。调查毫无进展。尽管在媒体、电视新闻中进行报道，医院主任医生发出感人的呼吁以及在大商场中贴出"小摇篮"的照片，消息全无。

　　在全身状况加重和出现心脏并发症的情况下，"小摇篮"坚持到第三天。至第四天，他还是不哭……但他勉强能呼吸，是痛苦的呼哨加呼吸。人们对他进行了悉心的照料和爱抚，但毫无用处。他的小手拒绝拉女护士的手指。

　　第5天，一位面色苍白、哆哆嗦嗦的女孩现身在警察面前，她如是说："我16岁。我怀了孕，我母亲亲自为我接了生。当我苏醒时，她告诉我孩子死了。我肯定这不是真的。我是从家里逃出来的，请你们帮帮我吧。她不想我要这个孩子，她想要我流产。我不愿意，于是她强迫我待在一间卧室里，以便别人全然不知。因为我不认得父亲……所以为此……"

她叫克莉丝汀•P.，她父亲死了，她母亲因生怕别人说闲话和别的什么而发疯。

克莉丝汀是在第5天夜里来到医院的。她瘦小、苍白、满头黑发，同样需要护理。她从房间的窗户逃了出来，发烧导致她到了说谵语的边缘，同时由于分娩的临时条件，她身体被感染了。

她向育婴箱里那细细的毫无生气的小手伸出她那长长的还是孩子般的手。而她儿子的小手钩住了母亲的手，真是奇怪！

今天，"小摇篮"已4岁。她妈妈为她保留了带来幸运的名字。他像所有的小孩一样会哭。但他没有父亲，尤其是没有祖母，他身体健康，谢谢。

海中的电话

一

　　1922年9月的一天，大约22时30分，迈龙·巴基在圣朱利恩号货轮的外舷梯上值班。当他卷好一支烟，然后将烟袋装进口袋里，静静地注视着夜色时，突然一个奇怪的声音震动他的耳膜。老水手是不会轻易发生耳鸣的，不觉惊跳起来……就像每个人也会做的那样，他将小手指伸进耳朵里稍稍抠了一下，可再也听不见什么。他从口袋里掏出打火机，可还没来得及点燃烟，第二次嗡嗡声又响起来。这一下，迈龙·巴基愣住了，一动不动地站在那里，窥视着大海这奇特的反常声音：在这嗡嗡的叫声中，他辨认出这是电话铃声！

　　在这片刻中，迈龙心想大概是自己多喝了瓶中的苏格兰威士忌。但是不，他记得他在登舷梯值班前，只喝了微不足道的半杯酒。而此时，稍清晰的第三次嗡嗡声从前左舷梯传来。老水手一边心想"我在做梦吧"，一边向前走到舷梯最边缘，朝依稀响过来的方向看。但实在是什么也看不见。黑夜和大海混沌一片，模糊不清。在浪花上听不到任何电话声。而相反的情况令人吃惊。在第四次响声中，迈龙·巴基取下帽子，搔了搔还挂在脑袋上的几缕头发。这真叫人发疯。怎么可能在茫茫大海中，在离岸数公里的地方听到电话声？四周看不到任何船只，老式的单帆划子不会拥有如此现代化的设备。铃声继续在响，响得更加清晰，响在左舷边。这响声逐渐表明电话固定在某个地方。

二

但电话铃声出现在汪洋大海中，凭海员记忆，从来没有人听到这样的事。迈龙心想，应将此事报告船长。但他的朋友杰斐逊在半睡半醒中突然收到"船长，海底发现电话"这句话时，其看法将他一下阻止住了。他听，再听，他相信了，越来越可靠的真实的铃声使他如同旋风般钻进操纵室。掌舵的水手大概也听到了这声音，对此丝毫不怀疑。他呼喊舵手弗雷迪："弗雷迪，来一下。"

弗雷迪放下船舵，从舵房上到船舷上，按照老海员的要求，竖起耳朵，蹙起眉头，圆睁着双眼听。

"你听听不是吗？弗雷迪。你也听到了吗？"

这一下，再也不容怀疑了。只一人听到可能是发生幻觉，两个人听到发生幻觉的情况少。

迈龙·巴基急忙奔向内线电话，打通机舱管道，下达停船命令，然后开通通向船长室的管道，请船长尽快上来。不一会儿，舷门探照灯从左舷后面随着波浪上下扫视海面。船员发现一个红白色浮筒，响声似乎是从那里发出来的。船长杰斐逊·迈克·佩克特也向大副指着浮筒几米后的好似是从海里冒出来的一堆浅灰色东西。他辨认不出那是什么，大副也一样。

无法弄清这一切究竟是何物，迈克·佩克特和两个海员坐上小艇，使劲划着桨，抵达浮筒。果然，一个电铃固定在一种类似电话耳机的助听器上面。联系到这种奇怪的情况，船长小心谨慎地拿起话筒：

"喂！"他以怀疑的声音发出"喂"。

从听筒里迸发出高兴的吼叫，叫得是那样猛烈，使迈克·佩克特一时感到他的右耳鼓膜无法抵挡。然后，一声激动得喊破了嗓子的叫喊响起来：

"我是美国海军莫里森舰长。"

迈克·佩克特目瞪口呆。对于任何回答而言，鉴于那种情况，他只觉得这句惊人的话值得载入英国幽默史册。

"很高兴认识你！"他说。

于是，自格雷厄姆·贝尔发明电话以来，他们通过电话线进行了前所未有的最奇特的交谈。

"您在那里做什么？"迈克·佩克特问。显然，他丝毫没想到对话者所在的地方。

　　舰长莫里森向他解释说，浮筒和他的潜水艇相连。但潜艇的头钻进了40米下的泥沙里，他和37名海员等待救援已24小时。24小时以来，在海面上的电话铃响就像在荒漠里响一样。

　　"我能为你做些什么？"迈克·佩克特问，同时心里在想他会不会成为圈套的牺牲品。在1911年，穿过40米深的水用电话讨论，这可不是常有的事。迈克·佩克特对最新技术的奇迹一无所知。莫里森舰长请他向他的基地报警，因为他的潜艇的无线电话已发生故障。但佩克特船长回答说他没有无线电装置。圣朱利恩号货轮是从美国波兰特航行到大西洋海域的，该距离很短，对此，船主认为无须装无线电话。莫里森舰长的声音显得愈加焦虑。

　　"那么，请你们帮忙在浮在水面的舰壳上打个洞通通气吧，我们已透不过气来了……"

　　当迈克·佩克特返回货船上找工具时，漂浮的电话保持静默。在舰艇上究竟发生了什么事，才落到这种地步？

三

　　48小时前，莫里森舰长和他的全体海员沿着美国海岸出发进行宣传巡弋。美国海军部队最新制造的"S5"潜艇是艘长70米的先进潜艇。它的全面成功有理由值得骄傲，重要的是展示其实力。

　　到达波士顿海上时，"S5"潜艇在最好的条件下前行了5个小时。几小时后，在完全同样有利的条件下，也完成了第二次潜航。当它到达蒙托克海角水域——长岛东北末端时，莫里森舰长决定将潜艇停泊在50米深的一个海底里。

　　潜艇喇叭在潜艇里响起，水手们进行常规操练。莫里森离开他观察海面的司令塔，关上他头上的进口塔。一个水手转动手柄使潜艇密封。但突然，潜艇发生非同寻常的倾斜，一片脚步声响彻全潜艇。舰艇倾斜得非常厉害，将一些人打翻到另一些人身上。莫里森失去平衡，被抛到舱壁上，撞得半昏迷。喊叫声四起。各种物品碰到舱壁发出可怕的破碎声，然后是潜艇艏柱插到泥沙里发出的冲撞声。人们向鼓风机的闸门冲去，不一会儿，代替脚步声的是死一般的寂静。

　　海军军士卡特的分心是引起灾难的原因。当潜艇下沉时，他离开岗位去帮助一个水手和一个极其坚固的闸门搏斗。一股波浪以前所未有的猛烈冲进了表面鼓风机的管道。由于潜艇倾斜，水急冲向前，加大了潜艇的倾斜度，加快了潜艇下沉。当水手们插上水密舱的门闩和人员重新组合时，潜艇很快平衡。在潜艇前端，鱼雷室被淹了，一米深的水浸入了蓄电池房。没造成任何灾难性后果。多亏上帝，没任何人受重伤。除了餐具和一些附件外，装备仍保持可用状态。

　　于是，莫里森舰长非常冷静地对手下士兵讲话，并发出明确指令：清洗压载水舱，开动发动机向后退。事情很快完成了。在螺旋推进器的推动下，潜艇全身振动。由于吸收的泥沙仍然阻住舰艇的头，莫里森命令加速。效果并非如他所愿。因为潜艇一下子直立起来，一些士兵又被一个个撞到另一些士兵身上。潜艇倾斜得如此厉害，使舱壁变成了地板。螺旋桨发出可怕的声音，在水面上空转。这一下，"S5"潜艇的形势危急。从舱壁掉下来的无线电设备没用了，电池被部分清空了。一股呛人的盐酸味刺得人喘不过气来。莫里森命令投放电话浮标。一个水手安上收听无线电耳机，开始转动小曲柄，开动响铃装置。于是，等待救援开始。

38人的性命全系于这个漂浮在他们头上的浮标上。电话铃声在圣朱利恩号大副迈龙•巴基听到之前昼夜响动。大副不相信自己的耳朵，但果真有事！现在，圣朱利恩号货轮抛了锚，它的两条小艇已停在出事现场。杰斐逊•迈克•佩克特用电话确保受困的人和他在潜艇壳上用手钻打洞的手下的联系。手钻和庞大的潜艇相比显得微不足道，钻了两小时后才钻了一个小洞。大家用一根金属锯条穿过小洞，这边拉一下，然后那边拉一下，朝钻穿的第二个10厘米以上大的洞的方向拉。

他们相互约定打一个三角形的洞，使遇难者轮流吸上几口干净的空气。因为现在潜艇里的空气实际上已不可呼吸，恶臭的硫酸气味充盈了整个潜艇。水手们咳嗽、吸气，喘不过气来。在电话里，莫里森舰长的声音非常急迫。他讲话的声音很低，以免耗费太多的氧气："快点，得快点。很快就来不及了！"

一些水手已不省人事，不可忍受的酷热充满潜艇。在上面，在一米水的上面，第二个洞终算完成。钢锯齿磨铁的细小声音为这38个人保留了唯一的获救希望。

货轮船长杰斐逊在电话听筒里突然大叫好消息：

"喂，伙计，看见船来了，我去发射信号，不要挂电话！"这消息对遇险者来说，恰如一口新鲜空气。片刻后，电话交谈继续：

"伙计，勇敢些，他们到了！"

四

果然，半小时后，来自纽约的诺福克号邮轮在离潜艇几链的地方停泊下来。他们为解救被困船员立即使用的设备比迈龙·巴基的拙劣手钻优越无限。但拙劣的手钻依然富有成效。因为当诺福克号水手用电钻锯门让被困艇员走出来时，他们一个个排队在10厘米大的三角形洞前边，将他们的脸贴在开口处，每个人长长地吸了三口新鲜空气，等待最后切开门。最后轮到吸氧气的是舰长莫里森。他吸了三口气，不再多吸，就像他手下37个人中的每个人那样。他在让位于第二轮第一人吸气之前，通过开口朝迈龙·巴基所在的地方瞧了一眼，看见巴基手持钻头，站在与遇难船系在一起的小艇上。他说：

"喂，拿钻头的好汉，谢谢了！"

老巴基哼了一声说"没什么"。他对此既激动又自豪。但第二天，在大西洋赌城的抹香鲸酒吧，当他讲述这故事时，老友们面对面地嬉笑他：

"是海里的一个电话吗？电话尽头有38个海员是吗？为什么不是一条海蛇呢？巴基老弟，这对你退休很有利！"

看来，需要报纸谈论此事，人们才能相信巴基在抹香鲸酒吧讲述的故事是真的。